黑松镇
破碎时空

[美]布莱克·克劳奇 著
曾雅雯 译

重庆出版集团 重庆出版社

PINES by Blake Crouch © 2013
WAYWARD by Blake Crouch © 2013
THE LAST TOWN by Blake Crouch © 2014
This edition arranged with InkWell Management, LLC.
through Andrew Nurnberg Associates International Limited
版贸渝核字(2014)第 223 号
版贸渝核字(2014)第 224 号
版贸渝核字(2014)第 225 号

图书在版编目(CIP)数据

黑松镇 /(美)克劳奇著;曾雅雯译. —重庆:重庆出版社,2016.8
书名原文:Pines
ISBN 978-7-229-11123-6

Ⅰ.①黑… Ⅱ.①克… ②曾… Ⅲ.①长篇小说—美国—现代 Ⅳ.①I712.45

中国版本图书馆 CIP 数据核字(2016)第 081270 号

黑松镇(全三册)
HEISONGZHEN
[美]布莱克·克劳奇 著 曾雅雯 译

责任编辑:陈渝生
责任校对:李小君 郑小石 刘小燕
装帧设计:重庆出版集团艺术设计有限公司·王芳甜

重庆出版集团 出版
重庆出版社

重庆市南岸区南滨路 162 号 1 幢 邮政编码:400061 http://www.cqph.com
重庆出版集团艺术设计有限公司制版
自贡兴华印务有限公司印刷
重庆出版集团图书发行有限公司发行
邮购电话:023-61520646
全国新华书店经销

开本:880mm×1230mm 1/32 印张:39 字数:815 千
2016 年 8 月第 1 版 2016 年 8 月第 1 次印刷
ISBN 978-7-229-11123-6
定价:96.00 元(全三册)

如有印装质量问题,请向本集团图书发行公司调换:023-61520678

版权所有 侵权必究

本书献给《双峰镇》《迷失》《X档案》《禁闭岛》等影视作品的粉丝

那时,耶和华从旋风中回答约伯说:

"谁用无知的言语使我的旨意暗昧不明?

你要如勇士束腰,

我问你,你要回答我。

我立大地根基的时候,你在哪里呢?

你若有聪明,只管说吧!

你若晓得就说,是谁定地的尺度?

是谁把准绳拉在其上?

地的根基安置在何处?

地的角石是谁安放的?

那时,晨星一同歌唱,

神的众子也都欢呼。"

——《圣经·约伯记》,第38章1至7节

昨日已是历史。

明日仍然成谜。

今天是珍贵的礼物。

努力工作,快乐过活,好好享受你在黑松镇的人生!

——给黑松镇全体居民的通知

(请依规定张贴在每户人家及营业场所的显眼之处)

BLAKE CROUCH
PINES

第一章

他恢复意识苏醒过来，发觉自己是仰躺在地上的，阳光倾泻在他脸上，附近有潺潺的水流声。他感到视觉神经剧烈疼痛，颅底区也有规律地跳动着作痛——这些都是偏头痛即将来临的征兆。他略微侧了侧身子，用手支撑着身体坐了起来，蜷缩着双腿，将头耷拉在膝盖之间。在他睁开眼睛之前，他就用这样的姿势感知着周遭的世界。他觉得身边的一切都有些摇晃，整个人找不到平衡感。他费力地深呼吸了一下，胸口顿时感到一阵剧痛，如同有人用一个钢楔碾过了他左上方的肋骨。他呻吟着抵抗住了这种疼痛，并强迫自己睁开了双眼。他的左眼一定肿胀得很厉害，因为他觉得这只眼睛就像是透过一条缝隙在看外面的世界。

这儿是一片他所见过的最绿意盎然的草坪，一直延伸到河岸边，草坪中的几株矮树有着大而柔软的叶片。河水清澈见底，流速很快，从河床上的大圆石之间奔流而过。河对岸有一道高达上千英尺①的峭壁，一丛丛的松树贴着突出的岩架不知疲倦地生长着。微风吹来，他大口呼吸，空气中弥漫着松树的气味，还有些许河水的清新味道。

他穿着黑色的长裤和黑色的外套，外套里面是牛津纺衬衫，白衬衫上点缀着斑斑血迹。他的领口松松垮垮地系着一条领带，跟外套一样也是黑色的。

---

① 1英尺约合30.48厘米。

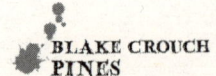

他努力想站起来，可双膝却不听使唤，像棉花一样软弱无力，于是他重重地跌坐在地上，一阵灼热的疼痛掠过了他的胸腔。他的第二次尝试总算成功了，身体虽然有些摇晃，但终究还是站起来了，这时他感到脚下的地面就像一块倾斜的甲板。他拖曳着双脚，缓缓地转过身去，继而将两只脚分得很开，以维持身体的平衡。

现在河流在他的身后，他正站在一片旷野的边缘。远处有一座公园，几个铁制的秋千架和儿童滑梯在正午强烈的阳光下微微闪光。

他的四周别无他人。

他的目光越过公园，瞥见了几栋维多利亚式的房子，在更远的地方是一条大街和更多的建筑物。这个小镇的方圆最多只有一英里①，周围全都是高达上千英尺的由红色条纹状岩石构成的峭壁，小镇仿佛坐落在石砌的圆形露天竞技场的正中。峭壁的顶端有一些残留的积雪，不过他所处的山谷却很温暖，头顶上蔚蓝色的天空清朗宜人，万里无云。

男人伸手摸索着裤兜，然后又检查了一下自己的单排扣外套的衣兜。

没有钱包。没有任何证件。没有钥匙。没有手机。

他只是在外套的一个内兜里找到了一把折叠式小刀。

\#

来到公园的另一侧之后，他变得更加警觉，然而也更加困惑

---

① 1英里约合1.6千米。

了。随着脉搏的每一次跳动，他的颈椎也开始疼痛起来。

他已经想起了以下六件事情：

现任总统的名字。

他母亲的模样，不过他不记得她的名字和她的声音。

他会弹奏钢琴。

他还会驾驶直升机。

他三十七岁了。

他得尽快去医院。

除了上述事情之外，这个世界——以及他自己在这个世界中的位置——并非完全超出他的理解能力。他可以感知到一点点徘徊在意识边缘的真相，但事实上真相仍然处在遥不可及的地方。

他走在一条安静的居住区街道上，仔细观察着停在街边的每一辆车。这里会有一辆车是属于他的吗？

左右两侧的房屋看起来都很新，也许它们都新近粉刷过。每一栋房屋前面都有一块绿油油的方形草地，草地四周围着尖桩篱笆栅栏。每一个家庭的名字都用白色的大写字母印在一个个黑色私人信箱的侧面。

几乎每一栋房子的后院都有一片生机勃勃的花园，花园里不仅种着花，还种着各式蔬菜和水果。

这里的一切色彩都非常鲜明。

当他在第二个街区走了一段路之后，疼得皱了皱眉。费力的行走使他有些喘不过气来，他深呼吸了一下，左侧身体的疼痛感使他不由得停下了脚步。他脱掉外套，将衬衫下摆从裤腰间拉了

出来，然后解开了衬衫的纽扣。眼前的情形比他想象的还更加糟糕——他的左侧身体上有一道深紫色的瘀伤，瘀伤四周的皮肤呈越来越淡的黄色，看上去像极了靶心。

一定有什么东西重重地击中了他。

他用手轻轻地抚摸着自己的头部。头痛还在持续，并且越来越明显，可是他并没有触摸到左侧头部有任何严重创伤。

他重新系好衬衫的纽扣，将下摆塞进裤腰里，然后继续在街上走着。

他仿佛听到了一个刺耳的声音，宣告他曾遇到了某种事故。

也许是被车撞了。也许是摔倒了。也许是被人袭击了——这就能解释为什么他的身上没有钱包。

首先，他应该去找警察。

除非……

会不会是因为他自己做了什么错事呢？比方说犯下了某种罪行？

有这种可能吗？

也许他应该先等一等，看自己能不能回想起什么来。

然而，他发现这个小镇上没有什么东西能够勾起自己的回忆。他一边沿着街道磕磕绊绊地走着，一边察看着街边每一个私人信箱上的名字。他的潜意识里在想什么呢？他的直觉告诉他，也许某个信箱的侧面会印着他的名字。那么当他看到自己的名字以后，会不会唤起他的所有记忆呢？

他离小镇的中心越来越近了，他已经开始听到汽车行驶的引擎声、模糊不清的说话声和通风设备的嗡嗡声。

他伫立在街道中央，不由自主地偏了偏头。

他注视着一栋两层楼高的红绿色维多利亚式建筑前方的一个信箱。

他注视着信箱侧面的名字。

他感到自己的心跳开始加速，但他不明白这是什么缘由。

麦肯齐

"麦肯齐。"

这个名字对他来说毫无意义。

"麦克……"

可是，由前三个音节组成的昵称却有一些含义，或者说，这激起了一些遥远的情感。

"麦克，麦克。"

他就是麦克吗？麦克是他的名字吗？

"我叫麦克……你好，我是麦克，很高兴见到你……"

不对呀。

他慢吞吞地再次念了一遍这个词，感觉并不自然。他不觉得这是属于他自己的名字。诚实地说，他恨这个词，因为它使他产生了……

恐惧的感觉。

这多么奇怪啊！不知为什么，这个词竟然激起了他的恐惧感。

一个名叫麦克的人伤害过他吗？

他继续向前走着。

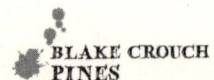

又走过三个街区之后,他来到了小镇的主街和第六街的交会点。他坐在路边一条背阴的长凳上,缓慢而小心翼翼地喘了口气。他四处张望,渴盼着能找到什么熟悉的东西。

可是眼前的一切都不能让他产生丝毫的熟悉感。

他的斜对面有一家药店。

在药店的旁边是一家咖啡馆。

咖啡馆的另一边是一栋三层楼高的房屋,屋檐下悬挂着一个标牌:

黑松镇旅馆

一阵咖啡豆的飘香促使他从长凳上站了起来。他抬头望着那家名为"热豆咖啡"的咖啡馆,香味一定是从那儿传过来的。

嗯。

从整体上看,这并不是最有用的信息,可这使他明白过来,原来自己喜欢上好的咖啡,而且是非常喜欢。这样的发现如同一块小小的拼图,是构成他的完整身份信息的细小零件。

他走到咖啡馆门口,拉开了纱门。这家店很小,而且有些古朴。仅仅凭着气味,他便能分辨出他们正在煮上好的咖啡豆。右手边有个吧台,那里摆放着几台意式浓缩咖啡机、研磨机、搅拌器和香料钵。有三个凳子上坐着客人。吧台对面的墙边有几张沙发和几把椅子,还有一个放着几本旧平装书的书架。两位老人坐在棋盘跟前,正用陈旧的棋子兴致勃勃地对弈,仔细一看,棋子是由至少两套旧棋具拼凑而成的。墙上展示着当地的艺术作品——一幅接一幅的黑白肖像画,主角全是中年妇女,她们的表情都差不多，只是描绘的视角各不相同。

他走近收银台。

当那名二十来岁、留着金色细发辫的咖啡师最终注意到他时，他看到她那双漂亮的眼睛里闪过了一丝恐惧的神色。

她认识我吗？他问自己。

收银台背后有一面镜子，他得以看到了自己的模样，随即便明白了她为什么要用略带嫌恶的眼光看着自己——他的整个左脸又青又肿，左眼鼓得很大，只留下一条很细小的眼缝。

天哪！我，我竟然被人打成了这样。

除了脸上的可怕伤势，他看起来还不算太糟。他的身高大约有六英尺，确切地说也许是六英尺一英寸[①]。他留着黑色的短发，两天未修剪的胡须像一层薄薄的阴影笼罩着脸的下半部分。从外套肩部的形状可以看出他的肩膀非常宽阔厚实，而牛津纺衬衫在胸前绷得紧紧的，很明显他的胸肌也非常发达。总而言之，他是个结实而强健的人。他觉得自己看起来很像一个广告经理人或营销人士，如果剃掉胡须，再略微收拾打扮一番，很可能就是个引人注目的美男子。

"你需要些什么呢？"这名女咖啡师问道。

他本该喝上一杯咖啡的，可是他现在却身无分文。

"你在煮上好的咖啡吗？"

女咖啡师看起来对这个问题感到十分困惑。

"呃，是的。"

---

① 1英寸约合2.54厘米。

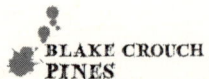

"是镇上最好的咖啡吗?"

"这里是镇上唯一一家咖啡馆,不过没错,我们的咖啡的确很棒。"

男人前倾着身体伏在柜台上。"你认识我吗?"他低声问道。

"不好意思,我不明白你在说什么。"

"你见过我吗?我以前曾经来过这里吗?"

"难道你不知道自己以前是不是来过这里?"

他摇了摇头。

她打量了他片刻,似乎是在评估他的诚实程度,想要搞清楚这个满脸是伤的男人究竟是疯了还是故意跟她捣乱。

最终她开口说道:"我认为我以前没有见过你。"

"你确定?"

"是的,就像我可以确信这里不是纽约一样。"

"好吧。你在这里工作很久了吗?"

"一年多一点。"

"这么说,我不是这里的常客?"

"当然不是。"

"我还能问你一些别的事情吗?"

"没问题。"

"这里是什么地方?"

"你居然不知道自己人在哪里?"

他迟疑了片刻,他的一部分心智不愿意承认这种彻头彻尾的无助感。最终他还是摇了摇头,咖啡师皱着眉,看上去对此难以置信。

"我并不是存心跟你捣乱的。"他说。

"这里是爱达荷州的黑松镇。你的脸……你遇到什么事了?"

"我……我自己也不知道。镇上有没有医院呢?"在问出这个问题的时候,他突然感到一股不祥的电流涌过自己的全身。

这是不祥的预感吗?

还是某种深藏于脑海深处的回忆用冰冷的手指戳了戳自己的后脊梁?

"有的,医院在离这里七个街区远的南边。你应该立即去医院看个急诊。我可以帮你叫一辆救护车。"

"不必了。"他后退着离开了柜台,"谢谢……你叫什么名字呢?"

"米兰达。"

"谢谢你,米兰达。"

再度置身于阳光之下,他的步履变得更加不稳,头疼的感觉也增强了一些,开始折磨人了。街上一辆车都没有,所以他不假思索地横穿马路,来到了主街的另一侧,然后沿着街道走向第五街。在他经过一位年轻的母亲和她年幼的儿子身边时,他听到小男孩像是低声在问:"妈妈,那是他吗?"

母亲嘴里发出嘘声,示意儿子保持安静,然后皱着眉用略带歉意的眼神看着这个男人,说:"抱歉,他不是有意对你无礼的。"

他来到第五街和主街的交会处,站在一栋两层楼高的赤褐色砂石外墙建筑物面前,双开玻璃门上印着"第一国家银行黑松镇

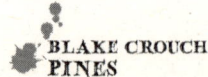

分行"。在建筑物的侧面,他看到了一间电话亭。

他尽可能快地跛行着走进电话亭,接着从里面关上了门。

电话亭里的公共电话簿是他见到过的电话簿里最薄的一本,他站在那里翻阅着,寻求突破性的发现,可是它只有区区八页纸,上面印着几百个名字。就像这个小镇里的其他东西一样,它对他来说毫无意义。

他放下了电话簿,任其在金属丝上悬挂摇摆着,他将头靠在了电话亭冰冷的玻璃墙上。

这时他看到了电话的拨号盘。

他不由得因自己刚刚意识到的事情而笑了起来。

我知道我家的电话号码。

拿起听筒之前,他先试着拨了好几次脑子里的那个号码,想看看自己是不是真的能记住。他看着自己的指尖似乎凭着某种肌肉记忆迅速而连贯地按下了那一连串数字,连续好几次都准确无误。

他将要拨打的是对方付费电话,他在心里默默向上帝祈祷有人在家。当然,他不会把自己的名字告诉对方,至少不会把真名说出来,不过他们也许能认出他的声音,并且愿意接听他的电话。

他拿起听筒,将其贴在自己耳边。

他伸出另一只手,按下了键盘上的"0"。

可是听筒里并没有拨号音传出来。

他反反复复地按下叉簧,可还是无济于事。

令他感到惊讶的是自己内心的愤怒竟然来得如此迅猛。他

"砰"的一声把听筒挂了回去,这时一股混杂着恐惧和愤怒的情绪突然在他身体里蔓延开来,令他迫切地想要找到一个发泄的途径。他将自己的右臂向后弯曲到最大程度,接着用拳头朝电话亭的玻璃墙猛击过去。这样一来,他的指关节自然受了重伤,不过肋骨附近的灼痛还更为剧烈,迫使他不由得朝电话亭的地面俯下身去。

此刻他头骨后部的疼痛感也越发强烈起来。

他的前方出现了重影,随即视线变得极其模糊,最后眼前一片漆黑……

\#

当他再度睁开眼睛时,电话亭里的光线比先前暗了不少。他一把抓住墙上用来悬挂电话簿的金属丝,缓缓站了起来。透过眼前那面脏兮兮的玻璃墙,他看到太阳的边缘已经滑落到矗立在小镇西部的峭壁山脊背后去了。

待太阳完全消失的时候,这里的气温会陡降十度。

他仍然记得自己家的电话号码,不过为了让自己记得更牢而不致忘记,他又在拨号盘上拨了几次同样的号码,并将听筒凑到耳边聆听里面是否有拨号音传出来——可他只是听到了极其微弱的静电噪声,而他不记得自己从前曾透过电话听筒听到过这样的噪声。

"喂?喂?"

他将听筒放回原位,再次拿起了电话簿。先前他留意的是电话簿上的姓氏,试图搜寻一个能撼动他的记忆之门,或者令他的

012

情感之湖泛起一丝涟漪的姓氏。这会儿他搜寻的是电话簿上的名字，他顾不得头骨后部渐渐加重的疼痛感，用一根手指指着一个个名字细细查阅着。

他在电话簿的第一页没找到什么。

第二页——也没有什么。

第三页——依然没有。

当他的手指滑到电话簿第六页的底部时，突然停止了移动。

斯科士谢家，麦克和简

黑松镇第三大道403号 83278……559-0196

接下来他又翻阅了电话簿余下的两页，最后发现——斯科士谢是黑松镇电话簿上唯一一个与麦克有关联的姓氏。

他将一侧肩膀抵入折叠玻璃门的门缝中，从电话亭里钻了出来，走进了傍晚的天空下。此时太阳已经落山，远方的天空尚存一丝余晖，气温开始迅速下降了。

今天晚上我应该在哪里过夜呢？

他步履蹒跚地走在人行道上，身体里面有个声音在叫嚣着提醒他应该径直到医院去。他正生着病，还伴有脱水、饥饿、头脑不清醒和身无分文。他全身上下没一处不痛，而且呼吸也越来越吃力，每次呼吸时，膨胀的肺部都会令他的肋骨疼痛难忍。

可是他体内有个东西却在拼命抗拒要去医院的想法。随着他渐渐远离商业区并朝着麦克·斯科士谢的居住地走去时，他意识到了是什么东西在抗拒医院。

又是……恐惧。

他也不知道这是怎么回事。这份恐惧感来得莫名其妙，可他就是不愿意走入医院。

在他目前的状况下，不可能去医院，绝不。

这真是一种极为奇怪而且无法言说的恐惧感，就好像走在夜晚的森林里，不知道自己究竟应该因什么而害怕，可恐惧感却恰恰因这样的一种神秘感而显得更为强烈。

往北走过两个街区之后，他来到了第三大道。当他拐了个弯，继而沿着人行道一路向东朝着远离商业区的方向行走时，他感到自己的胸腔仿佛被拧紧了一般。

他沿途经过的第一个信箱侧面印着"201"。

他猜测自己再走一段不远的距离应该就能到斯科士谢家了。

前方一个院子的草坪上有一群孩童在玩耍嬉戏，他们轮流奔跑着从一个给花草浇水的喷洒器旁经过。当他从院子边的尖桩篱笆栅栏经过时，努力挺直了身板，并让自己的步伐尽量显得稳定一些。然而，他仍旧禁不住让自己的身体略微向右偏着，以此来缓解肋骨的疼痛。

孩子们看到他之后全都安静了下来，一动不动地用丝毫不加任何掩饰的目光看着他慢吞吞地从他们身边走过，他们的目光里混杂着好奇和怀疑的神色，这令他感觉极不自在。

他又横跨了一条马路，然后以更慢的速度从街边三棵巨大松树的树荫下走过，并继续朝着下一个街区走去。

这个街区的维多利亚式房屋的门牌号都是以"3"这个数字打头的。

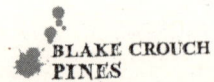

那么，斯科士谢家应该在下一个街区。

他的手心开始冒汗，后脑处的脉搏听起来就像一个被深埋在地底下的低音鼓发出的声音——"咚咚咚"。

他的眼前出现了两秒钟的重影。

他用力闭上双眼，片刻之后待他再度睁开眼睛时，重影消失了。

他走到十字路口时停下了脚步。他的口腔一直都很干涩，不过此时更为严重了，感觉如同嘴里衔着一团棉花一般难受。他费力地呼吸着，腹中的胆汁不时往他喉咙里涌。

等你看到了他的脸，这一切都会变得有意义了。他开始安慰自己。

没错，一定是这样的。

他又试探着向前迈出了一步。

已经是傍晚时分了，来自山峦的寒气在山谷中渐渐沉积了下来。

晚霞为黑松镇四周的山峦披上了一层淡淡的粉红纱罩，天山一色，相映成趣。他试着欣赏这令人震撼的美丽景色，可是身体的疼痛与不适却令他只能感受到痛苦而已。

一对老年夫妇手挽着手，一言不发地从他身边走过。

街上再无其他人了，一片死寂，来自镇中心商业区的声音也完全消失了。

他横穿平滑的黑色柏油路面，走上了人行道。

401号住户的信箱就在正前方。

再往前的下一个信箱就是属于403号住户的了。

此时他不得不眯缝着眼睛，让自己的视线尽量保持稳定，以避免眼前再次出现重影。同时他还得不住地与剧烈的偏头痛抗衡，让自己能撑下去。

在迈出了无比痛苦的十五步之后，他已经站在了黑色的403号信箱旁边。

斯科士谢

他伸出手来紧紧握住了尖桩篱笆栅栏的顶部，以维持身体的平衡。

紧接着，他打开门闩，用一只已经磨破了的黑色皮鞋的鞋尖推开了门。

门上的铰链嘎吱作响。

门板轻轻地撞上了栅栏。

门背后的便道上铺设着古砖，便道通往一条有顶的前廊，那里摆放着一张锻铁制成的小桌子，桌子两旁各有一把摇椅。房子的外墙被漆成了紫色，门窗和屋檐有绿色的镶边，透过薄薄的窗帘，他能看到屋里的灯还亮着。

去吧，你必须搞清楚。

他迈着蹒跚的脚步朝房子走去。

眼前不时会出现短暂的重影，他得越来越用力地支撑着自己不要停下来。

他抬脚跨进了门廊，就在自己因体力不支快要倒下的当口，他及时伸出手来扶住了门框。他用两只不住颤抖的手握住门环，

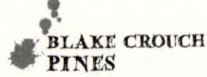

将其从黄铜门牌上扬了起来。

他甚至不让自己有一秒钟的时间重新考虑。

他用门环接连四次敲击着黄铜门牌。

每隔四秒钟左右,他头颅后部便像受到重拳击打一样剧痛难耐,眼前则直冒金星,其间还不时出现一些黑影。

他能听到门的另一侧似乎有人正行走在硬木地板上,脚步声越来越靠近门边。

他的膝盖似乎溶化掉了一般,两腿极其乏力。

他赶紧抱住了门廊旁侧的一根柱子,以维持身体的平衡。

木门被打开了,一个看起来跟他父亲年龄相当的男人正透过纱门注视着他。老人又高又瘦,头顶有一簇头发已经花白了,下巴蓄着白色的山羊胡须,脸颊上细微的红色静脉血管表明他过着长期过量饮酒的生活。

"你有什么事吗?"老人问道。

伊桑站直了身子,使劲眨眼与不断袭来的偏头痛对抗。他用尽了全身的力气,才能使自己不靠着任何支撑物而独立站立着。

"你是麦克吗?"他能听出自己声音里的惧怕,他相信面前这个老人也能听出来。

他因此而有些恨自己。

老人朝纱门的方向略微前倾身子,为的是将站在自家门廊上的这个陌生人看得更清楚一些。

"你有什么事吗?"

"你是麦克吗?"

"我是。"

伊桑将脸探向纱门,从而更清楚地看到了对方的容貌,同时也嗅到了对方呼出的红葡萄酒的酸甜气息。

"你认识我吗?"他问道。

"你说什么?"老人反问。

此时,伊桑内心的惧怕已被渐渐酝酿成了愠怒。

"你——认——识——我——吗?是你把我打成这样的吗?"

老人说:"我这辈子从来都没有见过你。"

"是吗?"伊桑的两只手不由自主地握成了拳头,"这个镇上还有别的叫麦克的人吗?"

"据我所知,除了我以外,就没有别的麦克了。"麦克将纱门推开,来到了门廊上,"伙计,你看起来可不太好呀。"

"我也觉得自己的状况不怎么好。"

"你遇到什么事了?"

"你来告诉我,麦克。"

屋里的某个地方传来了一个女人的声音:"亲爱的?一切都好吗?"

"是的,玛奇,一切都很好!"麦克注视着伊桑,"不如让我送你去医院吧?你受伤了。你需要……"

"我不会跟你去任何地方。"

"那你为什么来我的家?"麦克的声音略显生硬,"我只是想为你提供帮助而已。既然你不接受,那好,不过……"

麦克还在继续说着什么,可是在伊桑听来,麦克的话语就像

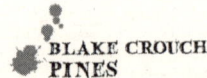

是渐渐淹没并消融在了从自己肚腹深处传来的噪声里,那个噪声好似一辆货运列车呼啸而过的声音。他眼前的黑影越变越大,他开始觉得天旋地转。就算他的偏头痛在五秒钟内没有发作,他能继续保持站立姿势的时间也不会超过五秒钟了。

他抬起头来看着麦克,后者的嘴巴还在动,而他体内传来的货运火车的轰鸣声越发加大了,同时还伴随着他头脑里发出的"咚咚"的撞击声。他死死地盯着麦克的嘴唇和牙齿——他脑子里的神经元似乎受到了某种触动,正试图想起什么。**上帝啊!那个轰鸣声,还有那震动作响的声音……**

他没感觉到自己的双膝已经疲软无力了。

他甚至没觉得自己正在向后跌倒。

他在一秒钟之内便落在了门廊的地板上。

下一秒便滚到了门廊下的草坪里。

他平躺在草地上,先前跌落时头部受到的撞击令他感觉有些眩晕。

麦克的脸来到了他的上方,他看到麦克俯身将双手放在膝盖上,正低头盯着自己。麦克嘴里的话语全都淹没在了正掠过他脑子的火车轰鸣声里。

他就要失去意识了——他能感觉到这一点,再过几秒钟他就会知觉全无——这是他希望的一种状态,他希望身上的疼痛能止息,可是……

那些问题的答案。

它们就在这里。

离自己如此接近。

虽然这么说略显荒唐,但他确实认为麦克嘴里正在吐露一些至关重要的信息。于是,他忍不住一直盯着麦克的嘴唇和牙齿看。

他认为麦克的唇齿之间正在给出一个解释。

麦克正在给出所有问题的答案。

随即他意识到了这一点——不要再抗拒它了。

不要热切地渴盼它了。

静静地思考吧。

让它来就好了。

牙齿、牙齿、牙齿、牙齿牙齿牙齿牙齿牙齿牙齿……

它们已不再是牙齿了。

它们变成了明亮而有光泽的格子窗,上面印着:

麦克

#

坐在他身旁的副驾驶座位上的男人斯托林斯并不知道即将发生什么。

在从博伊西①出发一路向北的三个小时行车途中,斯托林斯显然非常喜欢他自己的声音,在这期间他一直做着同样的一件事——说话。可伊桑从一个小时之前开始就不再用心听斯托林斯说话了,因为他发现只要自己每隔五分钟左右插嘴说一句"我以前还没想到过这个呢"或"嗯,真有意思",便能将斯托林斯糊弄过去。

---

① 美国爱达荷州首府。

就在伊桑正准备再用类似的话语来象征性地鼓励斯托林斯继续往下说的时候,他看到了斯托林斯那一侧车窗外几英尺远的一个词"麦克"。

他还来不及作出任何反应,斯托林斯身旁的车窗瞬间就碎裂成了无数细小的玻璃颗粒。

安全气囊猛地弹了出来,可是它慢了几毫秒,伊桑的头还是撞上了挡风玻璃,而且力度大到足以将其撞碎。

这辆林肯城市轿车的右半部分完全变成了由碎玻璃和变形的金属构成的炼狱,而斯托林斯的头则直接撞上了卡车车头的隔栅。

当那辆卡车撞上来时,伊桑能感觉到它的引擎的热度。

还能嗅到突如其来的汽油和刹车油的气味。

伊桑发现到处都是血——它们顺着破碎的挡风玻璃往下流,飞溅在了仪表板上,淤积在了他自己的眼睛里,而且他还看到仍然有血从斯托林斯残缺扭曲的身体往外喷涌。

他努力回忆着。片刻之前,这辆林肯城市轿车在经过一个十字路口的时候,被一辆疾驰的卡车撞上,随即被推挤到了小路边一栋赤褐色砂石房屋前面的公用电话亭旁……很快地,伊桑失去了知觉。

BLAKE CROUCH
PINES

第二章

一个女人正低头看着他。尽管他的视线有些模糊不清,可他起码依稀能看清她长着一口好看的牙齿。她俯下身子,离他更近了些,于是他原本看到的重影合并成了一个正常的形体,同时也足以清楚地看出她是个漂亮的女人。她身上穿的短袖连身裙制服是白色的,制服前面的一排纽扣一直延伸到了膝盖上方。

她嘴里不断重复喊着他的名字。

"伯克先生?伯克先生,你能听到我说话吗?伯克先生?"

他的头痛已经止息了。

他小心翼翼地试着缓缓吸了一口气,可是肋骨的剧烈疼痛却令他吸到一半就放弃了,只能颓然地叹息着。

刚才他一定疼得龇牙咧嘴,因为护士开口说道:"你的左侧身体仍然很不舒服吗?"

"不舒服。"他笑着叹息道,"是的,我很不舒服。你说得没错。"

"如果你需要的话,我可以为你选一些药效更强的止痛剂。"

"不用了,我想我还能扛得住。"

"那好吧,伯克先生,不过你也别像个圣人似的让自己承受无谓的痛苦。如果你觉得我可以做些什么来让你感觉舒服一点,请尽管说出来吧。顺带说一句,我是负责照顾你的护士,我叫帕姆。"

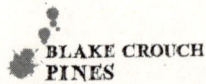

"谢谢你，帕姆。我上次住在这里的时候就记住你了，我不会忘记你身上穿的经典式样的护士制服。我甚至没有想到，如今的护士制服仍然还跟从前一样。"

她笑了，"唔，看来你的记忆力又恢复了，这可真是太好了，我也很高兴。米特尔医生很快就会过来，现在你是否介意让我为你测量一下血压呢?"

"噢，当然没问题。"

"好的。"

帕姆护士从停在床脚的手推车上拿起一台血压计，随后将橡皮囊细带裹在了他的左后臂上。

"你先前可把我们吓坏了，伯克先生。"她边说边操作着血压计，"竟然就那样走掉了。"

当血压计的指针落下的时候，她便不再说话。

"还正常吗?"他问道。

"A+。收缩压一百二十二，舒张压七十五。"她为他解开了裹在手臂上的橡皮囊细带，将血压计收好。"他们刚送你来这里时，你正处于神志昏迷的状态。"她继续说道，"你看起来似乎连自己是谁都不知道呢。"

他从床上坐了起来，脑子里的疑惑也像雾气一样往上升腾着。此刻他正置身于医院的一间私人病房里，而他觉得这间病房看起来十分熟悉。病床旁边有一扇窗户，百叶窗是关上的，从窗叶间隙透进来的光线看起来极其微弱。他估计现在要么是清晨，要么是傍晚时分。

"你们是在哪里找到我的?"他问道。

"在麦克·斯科士谢家的前院。当时你昏厥过去了。你还记得你当时在那里做什么吗?麦克说你看上去又激动又困惑。"

"昨天我在河边醒过来之后,发现我竟然不知道自己是谁,也不知道自己身处何地。"

"你擅自离开了医院。你还记得你是怎么走出去的吗?"

"不记得了。我去斯科士谢的家是因为他是电话簿上唯一一个叫'麦克'的人。"

"我不太明白你这话是什么意思。"

"在我脑子里,'麦克'是唯一一个尚有意义的名字。"

"能说得详细些吗?"

"因为在那辆卡车撞上我们之前,我最后看到的文字就是'麦克'。"

"噢,原来是这样……你的意思是说一辆印着'麦克'字样的卡车撞上了你们的轿车吗?"

"没错。"

"人的思想真是奇怪啊。"护士说着,绕过床尾朝那扇窗户走去,"它以神奇的方式运作着,在不同的事物之间寻找着奇特的关联。"

"我被带回这里有多长时间了?"

她拉开了百叶窗,"已经一天半了。"

阳光立刻倾泻了进来,房间里变得亮堂堂的。

其实现在是早晨,太阳刚刚从东面的峭壁边缘露出脸来。

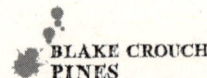

"你的大脑遭受了严重的震荡。"她说,"本来很可能死在车祸现场的。"

"我能感觉到自己的性命危在旦夕。"

照射着小镇的晨光略微有些炫目。

"现在你的记忆力怎么样?"帕姆问道。

"真是太奇怪了。当我想起那起交通事故的时候,我的所有记忆都恢复了,就好像有人把掌管记忆之门的开关打开了一样。斯托林斯特工怎么样了?"

"你说的是谁?"

"就是两车相撞时坐在我身旁的那个男人。"

"噢。"

"他没能活下来,是吗?"

帕姆护士回到病床边,俯身将自己的一只手放在他的手腕上,"恐怕是这样的。"

其实他早就料到了这样的结果。自从战争结束后,他还从来没有见过谁的身体遭受过那样的重创。不过,让自己所怀疑的事情得到证实也是很有必要的。

"他是你朋友吗?"护士问道。

"不是的。出事那天我才第一次见到他。"

"当时的情景一定很可怕。我真为你感到难过。"

"我的损害怎么样?"

"不好意思,我不太明白你在说什么。"

"我是指我的伤势如何。"

"米特尔医生能比我更清楚具体地描述你的伤势,不过我可以告诉你的是:脑震荡的影响已经渐渐得到了控制。你有几根肋骨被撞断了,身上还有一些浅表性的划伤和瘀伤。从整体来看,目前你的状况已经比我们预想的要好很多了。"

她转身朝门口走去,当她将门推开一个小缝隙的时候却停下了脚步,回过头来。

"那么,我们是不是可以确认你已经恢复记忆了?"

"当然。"

"你叫什么名字?"

"伊桑。"他说。

"很好。"

"你能帮我一个忙吗?"伊桑问道。

她的脸上绽放出一个大大的笑容,"当然。"

"我需要给一些人打电话。我的妻子,还有我的上司。有人跟他们联系过吗?"

"我想本镇治安官一定已经在交通事故发生之后的第一时间就安排工作人员跟你的紧急联络人取得了联系,并将你所遇到的事情和你当时的情况都告诉他们了。"

"车祸发生时,我的外套兜里放着一部iPhone。你知道我的手机去哪儿了吗?"

"这我不知道,不过我能戴上我的南茜·朱尔侦探帽开始工作,尽快为你查明手机的下落。"①

---

① 南茜·朱尔是一个虚构的少女侦探,以她为主角的文学影视作品在美国很是流行。

"我将不胜感激。"

"病床栏杆上有个红色按钮,你看到它了吗?"

伊桑低头看着按钮。

"如果你需要找我,按一下就成。"

帕姆护士展露出一个更为灿烂的笑容,随后便离开了。

#

病房里没有电视,也没有电话,最好的也是唯一的娱乐方式便是看着门框上方的挂钟。接连好几个小时,他就这样躺在床上看着挂钟的秒钟转了无数圈,时间从早上到了中午,随后又到了下午。

他不知道自己病房所在的楼层,也许是三楼,也许是四楼。帕姆护士离开时仍然让百叶窗开着,当他看挂钟看得有些厌倦的时候,便小心翼翼地略微朝自己尚且完好的那一侧身体所在的方向倾身去,看着黑松镇的景观。

从他所处的位置能够清楚地看到小镇的主街,还有主街两旁的一些街区。

他在来这里之前就已经知道这是一座寂静的小镇,可是来了之后,这里所呈现出的死气沉沉的面貌还是令他颇感惊讶。整整一个小时过去了,他只看到十来个行人从医院门前的人行道经过,而那条整个小镇最为繁忙的主街上连一辆车的影子都没有。窗外最引人注意的东西在两个街区以外——那里有一支建筑队正在修建一栋房屋。

他想起了在西雅图的妻子和儿子,但愿他们已经在赶来与他见面的途中了。他们应该会搭乘最早的一趟航班出行,先得飞往博伊西或米苏拉,然后再租一辆车经过长途跋涉来到黑松镇。

当他再一次看挂钟的时候,已经是三点四十五分了。

他已经在这张病床上躺了整整一天,而那个叫米特尔的医生一次都没有来过。伊桑是医院的常客,根据他的经验,通常护士和医生们从来不会让病人独处超过十秒钟——他们总是不断地敲门进来打探情况,并且不时提醒病人该吃药了。

可是此时此地,他们几乎完全无视他的存在。

帕姆护士也没有带着他的iPhone或其他物品露面,这个位于荒无人烟之地的医院究竟得有多忙啊?

他把手伸向病床栏杆上的控制面板,用一根大拇指按下了"呼叫护士"的红色按钮。

十五分钟过后,病房门被打开了,随即帕姆护士快步走了进来。

"噢,上帝啊,真是抱歉。我在十秒钟前才看到你的呼叫信息,医院的内部通话系统可能出了一些问题。"她在病床边停下脚步,用双手扶着金属床栏,"我能帮你做些什么吗,伊桑?"

"米特尔医生在哪里呢?"

帕姆面露苦相,"他整个下午都在处理一个紧急手术,在手术室里一待就是五个小时。"她笑道,"不过我今天早上已经把你的主要情况跟他汇报过了,我还提到你在记忆力恢复方面的显著进展,他认为你恢复得相当好。"

说着她朝伊桑竖起了大拇指。

"那我什么时候能见到他呢?"

"现在看起来他要等晚饭过后才会来巡视病房,可能你再等半个小时就能见到他了。"

伊桑强压住心头涌起的失望情绪。

"你找到我的手机和其他一些我遭遇车祸前随身携带的物品了吗?我的钱包,还有一个黑色的公文包。"

帕姆护士略略行了个礼,然后朝他走近了几步。

"我正在处理这些事情,队长。"

"请马上给我一部电话,我需要联络一些人。"

"遵命,元帅。"

"元帅?"

"难道你不是美军元帅一类的人物吗?"

"不是的。我是美国特勤局的一名特工。"

"真的吗?"

"当然是真的。"

"噢,我还以为你们是负责保护总统的。"

"我们也负责处理一些别的事情。"

"那么你来我们这个小镇做什么呢?"

伊桑朝她淡淡地笑了笑。

"恕我不能透露。"

其实他本可以说的,只是不想说而已。

"听你这么一说,我的好奇心反而被你激发起来了。"

"电话,帕姆。"

031

"什么？"

"我真的需要电话。"

"好，我马上去处理这件事。"

#

他的晚餐被送来了，几份黏糊糊的呈绿色和棕色的食物被盛放在一个亮闪闪的金属餐盘里，可是没人给他送电话来。这个时候，伊桑已经打算离开这里了。

没错，他先前的确悄悄溜出去过一次，可那时他刚遭受了严重的脑震荡，精神不大正常。

不过现在他的头脑非常清醒。

他的头疼已经消失，呼吸更加顺畅，呼吸时的疼痛感也减轻了。要是医生真的认为他的身体状况是值得担心的，那么在过去的十个小时里，医生至少应该来他的病房巡查一次。

伊桑故作镇静，不动声色地看着帕姆护士离开。护士临走时说了一句话来安慰他，她说这家医院的食物"看着不怎么样，但吃起来却完全不同！"

待帕姆走出病房并关上房门之后，伊桑立刻拔掉手腕上的输液针头，随即翻出了床栏。他赤着脚踩在冰冷的油毡地板上，觉得自己离最佳状态还有一小段距离，不过跟四十八小时之前的身体状况相比已经好很多了。

伊桑光着脚丫走到衣橱边，拉开了门。

他的衬衫、外套和裤子都挂在衣架上，鞋子也放在衣橱下面的地板上。

可是衣橱里没有袜子。

也没有公文包。

看来只有赤手空拳上阵了。

他弯腰提裤子时猛地感觉到了一阵疼痛,那是来自他左侧身体的剧烈刺痛。当他站直身子之后,疼痛感很快就消失了。

他在穿裤子的过程中瞥见了自己裸露的双腿,腿上交错连接的疤痕推着他离开现实世界,回到了八年前那个棕色墙壁的房间。他永远也摆脱不了那个房间里所充斥着的死亡气息。

一番查找之后,他发现自己的折叠式小刀仍然放在外套的口袋里。这把小刀是他在二十出头的年纪做直升机机械师时留下的纪念品,对于现在的他来说,与其说它是一个工具,倒不如说它是一个护身符。不过,当他看到小刀还在自己的衣兜里时,仍然感到几分安慰。

他站在浴室镜子前,笨拙地系着领带。他试了五次才将领带系正,动作生疏而拙笨,看上去就像有好几年都没系过领带一般。

终于系好了一个温莎结,他后退了一步,透过镜子打量着自己的模样。

他脸上的瘀青看起来略微好些了,不过外套上依然沾着青草和泥土,左侧衣兜那里还被撕开了一道小口子。外套下面的白色牛津纺衬衫也被弄脏了——领口附近斑斑点点的血迹清晰可见。

在过去的这几天里,他的腰围变细了不少,所以他只得将皮带系到最紧。即便如此,他仍然觉得裤腰太松了。

他拧开水龙头,用水淋湿了双手,然后用湿漉漉的手指梳理着头发。

他努力让自己的外貌看上去显得正常一些。

他用温水"嗖嗖"地漱了好几次口,可是嘴里仍然觉得很不清爽。

他嗅了嗅自己的腋下,顿时一阵令人讨厌的臭味扑鼻而来。

他还需要刮一刮脸上的胡须。他已经有好几年没像现在这样胡子拉碴了。

他穿上鞋子,系好鞋带,然后走出浴室,朝病房门口走去。

他脑子里冒出的第一个出于本能的念头是:应该趁没有人看到自己的时候偷偷溜走,而这个念头同时又令他颇感困惑。他是一名由美国政府赋予了全权的联邦探员,这就意味着人们必须按他说的做,甚至连医生和护士也不例外。难道他们不想让他离开吗?才怪呢!可是,他身体里面某个部分还是想要抗拒意外的麻烦。他知道这样的想法有些愚蠢,但他的确不想被帕姆护士发现自己离开。

他转动着门把手,随即将门打开了约莫一英寸宽的缝隙。

在他视线所及的走廊范围内,一个人影也见不着。

他紧张地聆听了一会儿。

远处没有护士们彼此交谈的声音。

也没有脚步声。

只是一片死寂。

于是他把头探出门外,迅速地往左往右分别看了看,这时他更加确信了一个事实:目前他的病房外面的走廊上空无一人,甚

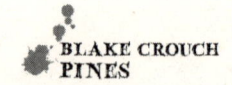

至连五十英尺之外的护士站里也没有人。

他走出病房进到走廊，踩在呈方格图案的油毡地板上，然后轻轻关上了身后的门。

在这里，他只能听到天花板上日光灯发出的柔和而稳定的"嗡嗡"声。

他突然意识到自己首先应该采取行动完成一件事情，于是他忍住来自肋骨的疼痛，弯下腰解开了鞋带。

他就这样赤着脚在走廊上走动着，没有发出任何声音。

这片区域的病房都是关着门的，而且看不到任何光线从门板下方的缝隙透出来，看来除了他自己的病房之外，其他房间此时都无人居住。

护士站位于四条走廊的交会处，此刻空无一人，他发现其中三条走廊上全都是一间挨一间的病房。

护士站的背后有一段较短的走廊，尽头是一扇对开门，门上的标示牌上写着"手术室"。

伊桑来到护士站对面的电梯前，按亮了下行箭头。

他听到电梯门背后传来了滑轮组运转的声音。

快来吧，他心里如是盼望着。

等待了许久。

他突然意识到自己本该选择走楼梯的。

他不停地左顾右盼，侧耳细听是否有渐渐靠近的脚步声，可是他唯一能听到的就只是电梯轿厢上行的声音。

伴随着刺耳的"嘎吱"声，电梯门终于打开了。他赶紧侧身

035

让到一边,好为即将走出电梯的人留出通道。

可是没有人从电梯里出来。

他匆匆进到轿厢,按下了"1"键。

他抬起头,看着电梯门上方指示灯的数字从"4"开始变换。电梯下降得很慢,足足过了一分钟——这个时间让他重新穿上鞋子并系好了鞋带——指示灯上的数字变成了"1",随即电梯门"嘎吱"一声打开了。

他走出电梯,这里又是四条走廊的交会之处,只是换了楼层。

他听到其中一条走廊上有人在低声说话,距离并不是很远。

同时还伴随着担架床的轮子滚动时发出的"咯吱"声。

他避开有动静的那条走廊,在另外几条走廊上徘徊穿梭了许久。就在他开始怀疑自己已经迷路的时候,突然看到了一块写着"出口"二字的标志牌。

他匆匆走下一小段阶梯,推开阶梯尽头的一扇门,步履蹒跚地走了出去。

此刻正值傍晚时分,日光比较暗淡,天空清朗,小镇四周的山峦被落日的余晖染成了粉色和橙色。他站在医院门前的人行道上,回头看着医院——这是一栋四层楼高的红砖建筑,在他看来它更像是一所学校,或者一所精神病院。

他在不会引致肋骨疼痛的前提下尽可能用力地吸入了一口新鲜空气。在医院里呼吸了那么久充斥着防腐剂味道的气体之后,这儿带着松树香味的凉爽空气实在令他觉得心旷神怡。

他沿着主街的人行道朝着小镇中心的建筑群走去。

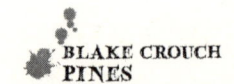

街上的行人比下午多一些了。

他从一栋侧面有露台的小房子旁走过,原来这里是一家餐馆。露台上的白杨树安设了小小的白色灯泡,顾客们都坐在这些白杨树下用餐。

嗅到食物的香味,他的肚子不禁"咕咕"直叫起来。

他在街道拐角穿过马路,来到了一个电话亭跟前。两天前,他就是在这里失去了知觉。

他走进电话亭,翻阅着那本电话簿,直到找出了黑松镇治安部的街道地址。

#

他感觉自己的身体状况比前几天好些了,走路也不觉得费力了。他朝着小镇东面走去,这时天色渐暗,气温也开始下降了。

他从一群正在烤肉野餐的人身旁走过。

微风吹来了木炭燃烧的气味。

还带来了装在塑料杯子里的啤酒的香醇气味。

孩子们的嬉闹声回荡在整个山谷里。

近旁草地上的喷洒器正在工作着,发出蝉鸣般的"嗞嗞"声。

无论他看向哪里,眼前都是如画的景致。

这里就是人们理想中的小镇了。住在这里的人应该不会超过五百,他想象着这些人是如何来到这里的。有多少人是因为偶然发现了黑松镇,然后爱上了它,并选择在这里定居的呢?又有多少人是在此地出生、成长,并且从来都不曾离开过呢?

尽管以前一直在大城市里生活,但他也能理解为什么有人不愿意离开这样的一个地方。他们没有理由要放弃一个看起来如此完美的地方啊！小镇充满了典型的美国风情，四周全是他见所未见的雄壮自然景观。他在离开西雅图的头一天晚上看过黑松镇的照片，可是没有一张照片能充分体现出后来他所见到的这个山谷小镇的真实面貌。

命运安排他也来到了这里。

其实，这里并非完美之境。

根据他的经验，但凡有人类聚居的地方，就必然有其阴暗面。这是放之四海而皆准的公理。

完美不过是表面现象罢了。揭开表皮，就会渐渐开始看到更阴暗的内在。

再往里一点——那可就是全然的黑暗。

向前行走的时候，他没法让自己的视线离开重重山峦。小镇东面群山的高度肯定达到了三四千英尺，山顶的岩石上覆盖着皑皑白雪。

落日的余晖正映照在他身后的峭壁上，他转过身，停下脚步，看着太阳的光芒一点一点地褪去。

待太阳的光芒彻底消失之后，峭壁的岩石便立即呈现出了原本的钢青色。

眼前的自然景观跟先前截然不同了。

不过仍然很美丽。

只是让人觉得更加遥不可及。

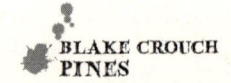

\#

玻璃对开门上方的小牌子上写着：

黑松镇治安部

他沿着一条两旁种有小松树的通道一路向前朝入口走去，随即他的内心突然涌起了一阵挫败感。

他透过玻璃门可以看到阴暗的大厅里空无一人。

尽管如此，他还是抓住玻璃门的把手，用力拉了一下。

门是锁着的。

很明显现在已是下班时间了，不过他仍然为此感到颇为光火。

伊桑从入口退了回来，俯瞰着这栋只有一层楼的平房。在这栋房子远端的一扇窗户里，似乎有些许亮光从百叶窗后面透了出来。

于是他再次走上前去，用指关节敲了几下玻璃门。

没有任何回应。

他用更大的力量重重地敲击玻璃门，以至于门摇晃着在门框里哐当作响，盖过了敲击声。

五分钟过去了，依旧没有人前来应门。

\#

当他回到小镇主街的时候，夜空中已经可以看到几颗星星了。十五分钟前还宜人舒适的凉爽空气渐渐变得令人难以忍受，他的外套和薄薄的牛津纺衬衫根本不能抵御寒风的侵袭，没穿袜子的双脚也感觉到冰凉和麻木。

更糟的是，肚腹传来了强烈的饥饿信号，而且他突然有些头昏眼花起来。

他又坚持着走过了好几个街区,来到了黑松镇酒店,随即登上了通往入口的石阶。

透过门上的玻璃窗格,他看到大堂亮着灯,还看到服务台后面坐着一个年轻女人。

伊桑一走进大堂,立即感到全身被一团温暖的空气包裹起来了。

巨大的壁炉里正燃烧着熊熊火焰,壁炉对面的墙角摆着一台三角大钢琴。

他在壁炉前停下了脚步,把两只手伸过去取暖。松木树脂在炉火的高温下沸腾着,散发出阵阵芬芳气息。他真想躺在这里的沙发上好好地睡上几天。

片刻之后,他拖着步子朝服务台走去。

看着他越走越近,坐在服务台后面的女职员朝他微笑着。

在他看来,她的年纪大约在二十五岁。她虽然略微偏胖,但还算漂亮,黑色头发在脑后扎成了一束短短的马尾。她的白色衬衫外面穿着一件黑色背心,胸前的姓名牌上印着"丽莎"。

伊桑慢慢地走到服务台跟前,将自己的两只前臂支撑在台面上,以保持身体平衡。

"晚上好!"丽莎说道,"欢迎您来到黑松镇酒店。今天晚上我能帮你做些什么呢?"

她的问候语略显生疏和不自然,问题不在于她所说的言词,而在于她的表达方式。那语气听起来就好像这些话是她鲜有机会向人说出来的。

"今天晚上还有空房间吗?"

"肯定有的。"

丽莎在电脑键盘上敲打着。

"你只需要在这里住一个晚上吗?"她问道。

"是的。目前看起来是这样的。"

伊桑看了看摆在她面前的电脑显示器——这是一台古老而丑陋的机器,像是二十世纪八十年代末期的产物。他已经不记得自己上一次看到这样的过时设备是什么时候了。

"我在二楼为你找到了一间禁烟和禁止携带宠物入住的大床房。"

"好的。"

她打完字后问道:"你打算刷信用卡吗?"

伊桑笑着说:"这可是个有趣的问题。"

"噢,是吗?怎么会呢?"

"几天前我遭遇了一场车祸。一辆卡车撞上了我的轿车。事实上,车祸就发生在离这儿不远的街道上。或许你也看到现场的情形了?"

"没有,我确信我没看到。"

"唔,我刚从医院出来,而要命的是……我找不到我的钱包了。事实上,我所有的个人物品都不见了踪影。"

"噢,真替你感到难过。"

他能看出丽莎笑容中原本的热情似乎消减了一点点。

"那么你希望用什么方式支付定金呢，这位……先生？"

"我姓伯克，全名伊桑·伯克。我想告诉你的是，我得等到明天拿回我的钱包之后才能支付。我被告知目前我的个人物品都被放在治安官那里，我也不知道原因何在，不过……"他耸了耸肩，"事情就是这样。"

"嗯……你要知道，只有在客人预付了现金或至少提供了一个有效的信用卡卡号之后，我才有权为其安排房间。这是我们酒店的规矩，以保证——当然我的意思并不是说这样的事情一定会发生——当房间里的设施被损坏时，酒店的损失能得到赔偿。"

"我明白你的意思。我非常清楚酒店收取预付定金的目的。我想告诉你的是我能在明天早上把钱付给你。"

"你甚至连驾驶证也没带在身上吗？"

"驾驶证也在我的钱包里。"

丽莎用上牙死死地咬住下唇，他能看出即将会发生怎样的事情——一个和蔼的姑娘板起脸来恶狠狠地对待自己。

"这位先生……呃，伯克先生，如果你不能出示你的信用卡，不能支付现金，也不能提供你的身份证明，那么我恐怕不能为你安排今晚在这里过夜的房间了。虽然我很想这样做，我是说真的，可是我不能违反酒店的规矩……"

伊桑猛地倾身俯在服务台上，于是她停止了说话。

"丽莎，你知道我为什么穿着一身黑色的西装吗？"

"不知道。"

"因为我是来自美国特勤局的特工。"

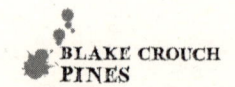

"你说的是那些保卫总统的人员吗?"

"那只是我们的职责之一。我们的主要任务是保护国家金融基础结构的完整性。"

"那么你来黑松镇是为了开展调查工作吗?"

"是的。我刚来镇上就遇到了车祸。"

"你目前进行的调查工作是什么呢?"

"对不起,我不能把跟我工作有关的任何细节透露给你。"

"你不是在逗我玩吧,对吗?"

"如果我用这个跟你开玩笑的话,那么我就是在犯罪了。"

"你真的是一名特工?"

"没错。我现在很累了,请你破例给我一个房间吧,我得好好休息一晚。我向你保证,我一定会付房费的。"

"那你明天早上能付钱吗?我是说一大早?"

"没问题,放心吧。"

\#

他手里拿着钥匙,艰难地登上了通往二楼的阶梯,继而进入了一条又长又静的走廊。墙上每隔二十英尺就有一盏提灯式样的照明灯,它们散发出的淡淡黄色光芒映照在走廊里的波斯地毯上。

他的房间在走廊的远端,房号是226。

他用钥匙打开房门,跨入门内,打开了房间的灯。

房间里的装潢风格简约而传统。

墙上挂着两幅拙劣的画作,体现的是典型的西部生活场景。

其中一幅是骑在一匹不羁野马上的牛仔。

另一幅是一群牧场工人围坐在一团篝火四周。

房间不怎么通风,而且没有电视机。

床头柜上摆放着一部黑色的老式转盘电话。

这张床看上去倒是又宽大又柔软。伊桑坐在床垫上,解开了鞋带。从医院出来后,他一直光脚穿着鞋走路,现在脚背上已经被磨出了好几个水疱。他脱掉西装外套,解下领带,随即又解开了衬衫的头三颗纽扣。

他从床头柜的抽屉里取出一本电话簿,放在床上,然后拿起了古董电话的听筒。

听筒里传来了拨号音。

谢天谢地!

奇怪的是,他家里的电话号码并没有立即跃入他的脑海。他用了差不多一分钟的时间,试着回忆以往在自己的iPhone面板上一一按下那一连串数字的情形。前几天他还记得那个号码,可是……"2……0……6。"他想起了起头的三个数字——这是西雅图的区号——并在转盘电话上接连拨了五次这个号码,可是每次拨完数字"6"之后,电话就断掉了。

他又拨打了"411"。[①]

电话铃响了两声之后,听筒里传来了一名接线员的声音:"请告诉我你需要的城市和人名。"

"华盛顿州西雅图市。伊桑·伯克。"

"请稍等片刻。"他能听到电话另一头的女接线员打字的声

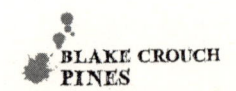

[①] 在美国拨打411的用途是查询,类似中国的114。

音。隔了好一阵之后，对方的说话声再次传来："你要找的是伯克家的电话号码吗？"

"没错。"

"先生，我这里查不到关于这个名字的任何信息。"

"你确定？"

"非常确定。"

这的确有些奇怪，不过考虑到他的工作性质，他家里的电话号码很可能不会公开供人查询。他越想越认为原因就在于此。

"好的，我知道了，还是谢谢你。"

他将听筒放下，翻开了电话簿，找到了治安部的电话号码。

响铃五声之后，电话被接入了语音信箱。

在"哔"的提示音之后，伊桑说道："我是美国特勤局西雅图分部的特工伊桑·伯克，正如你们所知道的，几天前我在主街遭遇了一场交通事故。我想在你们方便的时候能尽快跟你们通话。医院方面告诉我说我的私人物品都在你们那里，其中包括我的钱包、手机、公文包和手枪。我明天一大早会过来取这些物品。如果在明早之前有谁收听到了这则留言，请给我打电话。我目前住在黑松镇酒店的226号房间。"

#

当伊桑从酒店门口的阶梯往下走的时候，天已经全黑了，被鞋磨得疼痛不已的双脚和饥饿难耐的肚腹着实令他难以忍受。

酒店附近的咖啡馆已经打烊了，于是他在布满星星的天空下一路向北行走，途中经过了一家书店、几家礼品店和一家律师事务所。

现在还不算太晚，可是由于各家店铺都关门了，所以主街两旁的人行道上空无一人。当他看到有灯光倾泻在前方街区的人行道上时，才渐渐意识到原来饥饿带给人的痛苦超越了一切。他嗅到前方一栋建筑物里飘出了食物的香气，便不由自主地加快了行走的步伐。

他来到了这栋建筑物的入口，透过店面的玻璃墙看到里面是一家灯光昏暗的酒吧。抬头一看，酒吧的名字叫"啤酒花园"。

饥饿感再度向他袭来。

他走进了酒吧。

只有三张桌子前坐着客人，其余的座位都空着。

他在吧台的拐角处找了张凳子坐下。

有人正在室外草坪上烤肉，阵阵香气透过门缝飘了进来。

伊桑将两只手肘支撑在破旧的吧台上。坐在这样一家酒吧里，他感到内心很平静，这么多天以来他第一次体验到了这种感觉。关于斯托林斯以及那起车祸的记忆随时准备侵占他的大脑空间，不过他努力抗拒着，不让它支配自己的思想。他专注地进行着每一次呼吸，尽可能让自己的情绪保持平静安详。

五分钟过后，一个棕色头发的高个子女人快步走进了吧台里面，她的头发在头顶绾成了一个圆髻，由几根装饰条支撑着。

她面带微笑地走向伊桑，将一张杯垫放在了他的面前。

"你想喝点什么呢？"

她穿着一件黑色的圆领T恤，衣服胸前印着这家酒吧的名字。

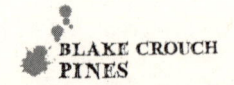

"一杯啤酒就好了。"

女侍者取了一个玻璃杯,朝放在一起的啤酒桶走去,"你是想喝低度的淡爽型啤酒呢,还是黑啤酒?"

"你们这里有吉尼斯黑啤吗?"

"噢,有的。"

在她扭开啤酒桶的龙头之后,他才想起来自己身上一文钱也没有。

她将装满啤酒的杯子放在他面前的杯垫上,一些泡沫从杯子边缘往外溢出,这时她又问道:"你是只喝啤酒呢,还是想再吃一点东西?"

"当然要再吃点食物了。"他说,"但是我想你会杀了我。"

女侍者笑了笑,"怎么会,我几乎都不认识你呢。"

"我身上没带钱。"

听了这话,她脸上的笑容顿时消失了,"这样啊,那你可能有麻烦了。"

"我可以跟你解释一下。几天前在主街上发生了一起两车相撞事故,你有看到过吗?"

"没有。"

"那么你听说过这件事吗?"

"没有。"

"唔,是这样的,事故就发生在几个街区外的南面街道上,我是那起事故的当事人之一。事实上,我来这里之前刚刚才从医院里出来。"

"那么，你脸上的那些瘀伤就是在那次交通事故中造成的吗？"

"是的。"

"不过我还是在想，这件事跟你不付钱有什么关系。"

"我是一名联邦特工。"

"这依然没有解答我内心的疑惑。"

"显而易见，我的钱包和手机都被警察带走了。事实上，我的所有私物都在治安官那里。这件事着实令我头疼。"

"那么，你是怎样的特工，是联邦调查局特工，还是别的？"

"我为特勤局工作。"

女侍者笑了笑，伏在吧台上朝他倾过身来。虽然酒吧里的光线比较暗淡，可是在如此近的距离之下很容易看出她的容貌相当好看——她看上去比伊桑年轻好几岁，颧骨有着模特般的俊美线条，上身略短，腿却很长。她在二十多岁的时候很可能是一位能迷倒众多男人的尤物佳人，尽管目前她处在三十四五岁的年龄，曼妙的姿色却并未被岁月破坏掉。

"我不知道你是不是骗子，而你的骗局的一部分情节便是穿着黑色西装来到这里，然后……"

"我讲的都是实话……"

她将一根食指贴在了他的嘴唇上，"在我看来，要么你没撒谎，你的身份和经历都跟你所说的一样；要么，你就是个功力深厚的大骗子。我想说的是，你讲的故事很美妙，我很喜欢这样的故事。不管怎样，我肯定会允许你在这里赊账用餐的。"

"我的确没有撒谎……对了，你叫什么名字？"

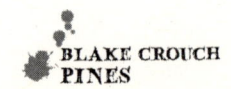

"贝芙丽。"

"我叫伊桑。"

她跟他握了握手,"很高兴见到你,伊桑。"

"贝芙丽,等我明天早上一拿到自己的钱包和其他物品,我就会来这里……"

"让我来猜猜看……嗯,你会来这里给我一笔可观的小费。"

伊桑摇了摇头,"你这是在嘲弄我。"

"对不起。"

"如果你不相信我,我就……"

"我跟你素昧平生,不过才初次相见而已。"她说,"等你用完餐之后,我就能知道以后还会不会再见到你了。"

"现在做论断还为时过早,对吧?"他笑了笑,感觉自己已经在这场对话中占了上风似的。

她递给他一本菜单,他点了一份薯条和一个芝士牛肉汉堡,这一定是健康部门强烈反对的食谱。

当贝芙丽带着点菜单进到厨房之后,他端起面前的啤酒喝了一口。

唔,味道好像有些不大对劲,口味偏淡,除了入口之后舌根能尝到一丁点儿苦味之外,这酒几乎完全淡而无味。

当贝芙丽从厨房折返回来时,他将酒杯放在了吧台上。

"因为我的这顿饭是免费得来的,所以我在犹豫到底该不该投诉。"他说,"可是这杯啤酒有些不大对劲。"

"是吗?"她指着他的杯子,"你介意让我尝一尝吗?"

"请便。"

她端起杯子喝了一小口,随后一面舔舐着残留在上唇的泡沫,一面将杯子放下。

"我觉得味道还不错啊。"

"真的吗?"

"没错。"

"不对呀,我觉得味道很淡,而且……我也不知道怎么回事……只是……没什么味道。"

"真奇怪,我喝起来不是这样的。你想试试别的啤酒吗?"

"不用了,或许我压根儿就不该喝酒。我还是喝杯水吧。"

她为他重新取来一个杯子,往杯里的冰块上倒了一些纯净水。

#

他用两只手拿起盘子里的芝士牛肉汉堡,举在嘴前端详了片刻,却没有咬下去。

片刻之后,他招呼贝芙丽过来,后者正在吧台的另一头擦拭台面。

他用两只手从自己面前的盘子里拿起了一个个热气腾腾的芝士牛肉汉堡。

"怎么了?"她远远地问道。

"没什么。不过,还是请你过来一下吧。"

她走过来站在他面前。

"根据我的经验。"他说,"当我点了一份跟刚才一样的五成熟汉堡时,送上来的汉堡有百分之八十的概率会是全熟的。我不明

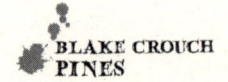

白为什么大多数厨师都不能按照我的要求来烹制汉堡，可事实就是如此。你知道当我得到一份烹制过头的汉堡时会怎么做吗？"

"难道你会把它退回去？"她板着脸问道。

"你说得完全正确。"

"你可真是个难伺候的人，你知道这一点吗？"

"我非常清楚这一点。"他说完便开始狼吞虎咽地吃起来。

"怎么样？"贝芙丽问道。

伊桑把余下的汉堡放回到盘子里，一面咀嚼吞咽，一面在亚麻布餐巾上擦拭着自己的双手。

他指着那块汉堡，"真是太美味了。"

贝芙丽笑着朝他翻了个白眼。

#

伊桑吃完了盘子里的最后一点面包屑，这时整个酒吧里就只剩下了他这个唯一的顾客。

女侍者将他的盘子收走后，又倒回来往他的杯子里加满了水。

"你找到过夜的地方了吗，伊桑？"

"找到了，我说尽了好话，才让酒店服务台的接待员同意给我一个房间。"

"她也信了你那个扯淡的故事，是吗？"贝芙丽笑道。

"没错，完全就是深信不疑。"

"唔，既然做了好人，那我就做到底吧。你想来点餐后甜品吗？我们这里有一款号称'甜死人不偿命'的巧克力蛋糕非常好吃。"

"谢谢你,不过恐怕我得走了。"

"你来这里究竟是为了做什么呢?你的工作让我感到很好奇。不过如果你不能说的话,我也可以理解……"

"我是为了开展一项跟失踪人口有关的调查。"

"谁失踪了?"

"特勤局的两名特工。"

"他们在这里失踪了吗?就在黑松镇?"

"大约一个月前,比尔·埃文斯和凯特·休森来到这里进行秘密调查工作。到目前为止,他们已经音讯全无长达十天之久了。他们与外界完全失联,没有邮件,也没有电话,甚至连安装在他们的公务车里的GPS追踪芯片也失效了。"

"所以他们派你来寻找这两名失踪的特工?"

"我过去常常和凯特一起共事。当她住在西雅图的时候,我们是工作上的搭档。"

"仅此而已?"

"抱歉,我不太明白你的意思。"

"你们仅仅是工作搭档而已吗?"

他能感觉到一丝情绪的震颤——悲伤、失落还有愤怒。

不过他把这些情绪深深地隐藏起来。

"是的,我们只是搭档而已,不过,同时也是朋友。总而言之,我来这里是为了寻找他们的踪迹,查明他们遇到了什么事情,然后带他们回家。"

"你认为他们遭遇了什么不好的事情吗?"

他并没有回答这个问题,只是注视着她,不过这就足以显明他的答案是什么了。

"唔,我希望你能找到自己想要找到的,伊桑。"贝芙丽从围裙前袋里掏出了一张账单,然后把它放在吧台上,滑到了伊桑面前。

"这是我为这顿饭需要支付的金额吗?"

伊桑低头看了看账单,可是上面并没有逐一列出消费条目,只看到一个贝芙丽手写的地址:

第一大道604号

"这是什么?"伊桑问道。

"这是我的住址。如果你有任何需要,如果你遇到什么麻烦了,或者……"

"怎么?你现在就开始为我担心了吗?"

"不是的,可是你身上没有钱,没有手机,没有身份证明,处境的确堪忧啊。"

"这么说你现在相信我了?"

贝芙丽将自己的手覆盖在他的手背上,停留了短短的一秒钟。

"我一直都相信你。"

#

走出酒吧后,他脱掉了脚上的鞋子,赤足走在人行道上。水泥地面非常冰冷,不过这样走路起码可以避免脚疼的困扰。

他并没有立即返回酒店,而是沿着与主街垂直交叉的一条街道走进了另一片街区。

一路上他脑子里一直想着凯特。

道路两旁全是维多利亚时代风格的房屋，门廊上的灯将房屋映衬得更加美丽。

四周是一片令人惊愕的寂静。

西雅图的夜晚从来都不是这般情形。

夜里的西雅图总是能依稀听见远方传来的救护车的哀鸣或汽车警报器的声响，抑或雨水滴滴答答落在路面上的声音。

此时此地，一片绝然寂静中唯一存在的声音就只是他赤足走在人行道路面上所发出的轻柔"啪啪"声。

等等。

不对，除此之外，还有另一个声音——一只孤独的蟋蟀正在前方的矮树丛中鸣叫着。

这个声音令他想起了自己在田纳西州度过的童年时光。在十月中旬的那些傍晚，他和父亲坐在安装了纱窗的阳台上。父亲一边吸着烟斗，一边抬眼凝望着前方的大豆田。随着夜幕渐渐降临，田里蟋蟀们热闹的合唱最终都会渐渐变成一只蟋蟀孤独的绝唱。

那位名叫卡尔·桑德堡的美国诗人不是写过一首与此有关的诗歌吗？伊桑没法将诗歌的内容逐字逐句回忆起来，他只知道那首诗与冰天雪地里最后一只蟋蟀的鸣唱有关。

那是极其细微的歌声。

这是那首诗里自己最喜欢的句子。

那是极其细微的歌声……

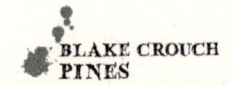

他在矮树丛旁边停下了脚步,他原以为蟋蟀的鸣叫会戛然而止,可是它却以一种稳定的节奏继续机械地进行着。雄性蟋蟀的两只翅膀相互摩擦,产生振动,便能发出持续的声音来——这是他曾在书本上读到过的知识。

伊桑看了一眼身旁的矮树丛。

这是一种杜松树。

散发着浓烈的芳香气息。

几米开外的一盏路灯的光芒正好投射在树枝上,他倾下身子,想试试自己能不能看清那只蟋蟀的模样。

它继续鸣叫声,声音丝毫没有减弱,依然高亢有力。

"你在哪里呀,小家伙?"

他歪着脖子仔细察看着。

他眯缝着眼,看到几根树枝中间夹着一个东西。可那并不是蟋蟀,倒像是个盒子,大小跟他的iPhone差不多。

他伸出右手,从树枝丛中穿过,触到了那个物体的表面。

鸣叫声变弱了。

他将手从物体的表面拿开。

鸣叫声竟然又变强了。

这究竟是怎么回事?

蟋蟀的鸣叫声竟然是从一个扬声器里传出来的。

\#

当他打开酒店房门时,差不多是晚上十点半。他进屋后立即脱掉了鞋子和衣裤,随即一下子躺到床上,甚至连灯都懒得去开了。

他离开酒店去吃晚餐之前曾将一扇窗户打开了一道缝隙，此时他能感觉到一小股清爽的凉风从自己胸口吹拂而过，驱走了房间里这一整天积存下来的闷热。

还不到一分钟的时间，他便感觉有些冷了。

他坐起身来，掀开铺在床上的床罩和被单，随即钻进了被窝里。

#

一只怪兽正伏在他身上，试图撕裂他的脖子。他拼尽全力挣扎着，并用两只手勒住了怪兽的颈项。他使出了吃奶的力气，可是那只怪兽凶狠残忍而且力大无比。他的手指按压在它那半透明状的乳白色皮肤上，能感受到它颈部的肌肉坚硬而厚实。由于用力过猛，他臂部的肱三头肌开始痉挛起来，却没法阻止怪兽的脸和牙齿一步步地逼近自己。

#

伊桑猛地从床上坐起来，满身大汗，上气不接下气地喘息着。他的心跳很快，与其说他的心脏是在胸腔里跳动，倒不如说它是在兀自震颤。

他一时不知道自己身在何处，直到后来他看到了关于牛仔和篝火的图画，这才反应过来自己是在酒店的房间里做了噩梦。

床头柜上的闹钟显示此刻的时间是三点十七分。

他打开床头灯，注视着摆放在床头柜上的那部电话。

2……0……6……

2……0……6……

他怎么会记不起自己家里的座机号码了呢？甚而他连特丽萨的手机号也忘记了？怎么可能发生这样的事情呢？

他将两条腿垂下床沿，随即站起身来，朝窗边走了过去。

他拉开百叶窗，低头看着窗外安静的世界。

他注视着黑暗中一幢幢建筑物的轮廓。

以及空无一人的人行道。

心里想着，明天应该会更好吧。

明天他将取回自己的手机、钱包、手枪和公文包。明天他将给妻子和儿子打电话报平安，还要给西雅图的战略指挥官汉索尔打电话谈工作。明天他要重新开始着手进行那项最初使他来到此地的调查。

BLAKE CROUCH
PINES

第三章

他醒来后觉得头疼不已,阳光透过百叶窗的缝隙照进了他的房间。

他翻了个身,看着床头柜上的闹钟。

"该死!"

现在已经是十二点二十一分了。

他这一觉竟然睡到了午后。

伊桑从被窝里爬了出来,起身去拿自己的裤子——睡前被他脱下后胡乱扔在了地上——时他听到有人正在敲打他的房门。确切地说应该是这样的——有人已经在门外敲打了好一阵子了,只是他刚刚才第一次意识到这听起来无比遥远的"砰砰"声原来并不是来自自己脑子里的声音,而是来自现实世界。

"伯克先生!伯克先生!"

酒店接待员丽莎正在门外高声喊着他的名字。

"稍等一下!"他喊了回去。他提好裤子,摇摇晃晃地朝门边走去。打开门锁后,他取下了挂在门锁上的防盗链,随即用力拉开了门。

"怎么了?"伊桑问道。

"我们酒店规定旅客必须在上午十一点之前结账离开,否则须另付一天房费。"

"抱歉,我……"

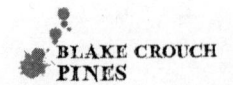

"你今天'一大早'遇到什么事了?"

"我没想到……"

"你还没有取回自己的钱包吗?"

"不是的,我才刚刚睡醒。现在真的已经过了十二点了吗?"

她没有回答,只是怒瞪着他。

"我现在马上就去治安部。"他说,"只要我一拿到……"

"把你的房间钥匙交给我,你得把这个房间空出来。"

"你说我得做什么?"

"把这个房间空出来,然后离开这里。我可不喜欢被人欺骗的感觉,伯克先生。"

"我没有欺骗你。"

"快出来吧,我等着你。"

伊桑认真地看着她那严肃的脸,并在她脸上搜索着,试图从她的决绝神色中找到一丝柔和——然而她的脸上却寻不到些许怜悯和同情。

"那你先让我穿好衣服吧。"他准备关上房门,可是她赶紧将自己的一只脚挡在了门口。

"噢,你想监视我?真的要这样吗?"他退回到房间里面,"那好。你就尽情看吧。"

而她真的这样做了。她站在门口看着他把没穿袜子的双脚塞进鞋子,看着他穿上了那件沾有血迹的白色牛津纺衬衫,最后还花了两分钟左右的时间费力地系上了领带。

他将手臂套进黑色西装之后,一把抓起了床头柜上的房间钥匙，放进了她的掌心里。

他嘴里说着："再过两个小时，你就会因此而感到难受的。"随后他沿着走廊朝楼梯走去。

#

在主街和第六大道交会的街角有一家药店，伊桑从这家药店的货架上取下了一瓶阿司匹林药片，然后拿着药瓶走到了收银台。

"我现在没法付钱。"他边说边将药瓶放在了收银台上，"不过我向你保证，我会在半个小时之内带着我的钱包回来付钱。唉，说来话长，可是我现在头疼得很厉害，得立刻吃些药才行。"

身穿白大褂的药剂师正在按着一份处方配药，数点着一个塑料托盘里的药丸数量。被伊桑的话语打断后，药剂师低下头，目光越过银框眼镜的上沿，看着这名有些奇怪的顾客。

"你究竟想让我做什么？"

药剂师是个接近四十岁的秃顶男人，脸色苍白，身材瘦弱。在一对厚如瓶底的镜片背后，他那双棕色大眼睛更显得尤其的大。

"请帮帮我吧。我……我真的头疼得很厉害。"

"那你去医院吧。我只是经营药店而已，不提供信贷服务。"

伊桑眼前出现了短暂的重影，颅底区跳动着作痛的感觉又渐渐回来了。随着脉搏的每一次跳动，一阵阵刺痛随着脊柱往下蔓延开来。

他不记得自己是如何离开那家药店的。

他只记得接下来自己跌跌撞撞地走在主街的人行道上。

随着时间一分一秒地过去，他感觉自己的身体状况也越来越

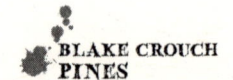

糟糕。他心想自己是不是应该回到医院去，可这是他最不想做的事情。他只是需要一些该死的布洛芬止痛药来减缓疼痛感，从而确保自己可以行动自如。

伊桑在人行横道前停下了脚步，试着根据记忆中治安部的方位来确定自己应该往哪个方向走。这时他把手伸进西装内袋，掏出了一张折叠起来的纸片。他将纸片在手中铺展开来，看到了上面的文字。

第一大道604号

该去敲打这个可以说是完全陌生的人的家门并向她索取药品吗？对此他没有把握。另一方面，他很不想去医院，可他又不能在头痛如此剧烈的状态下强撑着去治安部。他的身体和意识都因这突如其来的头痛而备受摧残。他决定豁出去试一试，他可不想在到达治安部办公室之前就因头痛难忍而蜷缩在地上打滚。

她叫什么名字来着？

对了，是贝芙丽。

既然昨天晚上她上了夜班，那么这就意味着此时她待在家里的可能性极大。唔，她应该会提供帮助的。他不过是顺路经过她家时向她借用一些药品，让自己的头痛平复下来，然后才好去治安部。

他走到马路对面，继续沿着主街往前走，不久便来到了主街与第九大道的交会处。他从旁边的一个街区经过，继续向东行走着。

这一带的街区非常密集，道路错综复杂。

他认为自己还得经过大约七个街区才能抵达目的地。

走过三个街区之后，他能感觉到两只脚都被鞋子磨破了皮，不过他并没有因此就停下脚步。脚虽然很疼，但这正好可以起到分散剧烈头痛的作用。

一所学校占据了第五大道和第四大道之间的整个区域，他一瘸一拐地从一块被钢丝网围起来的操场旁边经过。

现在正好是课间休息时间，一群八九岁的小学生正在玩一种名为"冰棍化了"的集体游戏。一个扎着金色发辫的小女孩跟在别的孩子身后奋力追赶他们，一幢幢砖混结构的教学楼之间传来了孩子们的阵阵尖叫声。

伊桑看着他们玩游戏，尽量不去在意从自己脚上渗出的血——他的脚尖能感觉到鞋子里湿漉漉的。

扎着金色发辫的女孩突然在一群孩子当中停下了脚步，死死地盯着伊桑看。

其余的孩子继续奔跑喊叫了一会儿，不过他们也渐渐停止了奔跑，因为他们发现本该追逐他们的女孩已经停止了活动。很快地，他们留意到了是何人何事转移了她的注意力。

孩子们一个接一个地转过头来看着伊桑，脸上都带着茫然的表情，不过伊桑确信他还从中看到了些许未经遮掩的敌对情绪。

他忍着身体的不适和疼痛朝他们挤出一个笑容，还略微挥了挥手。

"你们好，孩子们。"

他们当中没有任何一个人朝他挥手或作出其他任何回应，他们只是如同一尊尊小型铸像一般待在原地一动不动地站立着，只有脸部会随着伊桑所处位置的改变而略略转动。没过多久，伊桑就已经绕过体育馆，消失在他们的视线之外了。

"奇怪的小家伙们。"当孩子们的笑闹尖叫声随着游戏的重新开始而再度响起时，伊桑低声嘟囔着。

穿过第四大道之后，伊桑加快了脚步。其实此时他双脚的疼痛感比先前加重了不少，不过他让自己尽量不去在意这件事，心里想着先忍着点吧，等到了目的地，情况就会好起来的。

来到主街与第三大道的交会处时，伊桑开始慢跑起来，可他的两侧肋骨又在隐隐作痛了。他从一幢幢比先前更为破旧的房屋前经过。这里是黑松镇较为破败的地区吗，他心里想着，这个小镇怎么会有如此糟糕的景象？

终于，第一大道到了，伊桑停下了脚步。

他脚下的道路已经变成了泥地，路面上布满了凹凸的碎石，而且整条路如同洗衣板一般起伏不平。这里没有专门的人行道，再往前走一短距离就无路可走了。他已经来到了黑松镇的东部边缘地带，在这条街两旁的房屋背后，文明社会便消失了。视野范围之内可以看见一道陡峭的山坡，坡上遍布着密密麻麻的松树，从这道山坡再向上延伸几百英尺就是那环绕小镇的峭壁的底部了。

伊桑步履蹒跚地走在空无一人的泥路中央。

他能听到小鸟啁啾的叫声从附近的树林里传来，除此之外再无别的声音。此地似乎与黑松镇热闹喧嚣的商业区完全隔离开来了。

065

他刚刚从印着数字"500"的信箱旁边走过,心里第一次涌起了一丝安慰,他知道贝芙丽的房子应该就在下一个街区里了。

他再度感觉到了头晕,一阵接一阵的眩晕感——好在目前还算轻微——突然不住地向他袭来。

下一个十字路口又是全然的空旷。

连一个人影也见不着。

从山林间滑落下来的一股温暖气流在街道上激起了些许夹杂着尘土的小型旋风。

前面就是604号住宅了,那是右手边的第二栋房屋。他看到了房屋门前信箱左面镌刻的那一串数字"604",而这个信箱除了锯齿状的箱口尚且完好之外,其余各处都已经完全被锈蚀了。一阵柔和的鸟鸣声从信箱里传了出来,他一度以为那又是从某个扬声器里发出的声音,不过随后他便瞥见了在信箱里筑巢居住的一只鸟儿的翅膀。

他抬头看着这栋房屋。

这是一栋曾经很漂亮的维多利亚式双层楼房,有着倾斜的尖顶,一条石板路从大门口经由前院一直延伸至房子的门廊,门廊里还挂着一架秋千。

外墙油漆看上去已经脱落了很长一段时间。即便是站在街道上,伊桑也能看到房屋外墙上连一块残留的油漆也没有了。屋面的板材已经被太阳晒得褪了色,几乎变成了白色,大多数板材都行将朽坏。房屋的各扇窗户上,连一小块残存的玻璃都没有。

他从衣兜里掏出了昨天晚餐时拿到的那张纸片,重新核对了一下其上的地址。贝芙丽手写的地址非常清晰——第一大道604号——不过贝芙丽或许将数字排列的顺序写错了，或者她本想写的是"第一街"，却误写成了"第一大道"。

前院长满了齐腰高的野草，伊桑抬脚走进了野草丛中，沿着依稀可见的石板路往前走去。

石板路的尽头有两级木质阶梯，这阶梯看上去是由切削成统一尺寸的木板搭建而成的。他登上阶梯，踏上了门廊的地板，他的体重压得木板发出了阵阵痛苦的呻吟。

"贝芙丽？"

他的声音仿佛被这房子给吸进去吞噬了一般，没有得到任何回应。

他小心翼翼地穿过门廊，跨进了没有门板的门框，再次呼唤着贝芙丽的名字。他能听到风呼啸着吹向这房子，而房子的木质框架在风力的作用下嘎吱作响。他往客厅里迈了三步之后，停了下来。客厅里摆放着一张年代久远的破沙发，沙发里的弹簧七零八落地散布在地板上。一张咖啡桌上布满了蜘蛛网，桌子下面的搁板上放着几本曾经被水浸透过，现在已经腐烂得面目全非的杂志。

贝芙丽绝不可能会想让他来到这里，哪怕是开玩笑也不大可能。她肯定是一不小心写错了地址……

一阵怪异的气味令他不由得抬起了下巴。他避开竖立在地板上的三颗钉子，试着往前迈进了一步。

他用鼻子仔细嗅了嗅。

一阵风从房子里吹拂而过，又带来了一股他先前所嗅到的特殊气味，他不由自主地用臂弯捂住了自己的鼻子。他继续往前走，从一段楼梯旁边经过，进到了一条连接着厨房和餐厅的狭窄走廊。他看到一大束光芒透过断裂的天花板，倾泻在了已被坠落的天花板材料砸得粉碎的餐桌残骸上。

他继续往前走，小心翼翼地从一片散布着破旧木板、满是大洞和小孔的区域穿过，这片区域的下方是供维修电线、水管的工人爬行时通过的空隙。

电冰箱、水槽、炉灶……铁锈如同霉菌一般覆盖在一切金属材料的表面，这个地方让他想起了他和朋友们有一年夏天在他家农田后面的树丛里探险时偶然发现的一些老旧农舍。那里有好些废弃的谷仓和小屋，天花板布满了孔洞，阳光呈管状投射下来。他曾在一间农舍的一张旧书桌的抽屉里找到了一张距离当时已有五十年之久的旧报纸，报上刊登了一则跟新任总统选举有关的消息。他当时很想把报纸带回家去给父母看看，可是它实在是太脆了，顷刻间就在他手里裂成了碎片。后来他和朋友们常常在夏日里去临近的废弃农舍探险。

伊桑屏住呼吸，已经坚持超过一分钟了，不过即便如此，他仍然能嗅到此时屋里的难闻气味越来越浓烈了。他甚至可以发誓说自己的嘴角已经尝到了那股气息的味道，而它的极高浓度——比氨水更甚——使得他的眼里不断地渗出泪水。

他朝走廊的远端走去，光线渐渐变暗——这里尚且处于一块完好天花板的庇护之下。

走廊尽头的一扇房门是关闭着的。

伊桑眨了眨眼，将眼眶里的泪水挤了出来，然后伸出一只手去准备转动门把手，可他这才发现门上压根儿就没有把手。

他用鞋尖轻轻地将门往里推开。

门的铰链发出了刺耳的声响。

伊桑向前跨出一步，走进了门背后的房间。

这里的场景跟他夏日探险时所见到的那些废弃农舍很相似，远处一面墙上布满了孔洞，一束束阳光如同子弹般射了进来，照在了墙角的蜘蛛网上，也照在了这里唯一一件家具上。

这张床的金属框架依然竖立着，不过床垫已经破败不堪，他能看到一根根弹簧就像盘绕着的铜头蛇一般。

到目前为止他还没有听到苍蝇的声音，因为它们全都聚集在那个男人的嘴巴里。苍蝇的数量很多，一齐嗡嗡作响，听起来就像船上的马达正在运转。

他曾在战斗中见到过比这更糟的场面，可是他从未嗅到过比这更难闻的气味。

尸体身上各处都有白色的骨头显露出来，两只手的腕骨和双脚的踝骨分别被铐在了床头和床脚的铁栏杆上，右腿的肌肉看上去几乎已经成了碎条状。死去男人左脸的肌肉腐烂到了很深的位置，连牙龈的根部都暴露了出来。尸体的肚腹也肿胀得相当厉害——伊桑能看到他身上那件破烂不堪的西装外套下面凸起的腹部曲线，而他穿的是黑色的单排扣西装。

和伊桑所穿的西装一样。

尽管尸体的面部毁损得相当严重，不过头发的长短和颜色却正好能对上号。

身高也能匹配。

伊桑跌跌撞撞地倒退了几步，把背靠在门框上。

上帝啊！

这个男人就是特工埃文斯，他死了。

#

伊桑走出这栋废弃了的房子，回到了前门的门廊。他俯下身子，将两只手按压在双膝上，用鼻孔深深地吸气，然后又用力地呼气，试图将鼻子里残存的气息彻底排除掉。可是这样做根本就不奏效，死亡的气息已经深深地在他的鼻腔深处沉积了下来，与此同时，他的嗓子眼里也能尝到一丝略带苦涩的腐臭。

他脱掉西装外套，解开衬衫的纽扣，然后费力地将两只手臂从衬衫袖管里抽脱出来。那股臭味已经渗入了他的服装布料，他没法继续穿着它们了。

他就这样打着赤膊，从被杂乱生长着的矮树丛所覆盖的前院穿过，最后来到了外面的泥路上。

由于没穿袜子，他能感觉到暴露在空气中的脚背皮肤有些发凉，同时颅骨仍然隐隐作痛，可是他体内突然分泌出大量肾上腺素，使得疼痛的感觉没那么明显了。

他迈着强有力的步伐走在街道中央，头脑飞速运转着。当时他很想对死者的衣兜和裤兜进行一番搜索，从而看看能不能从中找到钱包或可以证明其身份的物件，可是同时他也清楚知道这并

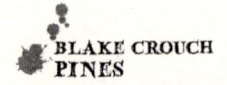

不是聪明的举动。他不能去碰触现场的任何物品，而是应该将那间屋子原原本本地留给那些戴着乳胶手套和面罩，携带着种种最先进的法医工具的专业人员。

他仍然想不通怎么会发生这样的事情。

一名联邦探员竟然在这个小小的人间天堂被人杀害了。

他虽然不是验尸官，但他凭借自己的观察可以确信埃文斯的脸不仅仅是自然而然地腐烂掉了而已。他脸上的一部分颅骨向下凹陷了进去，有几颗牙齿也断掉了，他的一只眼睛一定是在与人搏斗的过程中受伤的。

他还被人用酷刑折磨过。

转眼间他就走过了六个街区，治安部办公室就在前面，他开始在人行道上慢跑起来。

他将自己的西装和衬衫放在办公室门外的一张凳子上，随后推开了大门。

治安部的接待室是一个镶了木板的房间，铺着褐色的地毯，房间里各处都摆放着顶部安插着动物头部标本的装饰柱。

接待台后面坐着一名六十来岁的老年女子，她留着一头银白色长发，正用一副扑克牌玩着一种单人纸牌游戏。桌上立着一个铭牌，上面写着"比琳达·摩瑞思"。

伊桑来到接待台跟前，正眼看着她，而她又继续出了四张牌之后才将自己的视线转离牌局。

"请问你有什么……"她突然瞪大了双眼，从上到下地打量着他，还皱着鼻子，伊桑猜测可能有尸体腐烂的恶臭气息正从自己

071

身上散发出来。"你怎么没穿衣服？"她继续说道。

"我是美国特勤局的特工伊桑·伯克。对了，他叫什么名字？"

"你说的是谁？"

"治安官。"

"噢。波普，阿诺德·波普治安官。"

"那么他在吗，比琳达？"

她并没有回答他的问题，而是拿起桌上的转盘电话，拨打了一个三位数的分机号，"嗨，阿诺德，这里有个男人想要见你。他说他是所谓的特工什么的。"

"我是特勤局的……"

她抬起一根手指，示意伊桑住口，然后继续讲电话："我不知道，阿诺德。他上半身没穿衣服，而且他……"她转动转椅背对着伊桑，低声说道，"他身上散发着臭味，相当难闻……好的，好的，我会告诉他的。"

她将转椅转了回来，随即挂断了电话。

"波普治安官很快就会和你见面。"

"我需要立刻见到他，就现在！"

"我理解你的心情。你可以去那边稍等片刻。"她指了指角落里的一片座位区。

伊桑踟蹰了片刻，最终还是转过身朝那片等待区走去了。他认为在第一次见面中保持礼节是明智的做法。依照他的经验，如果联邦政府工作人员一开始就趾高气昂地对地方执法部门施以重压的话，多半会激起对方的防御心理，甚至还可能会引发对方的敌对情绪。鉴于他在那栋废弃房屋里的发现，在不久的将来，他还会与这位治安官并肩作战一段时日。所以，双方的初次见面以友好的握手开始总比互甩中指要好得多。

等待区里摆放着四把布面软垫椅，伊桑走到其中一把椅子前坐了下来。

他先前慢跑过来的时候身上出了不少汗，此时他的心率渐渐恢复到了正常状态。从头顶上方的中央空调通风孔吹出来的风使他赤裸皮肤表面的汗水开始蒸发掉了，他不由得感到阵阵凉意袭来。

在他面前的小桌子上并没有多少适合现在阅读的读物——不过放着几本过期的《国家地理》和《大众科学》杂志罢了。

他向后靠在椅背上，闭上了眼睛。

头疼的感觉再度回来了。在短短的几分钟时间里，头部跳动着作痛的感觉明显变得愈加剧烈起来。在这间寂静的接待室里——除了比琳达翻动纸牌的声音，这里完全听不到其他任何声音——他甚至能实实在在地听到自己的脉搏在跳动，而头部的跳痛则伴随着每一次脉搏如期而至。

这时，他听到比琳达低声喊了一句："太棒了！"

他立即睁开了眼睛，正好看到她将手中的最后一张牌放到了桌上，毫无疑问这局牌她赢了。紧接着，只见她将扑克牌重新收集起来，然后洗牌，发牌，新一轮的游戏又开始了。

又过了五分钟。

然后是十分钟。

比琳达又结束了一次牌局,就在她再度将纸牌混合起来的时候,伊桑留意到自己体内涌起了一丝愤怒的冲动,左眼也随之颤搐了一下。

他头部的疼痛感觉仍在加剧,而根据他的估计,他已经等待了有十五分钟之久了。在这段等待期间,比琳达桌上的电话一次也没有响起过,而且也没有任何一个人走进这栋办公楼。

他闭上了双眼,一面按摩着太阳穴,一面从六十开始倒数计时。结束后,当他再度睁开眼睛时,自己仍然打着赤膊坐在原地,全身冰冷,而比琳达还在孜孜不倦地玩牌,治安官波普却依旧没有来到。

伊桑站起身,用了十秒钟的时间抵御住了一阵突然袭来的眩晕,最终还是站稳了。他重新走回到接待台旁边,等着比琳达抬起头来看自己。

她又放下了五张扑克牌,之后才开始理睬他。

"怎么了?"

"我很抱歉打扰你,不过到现在为止,我已经等待了二十分钟了。"

"今天治安官真的很忙。"

"我相信他肯定很忙,可是我需要立刻跟他见面谈事情。现在你有两个选择,要么再给他打个电话,提醒他我已经等得够久了,需要马上见到他。要么我就自己走进去……"

这时桌上的电话突然响了起来。

她拿起听筒,"喂?是的……好的,我会的。"她将听筒放下

074

BLAKE CROUCH
PINES

后,抬起头来对着伊桑笑道:"你现在可以过去了。请沿着这条走廊往里走,他的办公室是走廊尽头的那个房间。"

\#

伊桑敲响了治安官办公室的门。

一个低沉的声音在门内喊道:"请进!"

他转动了一下门把手,随即推开门径直走了进去。

这间办公室的深色硬木地板被磨损得相当厉害,在他左手边的那面墙上悬挂着一个巨大的麋鹿头部标本,这面墙的对面摆放着一张粗制的宽大办公桌。办公桌的后面有三个年代久远的武器陈列柜,里面装满了步枪、散弹枪、手枪以及大量的弹药盒,据伊桑估算,这些盒子里所装的弹药数量足以击毙三倍于这个小镇居民数量的人口。

一个比伊桑年长十岁的男子正斜倚在皮革椅子上,穿着牛仔靴的双脚散漫地搭在办公桌上。他头上的波浪形金发很可能会在十年之内完全变白,而他下巴上覆盖着的灰白色胡须看起来已经有好几天没有剃过了。

他穿着深棕色的帆布长裤。

上身穿着卓绿色的有领尖扣的长袖衬衫。

治安官胸前的星形胸章亮闪闪的,看上去像是由实心黄铜制成,中央蚀刻着黑色的"WP"[①]字样。

当伊桑朝办公桌走近的时候,他看到治安官的嘴角流露出了一丝不易察觉的笑意。

---

① "黑松镇(Wayward Pines)"的首字母简称。

"我是伊桑·伯克,来自特勤局。"

他边说边将自己的右手伸到了办公桌对面,治安官迟疑了片刻,就好像内心在为要不要跟对方握手而挣扎。最后,他将穿着靴子的双脚从办公桌上滑了下来,在椅子上前倾着身体。

"我是阿诺德·波普。"两人握了握手,"请坐下吧,伊桑。"

伊桑在其中一把高背木椅上坐了下来。

"你感觉怎么样?"波普问道。

"已经好些了。"

"我相信你说的是事实。而且,你身上的气味也更好闻些了。"波普脸上迅速地掠过了一丝笑意,"几天前你遭遇了严重的车祸,真是太不幸了。"

"是的,我正想多了解一些跟那起车祸有关的详细情况呢。撞上我们的是什么人?"

"据目击者称,那是一辆拖吊卡车。"

"肇事司机被拘留了吗?有没有受到相应的指控?"

"等我们找到他以后会这么做的。"

"你的意思是说,他肇事后就逃离现场了?"

波普颔首确认道:"他撞上你的车之后就赶紧开溜了。等我到了事故现场时,他早就逃得没影了。"

"有没有目击者记下了他的车牌照或其他信息?"

波普摇了摇头,随即从办公桌上拿起了一个物品——那是一个装饰用的金底座雪花玻璃球。他将这个饰品在两只手之间来回传递着,玻璃球里的微型建筑群便笼罩在了漫天飞舞的雪花世界里。

"你们目前正采取什么行动来搜寻这辆肇事卡车呢?"伊桑问道。

"我们已经投入大量人力着手开展搜寻工作了。"

"是真的吗?"

"当然。"

"我想见见斯托林斯特工。"

"他的尸体目前还放在停尸房里。"

"具体在什么地方?"

"小镇医院的地下室。"

刹那间,就好像有人在伊桑耳边轻声说了句什么似的,他突然想到了一件事。

"能借给我一张纸吗?"伊桑问道。

波普打开了办公桌上的一个抽屉,从一叠便利贴上撕下了一张,然后连同一支笔一起递给了伊桑。伊桑将自己的椅子向前挪动了一点,将便利贴放在桌上,快速写下了一个数字。

"我听说我的个人物品都在你这里,是吗?"伊桑边说边将手中的便利贴放进了自己的裤兜里。

"什么物品?"

"我的手机、手枪、钱包、证件、手提包……"

"是谁告诉你这些物品在我这里的?"

"是医院的一名护士。"

"我不知道这是她从哪里听来的无厘头消息。"

"什么！你的意思是说我的个人物品不在你这里？"

"是的。"

伊桑看着办公桌对面的波普，"那它们有可能还在车里吗？"

"你指的是哪辆车？"

他竭力使自己说话的语调保持平和，"就是我所驾驶的那辆被拖吊卡车撞毁的轿车。"

"这也不无可能，不过我觉得你的物品更有可能是被当时赶到现场的急救人员带走了。"

"噢，天哪。"

"怎么了？"

"没什么。我可以借用一下你的电话吗？我想打几个电话。我已经有好几天没有跟我的妻子联系了。"

"我跟她通过电话了。"

"什么时候？"

"就在你遇到交通事故的当天。"

"她已经动身前来这里了吗？"

"这个我就不知道了。我只是把当时发生的事情告诉她了而已。"

"我还需要联络我的上司。"

"那人叫什么名字？"

"亚当·汉索尔。"

"是他派你来这儿的吗？"

"没错，就是这样。"

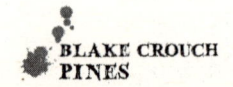

"那么，在见到我之前不提前跟我联络，也不让我知道联邦政府的工作人员将出现在我的世界中，这些是他给你的指示吗？或者说这都是你自己的意思？"

"你认为我有义务……"

"这是基本的礼貌，伊桑。当然，也许作为一名联邦政府工作人员，你并没有这样的概念……"

"可我最终还是跟你联络了啊，波普先生。我并不打算将你蒙在鼓里。"

"噢，既然这样，那么请说说你来这里是为了做什么吧。"

伊桑停顿了一下，很想将自己愿意透露的信息完整而清晰地讲述出来，可是此时头疼的剧烈程度几乎要了他的命。眼前再度出现了重影，他看到治安官的形象被彻底分成了两个，而且还在摇晃。

"我被派到这里来寻找两名特勒局特工。"

波普扬起了眉毛，"他们失踪了吗？"

"是的，距今已经音信全无长达十一天之久了。"

"那么他们来黑松镇是为了做什么呢？"

"我并未被告知他们所进行的调查详情，不过我知道他们的调查工作应该与戴维·皮尔彻有关。"

"这个名字听起来依稀有些熟悉。他是谁啊？"

"他的名字经常出现在全球最富有人士名单中。他是一名避世隐居的亿万富翁，从来不通过新闻界与公众对话，旗下拥有一大把生物制药公司。"

"那么此人与黑松镇有什么关联吗?"

"我再次重申一下,我对此一无所知。不过鉴于特勤局的工作使命,这两名特工在此地的调查工作很可能与金融犯罪有关。我所知道的就只有这些了。"

波普突然站起身来。刚才当他还坐在办公桌后面时,伊桑就能看出他的个头很大,现在他直直地站立在伊桑面前,伊桑发现他的身高可能接近两米。

"你可以随意使用会议室的电话,伯克特工。"

伊桑一动不动地坐在自己的椅子上。

"我的话还没说完呢,治安官先生。"

"如果你要去会议室的话,请跟我来。"波普绕过自己的办公桌,开始朝这间办公室的门口走去,"我可以给你提个小小的建议吗?你下次来这里的时候或许可以穿一件衬衫。"

伊桑的头部依然在跳动着作痛,此时其间还混杂进了些许怒火。

"你不想知道我为什么没穿衬衫吗,治安官先生?"

"不怎么想。"

"我要寻找的其中一名特工已经死了,他的尸体正在距离此地六个街区的一栋房子里腐烂着。"

波普背对着伊桑,在门边停下了脚步。

"我来这里之前刚刚发现了他的尸体。"伊桑继续说道。

波普转过身来,低下头瞪大了眼睛。

"'刚刚发现了他的尸体'是什么意思,请告诉我。"

"昨天晚上，在'啤酒花园'酒吧工作的一名女侍者给了我一个她家的地址，她说如果我需要帮助的话可以去那里找她。今天早上我醒来的时候，头疼得非常厉害，可身上一文钱也没有，所以被赶出了酒店房间。我打算去那名女侍者的家里找她，借一些止痛药来缓解我的头疼。不料她给我的地址要么是错的，要么她是出于其他理由才故意给我这个地址。"

"地址是哪里？"

"第一大道604号。那里是一栋废弃了许久的老房子。埃文斯特工的手和脚都被铐在了其中一个房间里的一张床上。"

"你确信你在那里看到的人正是你要找的那个吗？"

"我有百分之八十的把握。他的尸体已经高度腐烂，而他的脸部则受到了严重的暴力伤害。"

自打伊桑走进这间办公室的时候起，治安官的脸色一直都很阴沉，而此时他的神情看起来变得柔和一些了。他朝伊桑走去，继而在伊桑身旁空着的椅子上坐了下来。

"我向你道歉，伯克特工。我让你在接待区等了许久。我因你来镇上之前没事先打电话知会我而有些生气。唔，不过你是对的，你原本就没有义务这样做。我的脾气不太好，这是我的众多缺点之一，我先前对待你的态度着实有些过分。"

"我接受你的道歉。"

"你这几天受了不少苦吧。"

"的确如此。"

"你先去打电话吧，接下来我们再好好聊一聊。"

#

　　一张长条桌使会议室显得拥挤不堪,椅子和墙之间的狭窄空间不过刚够伊桑侧身挤过。会议桌上有一部老式转盘电话,他从裤兜里掏出了那张便利贴,随即拿起了听筒。

　　听筒里传来了拨号音。

　　他拨打了便利贴上写着的那个号码。

　　电话被接通了。

　　午后的阳光透过百叶窗照进了会议室,在抛光的木制会议桌上留下了一道道令人炫目的光条。

　　电话铃响了三声之后,他默念道:"宝贝儿,快接电话吧。我求你了!"

　　响完第五声之后,对方的自动答录机启动了。

　　特里萨的声音传了过来:"嗨,这里是伯克家。很遗憾目前无人在家接听你的电话……当然,如果你是一名电话推销员的话,我们倒会因为漏接了你的电话而兴奋不已。如果真是这样,我们希望你最好把我们的电话号码忘掉,以后不要再打来了……如果你不是电话推销员,那么请在听到'哔'声后留言。"

　　"特里萨,是我。上帝啊,我感觉好像有好几年没听到你的声音了似的。我想你应该已经知道我在这里遭遇车祸的事情了。目前看来没人能帮我找回我的手机,所以如果你曾试图拨打我的手机,很遗憾那一定是徒劳的。我现在住在黑松镇酒店的226号房间,或者你也可以拨打镇上治安部办公室的电话找到我。我希望你和本杰明一切都好。我现在也还好,尽管身体仍然有些疼痛,不过尚在渐渐好转的过程中。请你在今天晚上拨打我所住酒店房间的电话,当然,我也会很快再试着给你打个电话的。我爱你,特里萨,非常爱你。"

他挂断电话,呆坐了片刻,试图回忆起妻子的手机号码。他只想到了头七位数字,剩下的三个数字却怎么也想不起来。

至于特勤局西雅图分部的电话,他倒是一下子就想起来了。他拨通了电话,在响铃三声之后,一个声音陌生的女人接听了电话。

"这里是特勤局。"

"嗨,我是伊桑·伯克。请让亚当·汉索尔接一下电话。"

"他现在没法接听你的电话。我能为你做些什么吗?"

"不用了。我真的有要紧事需要告诉他。他今天没在办公室吗?"

"他现在没法接听你的电话。我能为你做些什么吗?"

"那我拨打他的手机怎么样?请问你能告诉我他的手机号吗?"

"噢,恐怕我不能将他的手机号透露出去。"

"可是你知道我是谁吗?你听说过伊桑·伯克特工吗?"

"你好,我能为你做些什么吗?"

"你叫什么名字?"

"玛尔西。"

"你是刚来的,对吧?"

"今天是我来这里上班的第三天。"

"你听我说,我现在在爱达荷州的黑松镇。噢,真是麻烦,请立即让汉索尔来接电话。无论他在做什么……管他是在开会也好,或者正在洗手间也好……妈的,总之让他马上来接电话!"

"噢,不好意思。"

"什么?"

"如果你要继续以这种方式跟我讲话的话,我就没法跟你继续说下去了。"

"玛尔西?"

"请讲。"

"对不起。我很抱歉对你态度不好,可是我必须得跟汉索尔说话。我有非常紧急的事情要告诉他。"

"如果你需要的话,我很乐意为你传话。"

伊桑闭上了眼睛。

他咬了咬牙,抑制住了对着话筒怒吼的冲动。

"请让他给伊桑·伯克特工打电话,我要么在黑松镇治安部办公室,要么在黑松镇酒店的226号房间。请让他立即打电话给我。还有,埃文斯特工已经死了。你明白我的意思了吗?"

"我会把你的信息转达给他的!"玛尔西以轻快的语气回应道,随即便挂断了电话。

伊桑将电话听筒从自己耳边拿开,然后用它在会议桌上狠狠地敲了五下。

待他最终将听筒放回原处时,留意到波普正站在会议室的门口。

"一切都还顺利吗,伊桑?"

"是的,只是……我暂时没能与我的上司取得联系。"

波普走进会议室,然后关上了门。他在会议桌另一头与伊桑相对的位子上坐了下来。

"你先前说有两名特工失踪了?"

"是的。"

"跟我讲讲另一名特工的情况吧。"

"她的名字叫凯特·休森。她为特勤局的博伊西分部工作,在此之前她曾在西雅图分部工作。"

"那么你们是在西雅图分部工作的时候认识的?"

"没错,我们曾是工作搭档。"

"后来她被调走了吗?"

"是的。"

"然后凯特特工和另一名特工一起来到了这里,不好意思,他叫什么名字来着?"

"比尔·埃文斯。"

"噢,他们来这里是为了进行一项秘密调查。"

"就是这样。"

"我很乐意帮助你。你愿意接受我的帮助吗?"

"当然愿意,阿诺德。"

"好的。那我们就从最基本的信息开始着手吧。凯特长什么模样?"

伊桑向后靠在椅背上。

凯特。

在过去的一年里,他一直都刻意训练自己彻底不去想她,所以此时他花了好一阵子才回忆起了她的面容,而这样的举动无异于撕开了一道刚开始结疤的伤口。

"她的身高大约是五英尺二英寸,噢,应该是五英尺三英寸。体重是一百零五磅①。"

"她是个个头娇小的姑娘,对吗?"

"她是我所见过的最优秀的警察。我上次见到她的时候她留着棕色的短发,不过现在恐怕已经很长了。她的眼珠是蓝色的,非常漂亮。"

天哪,他仍然还记得她给自己留下的印象。

"她的外表有什么显著的特征吗?"

"有的。她脸颊上有一块淡淡的胎记。胎记呈浅褐色,大小与五分的镍币相当。"

"我会把这些信息传达给我的助手,或许还能找人画一幅她的肖像画,然后附在寻人启事上分发给镇上的居民。"

"那可太好了!"

"你刚才有提到凯特从西雅图分部被调走的原因吗?"

"这我没说。"

"唔,那你知道原因吗?"

"据传闻说是基于组织内部的需要。我想看看那辆车。"

"什么车?"

"就是发生车祸时我所开的那辆黑色的林肯城市轿车。"

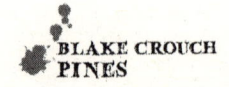

---

① 1磅约合0.45千克。

"噢,这个没问题。"

"我能在哪里找到它呢?"

"它在小镇近郊的一个废品回收站里。"治安官站起身来,"能把那个地址再告诉我一次吗?"

"第一大道604号。我可以步行带你们过去。"

"不必了。"

"我很想这样做。"

"可我不想。"

"为什么?"

"你还有什么别的需要吗?"

"我想知道你们的调查结果。"

"那么你明天午后再来这里吧。我们可以一起看看工作进展。"

"你会带我去废品回收站找那辆车吧?"

"我认为我们可以稍后再来处理这件事。不过现在我恐怕得先送你出去了。"

#

伊桑离开了黑松镇治安部办公室,当他再次穿上自己的衬衫和西装走在街上时,发现它们的气味已经比先前减弱一些了。虽然他浑身仍然散发出难闻的气味,可是他认为一个赤裸上身走在大街上的男人会比身上散发着腐臭味的男人更引人注目。

他尽可能有力地迈动着脚步,可是头部的疼痛感持续不断地袭来。他每走一步,又会加剧颅骨的疼痛。

"啤酒花园"酒吧正在营业,酒吧里一个顾客都没有,只有一名男侍者坐在吧台后面的凳子上读着一本平装本小说——那是保罗·威尔逊早期的一部作品。

伊桑来到吧台旁,"请问贝芙丽今天晚上会上班吗?"

男侍者朝他竖起了一根手指。

他又花了十秒钟读完了书上的一个段落。

最后,他终于合上了书本,全神贯注地看着伊桑。

"你想喝点什么呢?"

"我不打算喝什么。我想找到昨天晚上在吧台工作的那个女人。她的名字是贝芙丽。她是个相当漂亮的浅黑肤色女人,年纪大约三十五六岁,个头挺高的。"

男侍者从凳子上站起身来,把手中的书放在了吧台上。他的灰色长发像极了浑浊的洗碗水,随后他将头发拢到脑后扎成了一个马尾。

"昨天晚上你来过这里?"

"没错。"伊桑回答道。

"你刚才说当时在吧台服务的是一名高个儿的浅黑肤色女侍者?"

"对啊,她的名字是贝芙丽。"

男侍者摇了摇头,伊桑留意到他的脸上流露出了一丝略带嘲讽的笑容。

"负责在这里照料吧台的总共就只有两个人。除了我之外,还有一个名叫史蒂夫的男人。"

"不对呀,昨天晚上在这里接待我的分明就是一个女人。当时我吃了一个汉堡,就坐在那个座位上。"伊桑指着吧台拐角处的凳子说。

"别再钻牛角尖了,哥们儿,不过你是喝了多少酒才变成这样的啊?"

"我压根儿就没喝酒,再说我也不是你的哥们儿。我是一名联邦特工。我清楚知道自己昨天晚上的确来过这里,我也知道当时跟我说话的人是谁。"

"抱歉,先生,我不知道我还能跟你说些什么。我想你昨晚去的肯定是另一家酒吧。"

"不可能,我……"

伊桑感到一阵突如其来的眩晕,视线也变得模糊起来。

他用指尖按压着两侧的太阳穴。

此时他能感觉到颞动脉在跳动,以及随之而来的阵阵剧烈头痛。他在幼年时期也常常感受到这样的头痛——它常常由过量食用冰棍或雪糕而引发。

"先生?先生,你还好吗?"

伊桑蹒跚着离开吧台,艰难地说:"她昨天真的在这里。我绝对没有弄错。我不知道你为什么……"

旋即他来到了酒吧外面,将双手按在膝盖上,继而在人行道上的一堆呕吐物前俯下身来。紧接着他便明白这堆污秽物原来就是自己刚刚吐出来的,因为他的喉咙里弥漫着一股胆汁的苦味。

伊桑直起身子,用衣袖擦了擦嘴巴。

太阳已经落到了山崖背后,夜晚的凉爽笼罩着整个小镇。

他有好些事情需要去完成。找到贝芙丽，找到相关的急救人员从而索回自己的物品……可是他现在最想做的却是躺在一个幽暗房间里的大床上，舒舒服服地睡上一觉，缓解身体的疼痛，卸下内心的困惑，并抛开一种越来越难以抑制的情绪。

这种情绪不是别的，就是恐惧。

他越来越强烈地感觉到，有些事情非常、非常地不对劲。

\#

他跌跌撞撞地走上石阶，推开了酒店的大门。

壁炉里熊熊燃烧着的大火温暖了整个大堂。

一对青年男女占据了壁炉边的双人沙发，正端着玻璃酒杯喝着起泡葡萄酒。伊桑猜想他们来黑松镇是想度过一个非常特别的浪漫假期。

三角大钢琴旁边坐着一个身着无尾小礼服的男子，正在演奏《人生总有光明的一面》。

伊桑来到服务台前，忍着头疼，竭力在脸上挤出了一丝笑容。

坐在服务台后面的接待员不是别人，正是午后将他驱逐出房间的那一位。她还没来得及抬头看就开始机械地说起话来。

"欢迎来到黑松镇酒店。请问你需要什么……"

这时她看到了伊桑，突然住了口。

"嗨，丽莎。"

"我真是感动啊。"她说。

"感动？"

"你竟然回来付钱了。尽管你之前的确跟我说过你会回来结清

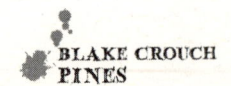

房费，可是说实话，我在心里一直都认为你再也不会出现在我面前了。我向你道歉……"

"不是这样的，请听我说，我今天没能找回我的钱包。"

"什么？那你的意思是说你回到这里来并不是为了结清昨晚的房费？你来找我并不是为了履行你在我面前重申了无数次的承诺？"

伊桑闭上了双眼，忍住头部的剧烈疼痛深深吸了一口气。

"丽莎，你没法想象出我今天度过了怎样的一天。我现在只是想躺下来休息几个小时而已，甚至不需要一个整晚过夜的房间。我只需要一个地方，可以让我冷静一下，再睡上一小会儿，这就够了。现在我的头疼得好厉害啊。"

"先别说了。"她从椅子上站起来，俯身趴在服务台上，"你说你仍然没法支付昨晚的房费，而现在你却要求我再给你一个房间？"

"我实在是没有别的地方可去。"

"你欺骗了我。"

"很抱歉。我之前真的以为我能找到钱包……"

"你明白我冒了多大的风险来帮助你吗？你知不知道我甚至可能因此而失去工作？"

"对不起，我不是有意……"

"出去。"

"什么？"

"你听不见我说的话吗？"

091

"我没有地方可以去了,丽莎。我的手机也不见了,身上一点钱也没有。从昨天晚上到现在我一直没有进食,而且……"

"请向我解释一下你的这些境况跟我有什么关系。"

"我只需要躺下来休息几个小时就好。我求求你了。"

"听着,我已经跟你解释得足够清楚了。现在请你离开这里。"

伊桑并没有挪动脚步。他只是注视着她,祈求着她或许能够从他的眼睛里看出此刻他内心所遭受的极大痛苦,从而对他产生怜悯之心。

然而,丽莎却拿起服务台上的电话听筒,开始拨起号来。

"你在做什么?"伊桑问道。

"给治安部打电话。"

"好了,好了。"他举起双手做出了投降的姿势,同时从服务台前往后退去,"我这就走。"

当他快到酒店大门的时候,丽莎在他身后喊道:"我希望你再也不要回到这里来了。"

伊桑差点儿从酒店门口的石阶跌落下来,当他来到人行道上时感觉到一阵突如其来的眩晕,他眼中的街灯和过往汽车的车头灯也在打转。

他没有停下脚步,反而不管不顾地开始沿着人行道拼命往前走,这时八个街区之外的一栋红砖建筑物隐隐约约地呈现在了他眼前。虽然他对那个地方仍然充满了惧怕,可是此时的他的确非常需要那所医院。他需要那里的病床,渴望好好睡上一觉,还得尽快吃一些止痛药。

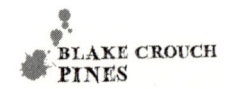

眼下他只有两个选择,要么去医院,要么就得在外面过夜——在路边或某个公园里,睡卧在毫无遮蔽的地方。

可是医院远在八个街区之外,对于现在的他来说,每迈出一步都需要透支极大的体力,而此时路边的街灯和往来的车灯在他眼前转得更快了——他的四周全是拖着长尾巴飘来飘去的彗星般的物体,整个世界似乎变成了过度曝光的城镇夜景动态照片。车灯被拖曳成了长长的光束,街灯则像极了喷灯里喷出的火焰。

他撞上了一个行人。

这个男人推了他一把,嘴里嘟囔着:"你这人是怎么走路的?"

伊桑来到下一个十字路口的时候,终于停下了脚步,他开始怀疑自己是不是还能过得了马路。

他重心不稳,身子向后一倾,重重地跌坐在了一栋房子外面的人行道上。

街道已经变得略显拥挤了。他的双眼紧闭着,什么也看不见,可是他能听到四周行人走在混凝土道路上的脚步声,以及人们互相交谈时的只言片语。

他丧失了所有的时间感。

犹如身处梦境中一般。

随后他侧躺在冰冷的水泥地面上,感受到了来自别人的呼吸,也听到了嘈杂的说话声。

他只听到了一些支离破碎的词语,没法在脑子里将其组成讲得通的句子。

他睁开眼睛。

夜幕已经降临了。

他浑身正发着抖。

一个女人跪在他身边，他能感觉到她正用两只手抓着自己的双肩。她正在摇撼着他的身体，并对他说着话。

"先生，你还好吗？你能听到我说话吗？这位先生？你能看着我吗？跟我讲讲你怎么了？"

"他喝醉了。"一个男人的声音在旁边响起。

"不对，哈洛德。他应该是病了。"

伊桑想要看清楚她的脸，可是眼前就只能见到一片昏暗模糊的景象。他能看到的只有一盏盏如同小太阳般闪耀的街灯，以及过往一辆辆汽车拖曳而过的车灯光束。

"我的头很痛。"他挣扎着吐露道，他觉得这个声音听起来极其虚弱、悲痛而又充满惧怕，根本不像自己的声音，"我需要帮助。"

她握着他的一只手，告诉他不要担心，不用害怕，来帮助他的人就要来到了。

伊桑能感觉到握着自己的手的那只手显然不属于年轻女人——手部的皮肤又松弛又粗糙，触感有点儿像一张旧报纸——可是她的声音里却有一丝令他心碎的熟悉。

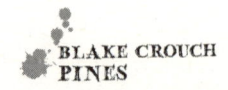

BLAKE CROUCH
PINES

第四章

他们乘坐班布里奇岛的渡轮离开了西雅图,一路向北沿着奥林匹克半岛朝安吉利斯港进发。在港口登陆后,这十五名伯克家的亲朋好友们便分散坐到了四辆车里,组成了一支小型车队。

特丽萨一直期望这天是个好天气,可是却偏偏遇上个阴沉沉的冷雨天。此时车队正行驶在高速公路上,但整个奥林匹克半岛都笼罩在薄雾和阴雨之中,所以他们眼前也看不到什么景色。

不过这一切都不重要。

无论天气怎样,他们都会朝此行的目的地进发,而且就算其他人都不想加入的话,她和本杰明也会去到那里。

开车的是特丽萨的朋友达莉亚,特丽萨本人坐在汽车后座上,握着七岁大的儿子的手,透过沾满雨滴的车窗看着外面。汽车飞驰着,一片片深绿色的热带雨林飞快地朝后面退去。

他们在112号高速公路上向小镇西边行驶了几英里之后,便来到了通往斯特莱普峰的步道口。

此时天空依然一片阴霾,不过雨已经停了。

他们一行人纷纷从车里走出来,沿着海岸徒步登山。除了各人踩在泥地里嘎吱作响的脚步声之外,就只能听到海浪撞击岩石时所发出的噪声。

特丽萨低头看着刚刚路过的一个小海湾,海水的颜色并不是她记忆中的蓝色。她认为是山间氤氲的云雾使得海水的颜色看起

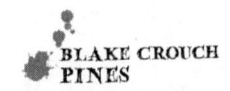

来变浅了，并非自己的记忆出了问题。

　　他们经过了几个第二次世界大战期间建造的掩蔽壕，随后又穿过了蕨类植物群，进入到一片森林。

　　这里到处都长满了苔藓。

　　仍有雨滴从树上往下落。

　　尽管现在已是初冬时节，可此地的树林却依然繁茂。

　　他们就快攀到峰顶了。

　　整个路途中，没有任何人讲话。

　　特丽萨感到两条腿都刺痛不已，而自己的眼泪也不住地想往外冒。

　　当他们抵达峰顶的时候，雨又下了起来。这雨并不密集，只是雨点比较大颗而已，它们在风中漫天飞舞着，模糊了众人的视线。

　　特丽萨走入了一片草甸。

　　她哭了，哭得很伤心。

　　如果天气晴朗的话，站在峰顶可以看到方圆好几英里的风景，一千英尺之下的海洋也能尽收眼底。

　　而今天的峰顶却被笼罩在雨水和雾气中，能见度非常差。

　　她在湿漉漉的草丛里坐了下来，将头埋进双膝，继续哭泣着。

　　从天而降的雨滴掉落在她的雨衣上，发出滴滴答答的声响，除此之外便听不到什么别的声音了。

　　本杰明在她身旁坐了下来，她用一只手臂环抱着他，说道："孩子，你在这趟徒步中表现得不错。现在你感觉怎么样？"

"我觉得还行。这里就是我们的目的地吗?"

"没错,就是这里了。如果没有雾的话,你还能看到更远的景色。"

"现在我们要做些什么呢?"

她擦了擦眼睛,略微战栗着深深吸了一口气。

"接下来,我会说一些跟你爸爸有关的事情。或许其他人也会说一些。"

"我也得这样做吗?"

"如果你想要说些什么,那就说吧。"

"可我不想说啊。"

"不说也没关系。"

"不说并不意味着我不再爱着他了。"

"这我知道。"

"他会希望我谈谈有关他的事情吗?"

"如果那样做不会令你感到不适的话,我想他会的。"

特丽萨闭上双眼,花了一些时间让自己振作起来。

随后她奋力站了起来。

她的朋友们此时正在蕨类植物丛中漫无目的地转来转去,其间还不时朝掌心呵气来取暖。

峰顶极其阴冷,狂乱的烈风吹在蕨类植物上,泛起了阵阵绿色浪潮。此处的气温低得足以令他们呼出的气体瞬间就凝结成一团团白雾。

特丽萨将她的朋友们召集过来,一行人在风雨中站着围成了一个圆圈。

特丽萨告诉大家,她和伊桑在开始约会几个月之后便相约来到这个半岛游玩,当时他们住在安吉利斯港的一家家庭旅馆。有一天临近傍晚的时候,他们偶然发现了通往斯特莱普峰的步道口,并开始登山。随后,他们在傍晚日落前攀到了峰顶,那时天气清朗,她放眼越过海峡眺望着加拿大南部,伊桑突然单膝跪地,向她求婚。

那天早上他在一家便利店的自动贩卖机上买了一枚玩具戒指。他说自己原本还没有萌生向她求婚的打算,可是在这趟旅程中,他越来越明确了自己想要跟她共度余生的愿望。他还说此时此刻是他人生中最为美妙的光景:站在高山的峰顶,和她并肩俯瞰着呈现在他们面前的美丽景色。

"我压根儿就没想到他会向我求婚。"特丽萨说,"可是我当场就应允了他,后来我们一直待在那儿看着太阳落进了大海里。伊桑和我时常提起我们应该再找个周末回到这里来,可是你们也知道,人活在这个世上总是身不由己,有些计划总是难以付诸实行。但不管怎么说,我们曾在一起度过了许多美好时光……"她吻了吻儿子的头顶,"当然也共度了一些不那么美好的时光。我认为十三年前伊桑在这座山的峰顶度过的那个傍晚,是他人生中最为快乐,对未来充满了最美好憧憬的时刻。正如你们所知,他现在失踪了……"她拼命抑制住了内心深处的情感风暴,"唔,我们没有他的尸体、骨灰等等。不过……"她带着泪笑道,"我带来了这个。"她从衣兜里掏出了一枚很旧的塑料戒指,指环上的金黄色油漆早已脱落，戒指顶部尖头叉上的翠绿色玻璃棱体依然还在。这时周围有些人开始哭了起来。"最终他还是送给了我一枚真正的钻戒，可是我却觉得带来这枚戒指更为合适，当然，我可不是为了节省。"她从被雨水淋得湿漉漉的背包里取出了一把园艺锹，"我想在这里留下一些跟伊桑密切相关的物品，我认为这枚戒指非常合适。本杰明，你能帮帮我吗？"

特丽萨再次跪在地上，将身前的一堆蕨类植物扒拉开来，直到地面露出来了为止。

泥地已经被雨水泡得很软了，所以铁锹轻而易举便能压进土里。她用铁锹挖出了几堆泥土，随后让本杰明也挖了几下。

"我爱你，伊桑。"她喃喃低语道，"我非常想念你。"

接下来，她将那枚塑料戒指放进了刚刚挖出来的小墓穴里，和本杰明一起用挖出来的泥土将小墓穴填埋起来，最后她用铁锹将地面重新抚平了。

#

这天晚上，特丽萨在位于安妮女王街区的家中举办了一场派对。

朋友、熟人、同事们塞满了整个屋子，另外，当然也少不了美酒。

伊桑一家的主要朋友圈里的成员——如今在各自的工作领域都是肩负重任、中规中矩的专业人士——在过去的某个人生阶段曾过着桀骜不驯、纵酒无度的生活，在他们一行人开车回家的路上，所有人都一致发誓说今夜要为了伊桑一醉方休。

他们果真信守了誓言。

每个人不顾一切地纵情豪饮着。

各自讲述着与伊桑有关的种种故事。

时而大笑,时而哭泣。

#

晚上十点半,特丽萨来到自家露台,这个露台与小小的后花园连为一体。在极为罕有的晴朗日子里,站在这个露台上能望见西雅图的天际线,以及南面雷尼尔山高大雄壮的轮廓。不过这个夜晚整个市区都被大雾笼罩着,四周的建筑物只能借着在雾中星星点点闪烁着的灯光来宣告自己的存在。

她斜倚在露台栏杆上,和达莉亚一起抽着烟——自打离开大学女子社团之后她就再没有抽过烟了——同时慢慢地啜着今天晚上的第五杯G&T杜松子酒。她已经有很长时间没像今晚这样一次喝下这么多酒了,而且她心里也清楚知道明天早上自己将因今夜的纵酒而付出高昂的代价。可是,此刻她任由自己沉浸在这种微醺而安适的状态里,因为只有这样做才可以让她暂时从残酷的现实中逃避出来——她脑子里有好些尚未得到答案的问题,一种挥之不去的恐惧感始终萦绕在她的内心深处,还时常搅扰着她,让她老是做噩梦,不得安睡。

她对达莉亚说:"如果他的人身保险赔偿金不予发放怎么办?"

"怎么可能不予发放呢?"

"因为我找不到能证明他已经死亡的证据啊。"

"噢,这可太荒谬了!"

"也许我不得不卖掉这座房子。以我作为律师助理的薪水是不足以支付这座房子的按揭贷款的。"

她感觉到达莉亚用双臂环抱住自己。"现在别想这些了。"达莉亚说,"你只需要知道你身边有好些爱你的朋友,他们始终都会扶持你和本杰明的。"

特丽萨将已经喝完的空酒杯放在栏杆上。

"他并不完美。"她说。

"我知道。"

"他一点都不完美。不过对于他自己犯下的那些错误,他都毫不遮掩地承认了。我很爱他,一直都爱,甚至当我刚发现他的过错时,我就知道我会原谅他的。他本可能继续犯同样的错误,可事实是,不管怎样我都会继续留在他的身边。我的心已经完全属于他了,你明白吗?"

"这么说,在他离开之前你们俩就已经完全和好了?"

"是的。可是,对于他所做的……我心里还是真的不怎么好受。"

"我明白你的感受。"

"不过我们已经从最糟糕的处境中逐渐走了出来。我们一起接受了一些心理咨询。我们的努力和坚持,本应该会有一个理想结果的。可是如今……达莉亚,我却成了一个单身母亲。"

"我送你去睡觉吧,特丽萨。对你而言,这一天实在是漫长又难挨。家务什么的你就别操心了,明天早上我会再过来帮你打扫屋子。"

"他已经离开了快十五个月了,而我每天早上醒来的时候,都没法相信这样的事情真的发生了。我一直企盼着他会拨打我的手机,或者给我发来短信。本杰明常常问我爸爸什么时候会回家,其实他心里是知道答案的,我也跟他一样知道答案……可我还是禁不住常常期待着手机上的来电和短信。"

"为什么呢,亲爱的?"

"因为我心里总想着,或许这次手机上会提示我漏接了一个来自伊桑的电话,或许当本杰明再次问我同样的问题时,我能给他一个跟以往不一样的答案,或许我可以告诉他爸爸会在下个星期回到家里。"

这时有人在喊特丽萨的名字。

特丽萨缓缓地朝着声音传来的方向转过头去,因为喝了太多的杜松子酒,她的身体有些不太灵活。

说话的是跟她在同一家律师事务所就职的年轻同事帕克,只见他正站在通往露台的滑动玻璃门旁边。

"有客人来了,他说他想见你,特丽萨。"

"是谁啊?"

"是个叫汉索尔的男人。"

特丽萨的腹部突然痉挛了一下。

"那人是谁啊?"达莉亚问道。

"他是伊桑的上司。该死,我现在有些醉了。"

"那我可以去见他,就说你现在不能……"

"不必了。我想去跟他谈谈。"

特丽萨跟在帕克身后进到了室内。

屋里的派对场面已经跟先前大不相同了。

她的大学室友珍妮弗喝得烂醉如泥，已经倒在沙发上昏睡过去。

几名女性朋友都待在厨房里，其中一个人手里拿着iPhone，其余人则聚集在她的四周。她们在酩酊大醉的情形下正试图通过免提方式拨打出租车公司的电话。

特丽萨的妹妹玛姬是个禁酒主义者，而她很可能是屋子里唯一一个尚且清醒的成年人。当特丽萨从玛姬身边经过的时候，后者伸出手来挽住了姐姐的手臂，并低声告诉特丽萨本杰明已经在楼上的卧室里平静地入睡了。

门厅里的汉索尔穿了一身黑色西装，一条黑色领带松松垮垮地系在他的领子上。汉索尔的眼袋非常明显，特丽萨心想他也许是一下班就直接从办公室风尘仆仆地赶过来了。

"嗨，亚当。"她招呼道。

两人简单拥抱了一下，礼节性地彼此亲了亲对方的脸颊。

"很抱歉我没能早一点过来。"汉索尔说，"这一天……不知怎么的这一天就这样过去了。不过我一直都想过来看看你。"

"你的这一举动对我来说深具意义。你想喝点什么吗？"

"如果有啤酒的话就再好不过了。"

特丽萨迈着略微蹒跚的步伐走到一个已经半空的啤酒桶跟前，往一个塑料杯里注满了啤酒。

她和亚当一起坐在通往二楼的阶梯上。

"真不好意思。"她开口说道,"我有些醉了。今天我们想借着送别伊桑的机会,来重温那已经逝去的美好时光。"

汉索尔喝了一口啤酒。他大约比伊桑年长一两岁,身上散发着淡淡的"古风"香水气味。他的头发很短,发型跟多年前他在公司圣诞晚会上与特丽萨初次见面时一模一样。他的下巴上冒出了些许棕色的胡子楂,看那长度,估计他至少一整天没有剃胡子了。跟他并排坐着,她能感觉到从他腰间凸出来的手枪。

"关于伊桑人身保险的理赔,仍然还有些问题没能解决掉吗?"汉索尔问道。

"是的,他们一直在拖延。我想他们最后会逼得我提起诉讼。"

"如果你愿意的话,我想下周一早上给你打个电话详谈一下,看看我能不能帮上忙。兴许我能给相关人员适当地施加一些压力,推动事情的进展。"

"对此我向你深表感激,亚当。"

她发现自己讲话的语速很慢而且极为小心,因为只有这样她才能确保自己的发音不至于含混不清。

"你能将保险理算员的联系信息发给我吗?"他问道。

"好的。"

"我想告诉你,特丽萨,我的脑子里每天都充斥着一个念头:查明伊桑遇到了怎样的事情。我相信终有一天我会查明真相的。"

"你认为他死了吗?"

倘若处于头脑清醒的情况下,她是无论如何也不会问出这个问题来的。

汉索尔沉默了片刻，只是低头凝视着眼前盛有琥珀色液体的啤酒杯。

最终他开口说道："伊桑……是一名优秀的特工。也许他算得上是我手下最棒的特工。这是我的真心话。"

"你认为如果他没死的话，现在一定已经跟我们联系过了，所以……"

"的确如此。对此我很难过。"

"没什么，只是……"

他递给她一张手帕，她用手帕捂着脸哭了一阵，然后用手帕拭了拭眼泪，"我也不知道该怎么说……这样的日子太艰难了。之前我一直祈祷他能活着，现在我只能祈祷他的尸体能被找到。我需要一个确凿的答案，才知道将来的路该如何走下去。我能问你一个问题吗，亚当？"

"当然可以，请讲吧。"

"你认为他遇到了什么事情呢？"

"或许现在不是合适的时候……"

"你尽管说。"

汉索尔喝完了自己杯里的啤酒。

他起身走到啤酒桶前，往杯子里重新注满了酒，然后折回来。

"那就先从我们都知道的地方说起，好吗？去年9月24日，伊桑在西雅图乘坐直达航班起飞，并于当天早上八点半抵达博伊西。随后，他去到了位于美国银行大楼的分部办公室，与斯托林斯特工及其团队成员见了面。他们在一起开了一个时长两个半小时的会议,接下来伊桑和斯托林斯在上午十一点一刻的时候离开了博伊西。"

"然后他们要去黑松镇调查……"

"他们的任务之一是调查跟比尔·埃文斯特工以及凯特·休森特工的失踪有关的案子。"

一听到凯特的名字,特丽萨就感觉仿佛有一把锋利的刀子飞快地刺中了自己的心窝。

她突然很想再喝上一杯酒。

汉索尔继续往下说:"你最后一次接到伊桑用手机打来的电话是在当天下午一点二十分,那时他在爱达荷州的洛曼镇停留加油。"

"当时他们身处洛曼附近的群山中,所以通话信号很差。"

"打完电话一个小时之后,他们抵达了黑松镇。"

"他在电话里最后跟我说的话是:'我今天晚上会在酒店房间里给你打电话,亲爱的。'就在我想在电话里跟他道别并打算告诉他我爱他的时候,电话却突然断掉了。"

"而你是这世上尚活着的人当中最后一个曾与你丈夫联络过的人。当然……接下来所发生的事情是你已经知道了的。"

没错,她不需要再听一遍这些事情了。

当天下午三点零七分,他们的车撞上了一辆印有"麦克"标志的卡车,斯托林斯特工当场就遇难了。由于撞击极其猛烈,而且汽车前部的毁损非常严重,所以救援人员没法在现场将伊桑的身体从车内解救出来。于是,事故车被运到了另一处地方进行后续作业。当工作人员用工具卸下车门,并将车顶撬开至足够的高度,从而得以进到车厢里的时候,才发现驾驶座上竟然没有人。"

"特丽萨,我来这里的另一个理由是想告诉你一个新的消息。你应该知道,我们对于自己就斯托林斯的林肯城市轿车内部所进行的内部检查不太满意。"

"没错,这我知道。"

"于是我向联邦调查局的科学分析团队求助,请他们用DNA联合检索系统再次展开细致检查。他们花了整整一个星期的时间,对那辆林肯城市轿车的里里外外都进行了专业而全面的检查。"

"那么,结果……"

"明天我可以将他们的工作报告用邮件转发给你,不过长话短说,他们什么都没有找到。"

"这话是什么意思呢?"

"就是说他们一无所获。没能找到任何一丁点儿皮肤细胞、血液、毛发甚至汗液,就连被他们称为'降解DNA'的东西也没找到。如果伊桑开着那辆车花了三个小时从博伊西一直行驶到黑松镇,那么他们起码能找到一些属于伊桑的分子组分。"

"怎么可能发生这样的事情呢?"

"我也不太明白。"

特丽萨抓住楼梯的扶手,费力地站了起来。

她朝临时用作吧台的古式木质洗涤架走去。

她没再继续往杯子里斟上 G&T 杜松子酒了,而是舀入了一些冰块，然后倒满了伏特加酒。

她喝了一大口伏特加，随后步履不稳地回到了阶梯上。

"我不知道该如何看待这件事，亚当。"她说道，随即又喝了一口酒。她明白如果自己喝完了这杯酒，最终一定会醉倒的。

"我也不知道。你刚才问我认为伊桑遇到了什么事情，对吗？"

"对啊！"

"我也不能给你准确的答案，起码目前还不行。我只是私下告诉你，我们又再度开始调查斯托林斯特工身故前的种种线索，同时也对那些在我抵达事故现场之前就得以到达那里的人员一一展开密切调查。不过到目前为止，我们的工作还没有什么收获。而且你也知道，这件事毕竟已经过去一年多了。"

"我觉得事情有点不太对劲。"她说。

汉索尔注视着她，那双严肃的眼睛里流露出了苦恼的神色。

"没错。"他附和道。

\#

特丽萨将汉索尔送到他停在屋外的车子旁边，然后站在湿漉漉的街道上，淋着雨看着汉索尔的车尾灯越来越小，最后彻底消失在了视野之外。

她四下张望了一番，发现邻居们家里的圣诞树上已经挂好了彩灯，可是她和本杰明还没来得及准备圣诞树呢。她甚至在想，今年可能不会筹备这件事了，这个想法让她觉得自己好像已经接受了那个噩梦，意味着自己已经确信他再也不会回家了。

#

夜深了，当所有的朋友都已经搭乘出租车回家之后，她躺倒在楼下的沙发上，感觉到一阵阵天旋地转。

她没法入睡，也没有在眩晕中失去知觉。

每次睁开双眼，她都看到墙上挂钟的时针始终在两点和三点之间缓缓移动着。

还差一刻到凌晨三点，她实在忍受不了又一阵强烈的眩晕和恶心感觉，便从沙发上翻滚到了地板上，随即她扶着沙发站起身来，跌跌撞撞地走进了厨房。

壁橱里还有几个干净的玻璃杯，她从中取出一个，将其放在水龙头下接满了自来水。

喝完这杯水之后，她又接连喝了两杯，这才感到嗓子的干渴得到了缓解。

厨房里一片狼藉。

她将照明灯的光线略微调暗了一些，然后将脏碗碟一个一个地放进洗碗机里。看着洗碗机渐渐被填满，她不由得感到心满意足起来。启动了洗碗机的洗涤程序之后，她拿着一个空塑料袋在屋里来回走动，将散布在各处的啤酒杯、纸盘以及用过的餐巾纸都收集到了手中的袋子里。

到了凌晨四点，屋子里的景况看起来比先前好多了，而她自己也睡意全消，只是眼球后面感觉到阵阵搏动——这是头疼即将来临的先兆。

她服下了三粒艾德维尔止痛药，然后在黎明到来前的寂静中站在厨房水槽边,听着雨水滴滴答答地敲打在屋外露台上的声音。

她往水槽里注满热水,喷入了一些洗洁精,看着越来越多的泡沫渐渐浮起在水面上。

她将两只手伸到了热水里。

水的热度渐渐灼痛了她的手。

在伊桑最后一次因为加班工作而很晚回家的那个夜里,她就站在这个水槽边同样的位置上……

#

她没能听到伊桑回来时关闭房门的声音。

也没能听到他走近自己的脚步声。

她正在擦洗一个长柄平底煎锅,突然感觉到伊桑用手环抱住了自己的腰,他嘴里呼出的热气正好喷在她的后颈。

"对不起,特丽萨。"

她继续刷洗着手里的锅,嘴里说道:"七点你没回来,八点也没回来,现在已经十点半了,伊桑。我真的不知道该说什么好了。"

"我们的小家伙怎么样啊?"

"他在客厅睡着了。他一直想等你回来,好给你看他刚获得的奖杯。"

只要他的手触碰到她的身体,她的抱怨和怒气就总能在一瞬间烟消云散,她因此而恨起自己来。从她在蒂尼比格斯酒吧第一次见到他的时候开始,她就一直感觉到他对自己有一种极为强烈的吸引力,这样的吸引力令她在他面前不自觉地卸下一切防御,变得盲目而缺乏理智。这就注定了他们俩的地位在彼此的关系中是极不平等的,他享有压倒性的优势。

"我得在明天一大早搭乘飞机前往博伊西。"他在她耳边嗫嚅道。

"这周六是他的生日,伊桑。在他整个人生中只有一次六岁生日。"

"我明白。我也觉得很为难,可是这次我不得不去。"

"如果到时候你不在的话,你知道他会怎样吗?他一定会不断地问我爸爸为什么不……"

"我明白你的意思了,特丽萨,这样可以了吗?你认为这件事对你的伤害会比它带给我的伤害更大吗?"

她推开了他的手,转过身来面对着他。

"你的这个新任务跟寻找她有关吗?"

"现在我没法回答你的问题,特丽萨。五个小时之后我就得动身去机场了,而现在我甚至还没开始准备行李呢。"

他转身朝厨房门走去,走到一半时他突然停下了脚步,再度转过身来。

片刻之后,他们的目光相撞了。早餐桌就摆在两人中间,可他们谁也不会想到,桌上盘子里盛放着的冷餐将成为伊桑在这个家里所吃的最后一餐。

"你知道的。"他说,"那件事已经结束了,我们已经从中走出来了,可是你看起来不像是……"

"我只是感到厌倦而已,伊桑。"

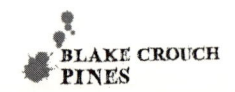

"对什么感到厌倦?"

"你总是不停歇地工作、工作、工作,而你留给我们的是什么呢?"

他没有回答,不过她能看到他下巴上的肌肉颤动了一下。

即便是在这么晚的深夜,即便是在工作了十来个小时之后,他穿着一身她永远也看不厌的黑色西装站在照明灯下面时,仍然显得那么迷人。

就这么看着他,她心里的怒气竟悄然消退了。

她很想朝他走过去,跟他靠在一块儿。

对她而言他总是拥有一种非凡的掌控力。

其间仿佛隐隐包含着某种魔力。

BLAKE CROUCH
PINES

第五章

他看到她在厨房里，于是便朝她走了过去，伸出双臂从背后环抱着她，还把自己的鼻子埋进了她的头发。他常常像这样嗅她的头发，想通过这样的方式再次觅得他俩初次相见时她的头发所散发出的气息——那是一种香水和护发素混杂在一起的气味，这气息曾令他无法自持地对她怦然心动。可是如今要么是因为她头发的气味已经改变了，要么是因为它已经与他自己身上的气息完全融合在了一起，他再也不能寻到以往那种能让他回到早年两人初识时光的气息了。人们常说鼻子的"记忆力"比眼睛更强，他也深深体会到了这一点。在他还能嗅到她的头发所散发出的神秘气息时，他发现那种气味比她的金色短发和绿色眼睛更能令他重回往昔。那是一种充满新奇感的意境，好似在十月里的一个寒风凛冽的下午，蓝蓝的天空无比清澈，初雪积存在卡斯卡德山和奥利匹克山的山顶，而城里树木的叶子则刚刚开始变黄。

他拥抱着她。

可是，他令她所遭受的痛苦和耻辱感觉还尚未消减。他时常在想：要是她做了跟自己同样的事，他极有可能采取一走了之的做法。她对他所怀有的爱可真是神奇，那种忠贞之爱远远超过了他认为自己配得的程度。然而，她的这种爱，却只会令他对自己的行为倍感羞愧。

"我要去看看他。"伊桑低声说道。

"去吧。"

"等我待会儿下来再回到这里的时候,你会坐下来陪着我吃饭吗?"

"当然会呀。"

他将自己的外套搭在楼梯栏杆上,脱下了脚上的黑色皮鞋,放轻脚步沿着阶梯往二楼走去。其间,他抬脚从那块踩上去总是嘎吱作响的第五级阶梯上方跨了过去。

除了第五级阶梯之外,其余的梯板都没有什么问题,他很快便站在了二楼卧室的门口,轻轻把门推开了一条小缝。走廊上的灯光透过门缝,照进了卧室里。

在本杰明五岁生日那天,全家人一起将本杰明的卧室墙壁漆成了太空的形貌:黑色的背景色,金色的小星星,代表遥远星系的螺旋形图案,八大行星,以及一些外太空卫星和火箭。此外,还有一名飘浮着的宇航员。

他的儿子睡在一堆毛毯中间,两只手里握着一个小小的奖杯——杯壁上印有一个正在踢足球的金色塑料小人。

伊桑抬起脚来,迅速从散落一地的乐高积木和酷炫风火轮赛车中间跨了过去。

随即跪在了儿子的床边。

他的眼睛渐渐适应了房间里的黑暗,现在他已经能看清本杰明脸上的细节了。

儿子的脸柔和而宁静。

一对杏仁眼虽然是闭着的,可仍然能看出它们跟他母亲的眼睛颇为相似。

不过他有着和伊桑一式一样的嘴巴。

在黑暗中跪在即将六岁的儿子床边，伊桑感觉膝盖有些疼痛，内心也因知道自己明天将错过儿子的六岁生日而伤感不已。

在他看来，儿子是他所见过的最完美、最好看的人，而且他也深切感受到了儿子的成长速度要比自己所以为的快得多。也许过不了多久，在他自己还没有做好心理准备的时候，本杰明就会变成一个仪表堂堂的男子汉了。

伊桑轻轻摸了摸本杰明的脸颊。

接着他俯下身来，亲吻着儿子的额头。

随后将一绺头发轻轻拂到了儿子的耳后。

"你没法想象出我是多么地因你而感到骄傲。"他喃喃低语道。

去年，伊桑的父亲因高龄和肺炎发作，在一家养老院里离开了人世。临终前，老人用沙哑的嗓音问伊桑："你有花时间陪伴你的儿子吗？"

"我已在尽己所能地这么做。"他回答道，可是父亲从他的眼神里看出他在撒谎。

"你将因此而蒙受损失，伊桑。那一天终会来到，等他长大后，一切都来不及了，到那时你会不惜用你所拥有的一切来换取同年幼儿子共处的一个小时。你会渴望满怀深情地拥抱他，声情并茂地读故事给他听，陪他一起玩球。年幼的子女看不到你身上的缺点，无论你怎么说、怎么做，他都会用充满纯粹爱意的眼光来看待你，正是因为如此，你才敢这般掉以轻心。可是，你要当心，因为这样的时日不会永远延续下去。"

父亲临终前所说的这番话常常在伊桑脑海中浮现出来，尤其是在身边的家人都已入睡，而自己却头脑清醒地躺在床上时。每逢这样的时刻，人生的林林总总都以光一般的速度从他脑子里一掠而过——各种账单所带来的压力、将来的人生愿景、自己从前所犯的过失以及自己已经错过的种种时刻——那些遗失了的快乐时光——都像一块块巨石一般，沉沉地压在他的胸口。

"你能听到我说话吗？伊桑？"

有时候他会觉得自己呼吸颇为困难。

有时候他的脑子里会突然涌起一个念头：得在自己过往的人生中找到一份完美的回忆。

牢牢地把它记在心里。

而它将发挥救生筏一般的功用，帮助自己遨游在人生的汪洋大海中。

"伊桑，我希望你能用你的意识抓住我的声音，赶快清醒过来。"

这个声音在他的头脑里播放了一遍又一遍，直至后来他内心的焦虑渐渐消退了，取而代之的是深重的疲惫感，他渐渐地想起了……

"我知道这样做很不容易，可你还是得尽力让自己醒过来。"

他想起了这段时间以来度过的内心无法平静的日子……

"伊桑。"

渐渐地，他脱离了自己的梦境。

他突然睁开了双眼。

一束光芒照在他的脸上,这是令人炫目的蓝光,很小,很细。

光芒的来源是一支手电筒。

他眨了眨眼,随即那束光芒便消失了,待他再度睁开眼睛时,发现一个戴着金属边框眼镜的男人正俯视着自己。对方的脸凑得很近,就在离伊桑的脸不到一英尺远的地方。

这个男人有一双黑色的小眼睛。

剃着光头。

淡银色的胡须是他脸上唯一能透露大致年龄的东西,不过他的皮肤却显得极其光洁。

他笑了,露出了满口整齐的小白牙。

"现在你能听到我说话了,对吗?"

他的语气显得拘谨而有礼。

伊桑点了点头。

"你知道自己在哪里吗?"

伊桑不得不思索了片刻——他先前一直处于跟西雅图、特丽萨和本杰明有关的梦境中。

"那我先问点别的吧。你知道自己的名字吗?"

"伊桑·伯克。"

"很好。那我再问,你知道自己在哪里吗,伊桑?"

他能觉出这个问题的答案就在回忆之门里呼之欲出,可与此同时他的内心仍有些许困惑,好几个现实问题正在彼此争竞着。

一方面,他觉得自己在西雅图。

另一方面,他觉得自己在一家医院里。

再者,他觉得自己置身于一座闲适恬静的山区小镇,不过小镇的名字是什么呢?他怎么也想不起来。

"伊桑。"

"怎么?"

"如果我告诉你,目前你正待在黑松镇的一家医院里,你是不是能得到一些提示呢?"

这句话里的信息不仅仅是给了他一些提示,它仿佛击碎了他的回忆之门,令他一下子回忆起了所有事情。最近四天里他所遇到的一切在他脑海中有序地排列好了,同时他也深信自己此时的回忆是极其可靠的。

"有了!"伊桑说道,"有了,我想起来了。"

"你全都想起来了吗?"

"我认为是这样的。"

"那么你记忆中最后发生的事情是什么呢?"

他花了一些时间来重新搜索,并渐渐清理掉了遮蔽神经元突触上的蛛网,最后终于搜到了。

"我头疼得厉害,当时我坐在主街的人行道上,然后,我……"

"你失去了知觉。"

"没错,是这样的!"

"你的头现在还疼吗?"

"不疼了。"

"我是詹金斯医生。"

医生同伊桑握了握手,然后在伊桑身边的一把椅子上坐了下来。

"你主治哪方面的病症呢,医生?"伊桑问道。

"我是精神病医生。伊桑,如果可以的话,我需要你回答几个问题。在米特尔医生和他的护士第一次将你带到这里来的时候,你对他们说了一些有意思的事情。你知道我指的是什么事情吗?"

"不知道。"

"你告诉他们说镇上的一栋房子里有一具尸体。另外,你还说你没法跟你的家人取得联系。"

"我不记得我曾跟护士或医生交谈过。"

"那时你的神志不太清醒。你以前曾有过精神疾病的患病史吗,伊桑?"

伊桑原本是躺在病床上的。

现在他费力地坐了起来。

些许光芒透过百叶窗的缝隙进到室内。

外面应该是白天。

出于人类对黑夜的原始恐惧,他因自己刚刚的新发现而感到无比快慰。

"你想问我什么问题?"伊桑问道。

"问你这些问题也是我的工作职责所需。昨天晚上你被送到这里来的时候,身上没有钱包,也没有任何身份证件……"

"我几天前遭遇了一场交通事故,警方和急救人员办事不力,导致我被迫陷入了这般境地。我身上没有手机、钱和身份证件,我的钱包也不见了。这些可不是因为我自己粗心造成的。"

"放轻松一点,伊桑,没人说你做错了什么。我再说一遍,我需要你回答我一些问题。你曾有过精神疾病的患病史吗?"

"没有。"

"你的家族成员是否罹患过精神疾病?"

"没有。"

"你曾患过创伤后精神紧张症吗?"

"没有。"

"可是你曾参加过第二次海湾战争。"

"你怎么知道这个?"

詹金斯指了指伊桑的脖子。

伊桑低下头来,看到自己从军时的身份识别牌正挂在脖子上的一根珠链上。这可真是奇怪,他记得自己一直以来都是将它放在床头柜抽屉里的。他不记得自己最后一次戴着它是什么时候,而且他认为自己这次出差并没有把它带来。他丝毫不记得自己在临行前曾将它包装起来,也不记得自己何时曾萌生过要把它戴在脖子上的念头。

他看了看刻在不锈钢识别牌上的名字、军衔、社会保险号码、血型以及宗教信仰——最后这一栏写着"无宗教信仰"。

他的目光久久地停留在军衔和名字上:一级准尉伊桑·伯克。

"伊桑?"

"怎么了?"

"你曾参加过第二次海湾战争吗?"

"是的,我负责驾驶UH-60。"

"那是什么?"

"是'黑鹰'中型通用直升机。"

"我想你应该亲眼目睹过战斗的场面。"

"没错。"

"战斗很激烈吗?"

"可以这么说吧。"

"那你受过伤吗?"

"我不知道你问这个跟……"

"请你直接回答我的问题就好。"

"2004年冬天,我在法鲁贾市的第二场战役中中了弹。当时我们正在执行驾驶直升机遣送伤员的任务,我中弹的时候我们的飞机上才刚刚装载了几名海军陆战队伤员。"

"有人死去吗?"

伊桑深深地吸了一口气。

然后又重重地吁了出来。

说实话,这个问题令他有些吃惊,他发现自己正努力做好准备,迎接头脑里即将出现的一幅幅幻灯片似的画面——他曾接受过不少治疗才能平静地接受它们。

一枚火箭推进榴弹在他身后爆炸,激起了剧烈的振荡波。

断裂的直升机尾翼和水平旋翼纷纷散落在地面上,变成了好多个金属碎块。

直升机旋转着急速下坠。

机舱内警铃大作。

操纵杆完全失控。

直升机与地面撞击产生的后果远不及他原以为的那样严重。

他失去意识的时间不过只有短短半分钟而已。

安全带被卡住了，没法取开，所以他够不着自己的卡巴军刀。

"伊桑，有人死去吗？"

一名叛乱者举起AK步枪，对着直升机残骸的另一侧发动猛烈射击。

两名医护兵从破碎挡风玻璃的缺口爬了出去。

他们已经患上了战斗疲劳症。

"伊桑……"

那两名医护兵径直走向了仍在飞速转动的四叶水平旋翼……

他们就这样消失了，大量的鲜血喷射在了挡风玻璃上。

这时更多的叛乱者赶了过来，无数的枪支开始对着直升机开火。

"伊桑？"

"除了我之外，其余的人都死了。"伊桑说道。

"这么说，你是唯一的幸存者吗？"

"是的。我被俘虏了。"

詹金斯在一个皮革装订本上匆匆记录下了一些信息，随即说道："我得再问你一些问题，伊桑。你越是诚实地回答我的问题，那么我越能更好地帮助你。你应该知道，我是真的很想帮助你。

你会时常听到一些奇怪的声音吗？"

伊桑尽力抑制住了心头的怒火。

"你在开玩笑吗？"

"你能否只是回答……"

"不会。"

詹金斯在本子上做了一些记录。

"你有发现过自己在讲话时有困难吗？比方说，或许你讲话的时候发音或逻辑都有些混乱不清？"

"没这回事。而且我没有妄想症，也没有幻觉，也……"

"唔，就算你有幻觉，你自己也不会觉察到，不是吗？你会相信自己看到的和听到的都是真实存在的。举个例子吧，如果你在幻觉中看到我以及这个医院的病房，并且在幻觉中与我对话，那么你的感觉跟现在也不会有什么不同，对吗？"

伊桑将两条腿滑到床沿，把脚往下一伸，踩在了地板上。

"你要做什么？"詹金斯问道。

伊桑朝衣橱走去。

他感觉两条腿有些乏力，步子不太稳定。

"依你目前的状况来看，你还不适合出院，伊桑。院方还在评估你的核磁共振成像图，你可能遭到了一些颅内创伤，目前我们还不知道其严重程度如何。我们得继续评估……"

"我会得到一份评估结果的。只是它不会在这里完成，也不会在这个小镇上完成。"

伊桑一把拉开衣橱门，将自己的西装从衣架上取了下来。

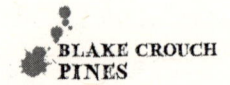

"你曾经打着赤膊走进治安部,是吗?"

伊桑穿上了自己的白色领尖扣衬衫,看上去这衬衫已经有人帮他清洗过了,而且原本残留在上面的尸体腐臭味已经被洗衣粉的香味所取代了。

"它曾经散发着臭味。"伊桑说,"闻起来跟那个死去的人身上的气味一样……"

"你指的是那个你声称在一栋废弃房屋里发现的死人吗?"

"这不是我的'声称'。这是我实实在在的发现。"

"你还实实在在地去到了你从未谋面的麦克·斯科士谢先生的住所,在他家的前廊对斯科士谢先生进行了口头骚扰。这是你无可否认的真实情况吧?"

伊桑开始扣衬衫的纽扣,他的手指发着颤,费力地将一颗颗纽扣塞进扣眼里。有几颗纽扣甚至还扣错了位置,不过他并不在意,一心只想着要穿好衣服离开这里,离开这个小镇。

"在有颅脑损伤的可能性的情况下还四处走动,这可不是什么明智的做法。"詹金斯说道,此时他已经从椅子上站了起来。

"我觉得有些不大对劲。"伊桑说。

"我知道,所以我才一直试图想要……"

"不是的。我是说这个小镇不大对劲。这里的人不大对劲,也包括你本人在内。有些事情很不正常,如果你认为我还会愿意坐在这里,任凭你继续对我进行胡乱摆布的话……"

"我并没有胡乱摆布你,伊桑。这里没有人在摆布你。你知道你的这种想法显得多么的偏执吗?我不过是想确定一下你是否处于某种精神疾病的控制之下。"

"那么我要告诉你，我没有任何精神疾病。"

伊桑提起裤子，扣好纽扣，然后穿上了鞋子。

"请原谅我不能完全相信你所说的这句话。'精神方面的异常情况，通常以与现实世界失去联系为特征。'这是专业的医学教科书上对精神病的定义，伊桑。你所遭遇的车祸可能导致你出现精神异常的状况，同时，看到你的同伴在车祸中丧生也可能是诱因之一。此外，一些由参与战争所引发的创伤再次显露出来，也可能导致精神疾病。"

"你给我出去。"伊桑说道。

"伊桑，你的生命可能……"

伊桑直直地看着站在自己对面的詹金斯，他目光中流露出来的某种情绪以及他的肢体语言一定包含着某种实实在在的威胁成分，因为他看到这名精神病医生瞪大了眼睛，并且——终于闭上了嘴巴。

\#

坐在护士站办公桌后面的帕姆护士从文书工作中抬起头来。

"伯克先生，你怎么穿戴整齐从病床上下来了啊？"

"我要离开了。"

"离开？"她的语气听起来就好像她不明白这两个字的含义一般，"你是说出院？"

"我要离开黑松镇。"

"可是你目前的状况根本连病房都不适宜离开。"

128

"你们快把我的个人物品还给我吧。治安官告诉我说它们可能在事故现场被急救人员取走了。"

"我认为它们应该在治安官那里。"

"不是这样的。"

"对此你确定吗?"

"确定。"

"好吧,我会戴上我的南茜·朱尔侦探帽,并开始……"

"别再浪费我的时间了。你知道它们在哪儿吗?"

"不知道。"

伊桑转过身去,准备走开。

帕姆护士在他身后大声呼喊着他的名字。

他在电梯前停下脚步,按下了下行箭头按钮。

她跟了过来——他能听到她走在方格图案油毡地板上的匆匆脚步声。

他转过身去,看着她身着可爱的复古式样护士制服朝自己走来。

她在离他几英尺远的地方停下了脚步。

他的身材比她高四到五英寸,年龄也比她大好几岁。

"我不能让你离开,伊桑。"她说,"我们还不确定你的身体状况究竟如何呢!"

伴随着一声刺耳的"嘎吱"声,电梯门打开了。

伊桑面对着护士,倒退着走进了电梯的轿厢里。

"谢谢你的帮助,也谢谢你对我的关心。"他边说边按下了通

129

往一楼的按钮,接连按了三次,按钮的灯才亮了。他接着说道:
"不过我想我知道这一切是怎么回事了。"

"你在说什么啊?"

"这个小镇是有问题的。"

帕姆把自己的一只脚伸到轿厢门口,使得电梯门没法关上。

"伊桑,请好好听我说。你的想法是不对的。"

"把你的脚拿开。"

"我很担心你。这里的每一个人都很担心你。"

先前他是背靠着轿厢壁的,此时他走上前来,站在离帕姆几英寸远的地方,透过电梯门之间宽度不过四英寸的缝隙瞪视着她。

继而他低下头,抬起一只脚,让黑色皮鞋的鞋尖踩在了她的白色工作鞋上。

过了好一阵子,她依然坚持着一动不动,伊桑开始思索自己是不是得强行将她的脚弄出轿厢。

最后,她终于还是把脚收了回去。

#

站在人行道上,伊桑觉得小镇显得过于安静了,毕竟现在是下午,照理说应该更热闹一些才对的。几分钟过去了,他连一辆汽车的引擎声都听不见。事实上,除了几只小鸟"吱吱"的鸣叫声,以及医院前方草坪上矗立着的三棵高大橡树的树冠被风吹动时发出的窸窣作响的声音,他就听不到任何一丁点别的声音了。

他从人行道走进了马路中央。

然后驻足观察着、聆听着。

阳光照在他的脸上，令他感到舒适而温暖。

微风夹带着一丝令人舒爽的寒意从他身旁拂过。

他抬起头来看着天空——一派蓝水晶般的深蓝色。

蓝蓝的天空万里无云。

无疑，这个地方是很美的，然而此时的他竟然第一次对那矗立在这片谷地四围的群山峭壁感到畏怯。他也不知道这是为什么，只能觉出自己内心充满了恐惧。这是一种说不清道不明，但却令人胆寒的惧怕。

他觉得……这着实很奇怪。

或许是因为他在车祸中受了伤，从而导致自己的精神状态也受到影响。不过，或许并不是这个原因。

或许是因为他已经接连五天与外界失联，所以内心也开始发生了一些变化。

他不能打电话，不能上网，不能在脸书网站跟别人互动。

在他看来，这样的情形实在是不可思议——他竟然跟他的家人、汉索尔以及黑松镇之外的任何人都失去了联系。

他开始朝治安部的方向走去。

最好尽快离开这里。等到了峭壁的另一侧，再回过头来对这里的情形进行重新评估。

这项任务只有在一个正常的小镇才能进行。

因为这里有些事情非常地不对劲。

\#

"波普先生在吗？"

比琳达·摩瑞恩抬起头来,她的面前依旧有一堆正在玩的纸牌。

"你好!"她说,"我能帮你做些什么吗?"

这一次伊桑用更洪亮的声音问道:"治安官在吗?"

"他不在,他先前说要出去一会儿。"

"那么他很快就会回来咯?"

"我不知道他什么时候回来。"

"可你刚才提到'出去一会儿',所以我以为……"

"那只是一种修辞手法而已,年轻人。"

"你还记得我吗?我是特勤局的伯克特工。"

"当然记得。你这次穿了衣服,显得好看多了。"

"有人打电话来找我吗?"

她歪着头,眯缝着眼睛,"为什么会有人打电话来这里找你?"

"因为我联络了一些人,告诉他们可以打这里的电话找到我。"

比琳达摇了摇头,"没有找你的电话。"

"我的妻子特丽萨,还有叫亚当·汉索尔的特工,他们都没有打来电话吗?"

"没有人打电话找你,伯克先生,再说你也不应该让他们打这里的电话找你。"

"我还需要再用一下你们会议室的电话。"

比琳达皱起眉头,"我认为这不太好。"

"为什么?"

她只是皱着眉,一脸阴沉,并没有回答他的问题。

"特丽萨，是我。我想试试看这次能不能找到你。先前我又住进了医院，现在出院了。我不知道你是否有打电话到治安部办公室或医院找我，可是并没有人告诉我你曾来电找过我。我现在仍然还在黑松镇。我没法找到自己的手机和钱包，可是我在这里的工作已经结束了。我打算找治安官借一辆车，然后离开这里。等我今天晚上到了博伊西会再给你打电话的。想你，爱你。"

他坐在椅子上倾身向前，听到听筒里再次传来了拨号音，随即他闭上眼睛竭力思索着。

他想起了那个号码。

他赶紧拨了号，在电话响铃四声之后，和上次同样的声音传了过来："这里是特勤局。"

"我是伊桑·伯克，这是我第二次打来电话了，我想跟亚当·汉索尔通话。"

"他现在不能接听你的电话。我还能为你做些什么吗？"

"你是玛尔西？"

"是的。"

"你还记得我们昨天通话的内容吗？"

"这位先生，你要知道我们这里每天要接听无数个电话，我没法把每一个电话……"

"当时你在电话里说你会为我向汉索尔特工传话的。"

"你想告诉他的信息是什么呢？"

伊桑闭上眼睛，深呼吸了一下。如果他此时对她出言不逊，那么她就会立刻挂断电话。如果他回到西雅图以后再去跟她理论,就能在众目睽睽之下斥责她了,并且让她当场丢掉饭碗。

"玛尔西,我想说的是跟一名在爱达荷州黑松镇死去的特工有关的事情。"

"嗯,既然我说过我会为你向他传话,那么我就一定已经这样做了。"

"可是他到现在都还没有跟我联系,你不觉得这太奇怪了吗?一名来自汉索尔辖下分部的特工——这个人就是我——发现另一名我奉派来这里寻找的特工被人杀害了,而他在得知这一情况二十四小时之后竟然连个电话也没打来?"

对方在短暂的沉默之后问道:"我能为你做些什么吗?"

"是的,我想立刻和汉索尔特工通话。"

"噢,我很抱歉,他现在没法接听你的电话。我能为你……"

"他在哪里?"

"他现在没法接听你的电话。"

"他——在——哪——里?"

"他现在没法接听你的电话,不过我相信在他方便的时候会第一时间给你回电话的。他正忙得不可开交。"

"你究竟是谁,玛尔西?"

伊桑感觉到有人将电话听筒从他手里用力地扯了出去。

波普将听筒重重地放回到电话机上,瞪视着伊桑,他的眼睛像极了正在阴燃的煤块,其间蕴藏着的愤怒之火令人不寒而栗。

"谁告诉你可以来这里打电话的?"

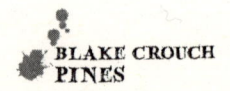

"没有谁这样说，我只是……"

"那好，既然没有谁允许你这样做，那就赶紧起来吧。"

"不好意思，你说什么？"

"我说'赶紧起来'。你要么自己从这里走出去，要么就由我来把你拖出去。"

伊桑缓缓地站起身来，沉着地看着桌子对面的治安官。

"你现在正在跟一名联邦特工说话，先生。"

"对此我并无把握。"

"你这话是什么意思？"

"你并没有向我出示你的身份证件，没有携带手机，身上什么都没有……"

"我已经就自己目前的处境跟你解释过了。你有去过第一大道604号吗？你看到埃文斯特工的尸体了吗？"

"我去过了。"

"然后呢？"

"对这个案子的调查正在进行当中。"

"你是不是已经召集了犯罪现场专家去处理……"

"所有事务都按其当行的方式在运作着。"

"什么？这算哪门子回答？"

波普只是一言不发地盯着他看。伊桑心里想着，他看起来精神有些错乱，而我在这个小镇处于孤立无援的境地。我现在的首要任务是搞到一辆车，然后赶紧离开这里。下次我再带着后援部队回来跟他理论。到时候他不仅会丢掉治安官的职位，还会面临妨碍联邦特工执行公务的起诉。

"我想请你帮个忙。"伊桑的语气缓和了一些。

"是什么事?"

"我想请你借一辆车给我。"

治安官笑道:"为什么?"

"这个,原因显而易见啊,在我遭遇交通事故之后,我就没有车可以开了。"

"这里可不是赫兹租车公司。"

"可我需要一个交通工具啊,阿诺德。"

"你还是尽早断了这个念头吧。"

"你在这里一手遮天,什么事都是你说了算,对吗?"

治安官狡黠地眨了眨眼,"我没有多余的车可以借给你用。"说罢波普开始贴着会议桌的边缘朝门口走去,"我们走吧,伯克先生。"

波普在门口停住了脚步,等着伊桑跟上来。

待伊桑走到足够近的地方时,波普伸出手来一把抓住了伊桑的手臂,然后将他拉到自己跟前。波普的那双手大而有力,死死地钳住了伊桑的上臂。

"不久之后我可能会需要你来回答一些问题。"治安官说道。

"关于什么的问题?"

波普只是笑了笑,"你休想离开小镇。"

#

走出治安部办公室大门之后,伊桑回头看了看身后,发现波普正透过会议室百叶窗的缝隙窥视着自己。

太阳已经消失在了群山背后。

小镇一派沉寂。

他来到一条安静的街道上,这里和治安部隔了一个街区,四下无人。他在路边一屁股坐了下来。

"这里不太对劲。"他不住地喃喃自语道。

他觉得又虚弱又饥饿。

自打他来到黑松镇之后,已经发生了不少事情,他试着将这些事情的来龙去脉都好好地梳理一遍,同时将充斥在自己头脑里的种种场景和画面都重新整合起来。他认为这样一来或许能为自己所遇到的种种匪夷所思的事情都找出符合常理的解释,可他越是努力地思考,就越是觉得迷糊,感到自己仿佛置身于一团氤氲不散的迷雾之中。

后来他突然醒悟过来:只是坐在这里无所作为的话,就什么也改变不了。

于是他站起身来,开始朝主街走去。

去酒店看看吧。或许特丽萨或汉索尔打电话去那儿找过我呢。

其实他心里知道,这只是虚假的期盼。那里不会有给他的电话留言,除了敌意就别无其他了。

我的精神还算正常,没有发疯。

我的精神还算正常,没有发疯。

他清楚知道自己的名字,也能流利地背出自己的社会保险号码和自己在西雅图的住址。他也记得特丽萨的娘家姓,以及儿子的出生日期。这一切都是那么的真实，这一系列琐碎的信息合在一起便构成了他的身份。

想到这些名字和数字令他感到些许安慰。

这时前方街区传来的一阵"叮当"声引起了他的注意。

他循声走上前去，看到马路对面的一块空地上摆放着几张野餐桌和一些烧烤架，此外还有一个马蹄坑。看来有几个家庭的成员们正聚集在这里举办派对，一群女人站在两个红色的冷饮箱旁彼此交谈着，两个男人站在一个烧烤架前，不时翻转和炙烤着牛肉饼和热狗，青蓝色炊烟在傍晚平静的空气中袅袅升腾着。嗅到烤肉的香味，伊桑顿时觉得胃疼得厉害，这才意识到自己的饥饿程度恐怕已经超过了自己的想象。

他心里顿时有了一个新的目标：想办法找些食物来吃。

他穿过马路，听见了蟋蟀的鸣叫，还看到远处草坪上有一个自动喷洒器正在洒水。

他心里想着：眼前的这一切场景是真实存在的吗？

一群孩子在草坪上彼此追逐着，他们不时爆发出高喊、大笑和尖叫声。

看来他们正在玩"冰棍化了"游戏。

伊桑先前听到的"叮当"声来源于几个马蹄坑里正在进行着的一种游戏。两队男人面对面地站立在两个马蹄坑里，他们头顶上氤氲着一圈圈雪茄烟雾，看起来就像圣像头上的光环一般。

伊桑就要走进那片空地了，他心里想着还是先去接近那群女人更好一些，她们看起来像是生活体面的正派人，得想办法用很

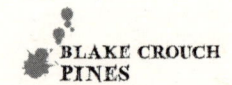

自然的方式跟她们搭话才行。

他离开人行道,往草坪里面走去,一路上他忙着抚平西装上的褶皱,也不忘理了理衣领。

那里总共有五个女人。最年轻的大约二十出头,有三人应该在三十到四十岁之间,还有一人已经是满头白发,年纪大约六十岁。

她们正用透明的塑料杯喝着柠檬汽水,同时聊着一些家常话题。

目前还没有人留意到他的存在。

他站在离她们十英尺远的地方,心里想着该如何用一种非侵入式的方式加入她们的谈话,这时一个跟他年纪相仿的女人看到了他,并朝他微笑着。

"嗨,你好!"她说。

她穿着长度达到膝盖以下的半身裙和格子布上衣,脚上是一双平底鞋,酒红色的短发看起来和二十世纪五十年代的情景喜剧演员颇有几分相似。

"嗨!"伊桑回应道。

"你来是要加入我们的街区聚会吗?"

"我不得不承认,我是被你们的烧烤架上的食物香味吸引过来的。"

"我叫南茜。"她从人群中走出来,朝他伸出右手。

伊桑跟她握了握手。

"我叫伊桑。"

"你刚来这里吗?"她问道。

"是的,我几天前才刚到镇上。"

"你在这里过得开心吗?"

"这的确是个可爱的小镇,住在这里的人也热情洋溢。"

"啊哦,看来我们不分享一些食物给你是不行的了。"

她大笑起来。

"你们住在这附近吗?"伊桑问道。

"我们都住在这附近的街区。邻里们每周都会至少举办一次野外烹饮聚会。"

"你为人可真亲切,给人一种如沐春风般的感觉。"

女人的脸"唰"的一下红了,"那你来黑松镇是为了做什么呢,伊桑先生?"

"我是来观光旅游的。"

"那可真不错!我甚至都不记得自己上次外出度假是什么时候了。"

"既然你住在一个这么美的地方。"伊桑边说边指了指四周的群山,"又何必外出度假呢?"

"你想喝一杯柠檬汽水吗?"南茜问道,"汽水是自制的,我个人认为非常好喝。"

"那我当然想试试了,谢谢你。"

她拍了拍他的手臂,"我很快就回来,然后再把你介绍给大家。"

南茜朝冷饮箱走去,伊桑趁这机会看了看其余的女人,想要

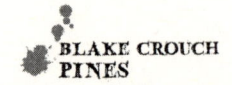

寻找一个契机来加入她们的谈话。

她们当中年龄最大的女人留着齐肩的白发，此时正开怀大笑着。伊桑突然觉得自己从前好像听过这样的笑声，于是他一边琢磨着，一边盯着她看。这时，她将原本遮住脸颊的头发拂到了耳后。

她脸上有一块五美分镍币大小的胎记，看到这个几乎使得伊桑的心脏停止了跳动。

这不可能啊，可是……

身高是对得上的。

体型也差不多。

她正在讲话，她的声音令他倍感熟悉。只见她退后几步，从女人群中走了出来，同时用手指着最年轻的女人说着话，脸上带着戏谑的笑容。

"你说了可不准耍赖哦，克莉丝汀。"她说。

伊桑看着她转身朝最远的一个马蹄坑走去，随后在那里伸手握住了一个男人的手。那个男人身材高大，肩膀宽阔，留着一头浓密的银白色卷发。

"快走吧，哈洛德，我们的电视节目就要开始了。"

她试着将他拉走。

"让我再投最后一次。"他抗议道。

她松手放开了他，伊桑一言不发地看着哈洛德从沙坑里取出一块马蹄铁，小心地对准了目标，随即用力一投。

那块马蹄铁飞了出去，"叮当"一声击中了一根金属桩。

哈洛德的队友们欢呼起来，他以戏剧性的动作朝他们鞠了几个躬，随后便由着满头白发的女人将自己拖离了派对现场。

他们一边离开一边跟身后的朋友们道着晚安。

"伊桑，你的柠檬汽水来了。"南茜把一个杯子递给他。

"很抱歉，我得走了。"

他转身朝马路走去。

南茜在他身后喊道："你不是想留下来和我们一同进餐吗？"

当伊桑拐过街角的时候，那对年长夫妇已经走到前面一个街区去了。

他加快了自己的步伐。

他跟着他们走过了好几个街区。他俩手挽着手慢慢地走在他前面，彼此交谈的话语声和无忧无虑的笑声不时飞进道路两旁的松树丛中。

伊桑看着他们拐进了一条街，随即便不见了踪影。

伊桑朝着前方的十字路口慢跑过去。

那条街的两旁都是造型古雅的维多利亚式房屋。

他仍然没能寻着他们。

这时他听到了一记关门声，紧接着他循声看到了一栋房子。那栋房子的外墙漆成了绿色，有着白色的镶边，前廊有一个秋千。那是伊桑左手边的第三栋房子。

他走到街道对面，沿着人行道一直走到了这栋房子跟前。

屋外有一小片绿色的草坪，前廊正处于一棵古老松树的荫蔽之下，信箱上写着一个他不认识的姓氏。他用两只手握住了尖桩

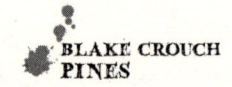

篱笆栅栏的顶部。现在已经是黄昏时分了,他四周房屋里的灯也渐渐亮了起来,附近一扇打开着的窗户里不时地传出谈话声。

这片山谷寂静而又凉爽,周边海拔最高的山脉的顶部仍有些许太阳的余晖。

他拔掉大门上的门闩,随即推开了门。

然后沿着一条老旧的石子路朝门廊走去。

他登上了几级嘎吱作响的台阶,来到了前门外。

他能听到屋内传出的说话声。

以及脚步声。

这时他心里打起了退堂鼓,不愿去敲门。

不过他最终还是鼓足了勇气,用指关节轻轻地敲了敲木门外面的玻璃外门,接着往后退了一步。

他等了足足一分钟,却没有人前来应门。

于是他又用更大的力度再次敲了敲门。

很快他就听到了愈来愈近的脚步声和门锁转动的声音,继而里面的木门被打开了。

那个肩膀宽阔的男人透过玻璃外门看着他。

"你有什么事吗?"

伊桑只需要借助门廊的灯光看一眼那个女人。如果他能确认自己是认错了人,从而证明自己并没有精神失常,那么接下来他就可以继续处理自己在这镇上遇到的其他棘手问题了。

"我想找凯特。"

玻璃外门背后的男人只是一言不发地盯着他看了一会儿。

最后，他终于推开了玻璃外门。

"你是谁？"

"我叫伊桑。"

"你是什么人？"

"我是凯特的老朋友。"

男人退回到屋子里，转过头去喊道："亲爱的，你能到门口来一下吗？"

她在里面说了一句什么，伊桑并没有听清，他只听得男人又说道："我不知道。"

紧接着她露面了——伊桑看到一个人影从通往厨房的走廊尽头走了出来。她赤着脚，迈着轻快的步伐穿过了用一盏顶灯照明的亮堂客厅，随即来到了门口。

那个男人侧身让到了一边，她站到了男人先前所站的位置上。

伊桑透过玻璃注视着她。

他认为自己产生了幻觉，于是闭上了双眼，可是再度睁开之后，他发现自己仍然站在同样的门廊上，而她也仍然站在玻璃门后面，真是不可思议！

她问道："有事吗？"

噢，那双眼睛，伊桑绝对不会弄错。

"凯特？"

"嗯？"

"凯特·休森？"

"休森是我的娘家姓。"

"噢，上帝啊！"

"不好意思……我认识你吗？"

伊桑的目光没法离开她。

"是我啊。"他说，"我是伊桑。我来这里就是为了找到你，凯特。"

"我想你可能认错人了吧。"

"无论你在什么地方，无论你多大年纪，我都能认出来。"

她回过头去说道："没事的，查尔斯，我很快就进来。"

凯特打开玻璃外门，走了出来，站到了门前的擦鞋垫上。她穿了一条乳白色的休闲裤，上身穿着一件已经褪色的蓝色无袖衫。

她的左手无名指上戴着一枚戒指。

她身上散发着凯特所独有的气息。

可是她老了。

"发生什么事了？"伊桑问道。

她握住他的手，领着他来到了门廊尽头的秋千旁。

他们在秋千上坐了下来。

她的房子坐落在一个小山坡上，从这里能俯瞰位于山谷里的整个小镇。此时镇上的万家灯火都已经亮了起来，天空中也渐渐有星星开始闪烁。

一堆矮树丛中传来了蟋蟀的鸣叫——或者，也可能是蟋蟀叫声的录音。

"凯特……"

她伸出手来轻捏了一下他的大腿，随后倾身靠近他。

"他们正在监视我们。"

"他们是谁?"

"嘘。"她用一根手指微微朝上指了指天花板的方向,低声说道,"而且还在监听我们。"

"你遇到什么事情了?"

"难道你不觉得我仍然很漂亮吗?"这略显尖刻、辛辣的语气,活脱脱地体现了凯特的讲话习惯。她低头看了一会儿自己的膝盖,随即再次抬起头来,此时她的眼中有泪光在闪烁。"当我夜里站在镜子前梳头的时候,仍然会想起从前你用手抚摸我的情形。只是……我的身体已经跟从前不一样了。"

"现在你的年龄有多大了,凯特?"

"我已经不知道了。我也很难去搞清楚这一点。"

"我是四天前来到这里的。他们联络不上你和埃文斯,所以就派我来这里寻找你们。埃文斯已经死了。"这番话似乎并未在凯特身上产生多大的影响,"你和比尔来这里是为了什么任务呢?"

她只是摇了摇头,没有说话。

"这里到底发生了什么,凯特?"

"我不知道。"

"可你住在这里。"

"没错。"

"你在这里住了多久了?"

"有好几年了。"

"这不可能。"伊桑站起身来,脑子里一片混乱。

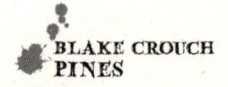

"我这里没有你想要的答案,伊桑。"

"我需要一部手机、一辆车和一支枪,如果你有的话……"

"我没法提供给你这些,伊桑。"她也站起身来,"你得走了。"

"凯特……"

"你现在就得走。"

他握住了她的双手,"昨天晚上,当我晕倒在街上的时候,是你救了我。"他低头看着她的脸——尽管有着深深的法令纹,眼角的鱼尾纹也清晰可见,可她仍然很美。"你知道我遇到什么事了吗?"他继续问道。

"别再说了。"她试图从他手里挣脱出来。

"我正深陷困境。"他说。

"我知道。"

"请告诉我这是……"

"伊桑,现在你正将我和哈洛德的生命置于极其危险的境地。"

"这危险来自谁?"

她甩开他的手,朝房子走去。走到门口时她回过头来,在暗淡的光线下伫立了片刻,此时的她看上去仿佛又恢复了三十六岁的形貌。

"你会过得很快乐的,伊桑。"

"这话是什么意思?"

"你能在这里过一种神奇的生活。"

"凯特。"

她拉开房门,走了进去。

"凯特。"

"怎么了?"

"请告诉我,我这是疯了吗?"

"不是的。"她回答道,"完全没有这回事。"

她身后的门关上了,随后他听到了门锁滑动的声音。他也走到门边,看着玻璃门上自己的倒影。他原本以为自己也变成了一个六十岁的老头儿,然而却发现自己丝毫没有改变。

他不再觉得饥饿了。

也没有感到疲累了。

他走下台阶,沿着石头小径回到了街边的人行道。他只是觉得胸口非常憋闷,这是他每次即将执行一项新任务之前都会有的感觉。当他走进直升机,看着地勤人员将他那支50毫米口径的加特林机枪和狱火反坦克导弹放进机舱里时,类似的感觉总会朝他袭来。

如果非要对这种感觉做一个定义的话,那么这是一种源自内心深处的极度恐惧。

\#

伊桑一直走到下一个街区才看到了一辆车,这是一辆八十年代中期款式的别克名使,挡风玻璃上落满了松叶,四个轮胎看上去都需要加气了。

车门是锁着的。

伊桑爬上了轿车近旁一座房子的门廊,然后将放在一扇窗户下面的一尊石刻小天使举了起来。透过薄薄的窗帘,他看见屋内有一个小男孩，正坐在一架竖式钢琴面前弹奏着一首华丽的乐章。这扇窗户是打开着的，小男孩在钢琴上弹奏的音符就这样传了出来，飘到了门廊和更远的地方。

一个女人坐在男孩身边，不时地为他翻动乐谱。

伊桑手中的石刻小天使尽管只有一英尺高，可是由于它是实心的，所以拿在手里也觉得沉甸甸的，重量少说也有三十磅。

他带着它回到了街边。

接下来他要做的这件事就没法再安安静静地进行了。

他举起手中的石刻小天使，对准驾驶座旁边的车窗掷了下去，玻璃立刻碎裂开来。他将手伸进车窗，打开了门锁，随即一把拉开车门钻了进去。他迅速在驾驶座上坐正，握住了方向盘。这时他发现撞击的冲击力使小天使身首异处，于是他伸手捡起了它的头部。

他用小天使的石质脑袋接连敲了两下，敲破了方向盘柱下面的塑料护皮，里面的点火油缸便暴露了出来。

车内的光线实在是太暗了。

他只得用手指不断摸索着，试图将电源线和起动机导线拽出来。

房子里的钢琴声突然停止了。伊桑看了一眼门廊的方向，发现窗帘背后站着两个人影。

他从外套兜里掏出了随身小折刀，扳出最大的刀片，割断了两条他认为是为汽车供电用的白色电线。紧接着，他将电线末端的塑料护套剥离下来，再将两根裸露的线头触到了一块儿。

仪表板的指示灯顿时亮了。

房子的前门被打开了,与此同时,伊桑找到了颜色较深的启动机导线。

男孩的声音响了起来:"你看汽车的窗户。"

伊桑继续将启动机导线末端的塑料护套剥离下来,露出了里面的铜丝。

一个女人说道:"你在这里等着我,埃利奥特。"

上帝啊,帮帮我吧。求你了!

伊桑用启动机导线触碰了一下电源线,黑暗中闪现出一道蓝色的火花。

汽车的引擎发出了一声轰鸣。

那女人正穿过院子朝他走来。

"来吧。"伊桑喃喃道。

他再次将手里的两根线头触碰在一起,引擎开始发出"轰隆"的声响。

一次。

两次。

三次。

就这样轰隆作响了四次之后,引擎终于发动了。

伊桑加快了发动机的转速,移到前进挡,然后打开了车头灯。这时那个女人刚好来到了汽车的前排乘客座位旁边,透过车窗朝他喊叫着。

伊桑"嗖"的一声将车开走了。

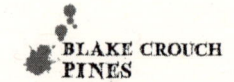

当他驱车来到第一个十字路口的时候，他选择了左转，然后松开了油门踏板，将车速减慢到了合理的范围之内——这样才不会引来别人的注意，从而让人觉得他不过是在傍晚开车外出兜风游玩而已。

从汽油表显示的数据来看，油箱里的油还有四分之一左右，汽油报警灯也没有亮。应该没什么大问题，剩下的汽油足以确保他离开黑松镇。待他驶出黑松镇的出入通道之后，再往南行驶大约四十英里，便会到达一个极小的小镇——爱达荷州的洛曼镇。这个小镇就在高速公路边上，来时他们曾在那里停留并为车加油。伊桑仍然能够回想起穿着黑色西装的斯托林斯站在加油泵旁给油箱加油的情形，当时伊桑曾踱到空旷的高速公路边缘，注视着公路对面废弃了的房屋——那里有一家停业中的旅馆和早已关门大吉的杂货店，此外还有一家尚在营业的小餐厅，滚滚油烟正从屋顶上的一根烟囱直往外冒。

他曾在那里跟特丽萨通过电话，当时手机信号极其微弱。

他几乎不记得他们的通话内容了，打电话时他脑子里正想着别的事情。

那是他最后一次跟妻子通话。

他希望自己在电话里跟她说过他爱她。

当他试着将别克名使完全停下来的时候，制动器发出了一声刺耳的尖叫，左转信号灯也发出了"咔哒"的声响。除了人行道上的几名行人之外，镇中心的商业区一片死寂，放眼望去主街上空无一人。

伊桑缓缓向左转了个弯,随后渐渐加速向南行驶着。

一路上他经过了自己曾去过的酒吧、酒店和咖啡店。

再经过七个街区之后,他驶过了路边的医院。

这里没有所谓的"郊区"。

很快就看不到任何建筑物了。

他加速行驶着。

天哪,开车的感觉真好,终于离开了小镇。发动机的曲轴每转动一次,他的双肩也会轻快地抖动一下。太棒了!他真应该在两天前就采取这样的行动。

左右看不到一栋住宅,公路笔直地从一片松树林中穿过,两旁的松林长得郁郁葱葱,看起来像是从来都没有修剪过一般。

渗入车内的空气清冷而芬芳。

雾气氤氲在松树林中,也有些许雾气飘到了公路上。

尽管打开了车头灯,可伊桑发现雾气中的能见度明显降低了。

这时汽油报警灯突然亮了起来。

该死。

从小镇居民区的外围地带朝南行驶几千英尺,方能抵达小镇的出入通道。这是一段陡峭而曲折的道路,他的车随时都会进入上坡路段,油箱里残余的那点汽油很快就会被燃尽。他开始考虑自己是不是应该就此掉头返回镇上,再设法用虹吸管从别人的车里偷偷吸些汽油出来,好确保自己能有足够多的汽油驶到洛曼镇。

伊桑踩住刹车,别克名使在公路上拐过了一个长长的急弯。

现在雾更浓了,茫茫白雾几乎令人炫目。伊桑将车速降到极低，唯一能为他指路的就只有路面上两道已褪色的黄线而已。

这条路笔直地穿过了迷雾中的松树林。

远处立着一块广告牌。

再往前行驶了大约两百米之后，他能看到广告牌上印着四个手挽着手的人物形象。

他们都露出洁白的牙齿，笑得很灿烂。

男孩穿着短裤和条纹衬衫。

母亲穿着一条连衣裙，身旁是同样身着连衣裙的女儿。

西装革履、戴着软呢帽的父亲正在挥手。

在这笑容满面的一家人下面，是一行醒目的文字：

欢迎来到人间天堂黑松镇

伊桑隐隐感觉有点儿不太对劲。

伊桑驱车加速从广告牌旁边驶过，借着车头灯的光亮，他看到路旁有一片牧场，一群牛正把头伸出篱笆张望着。

远方依稀可见闪耀的灯火。

牧场很快就落在了他身后。

不久，他再次从一栋栋房屋跟前经过。

道路渐渐变宽了，路中央也不再有双黄线的踪影了。

他进入了第一大道。

他居然又回到了镇上。

伊桑将车停在路边，凝视着前方的挡风玻璃，努力让内心的恐慌平息下来。他可以给自己的处境作出一个简单的解释：他错过了通往小镇出入通道的路口。在浓雾的笼罩下，他一不留神便从那处路口一驶而过，只得被迫折回。

他将车掉了个头，沿着来时的路驶了回去。当他来到先前见到的牧场时，汽车的时速已经达到了六十英里。

他再次置身于雾气密布的高耸松林中，寻找着一个通往小镇出入通道的道路指示牌，可是却一无所获。

他又来到了刚才遇到过的那个急弯，这次他把车停了下来。

他任由汽车的发动机空转着，自己从车里走出来，进到了茫茫夜色之中。

他走到公路对面，开始沿着路边的紧急停车道步行。

走出一百英尺之后，他的车已经完全被浓雾给遮蔽住了。他仍然还能听到发动机空转的声音，不过随着他每往前走一步，这声音也变得越来越微弱。

他又走了大约两百米，然后停下了脚步。

他已经走完了这个急弯，前方的道路又变得笔直了，一直延伸着回到小镇。

汽车发动机轰隆作响的声音已经完全消失了。

此时一丝风也没有，林中的松树静静地伫立着。

浓雾弥漫在他四周，空气仿佛携带了电荷一般，在他耳边嗡嗡作响，不过他知道这声音是从自己脑子里传出来的，它只会暴露在绝对宁静的环境之中。

这不可能啊。

这条路不应该在这里转弯的。

它应该在这片松林中继续延伸半英里，然后开始转变为一系列的"之"字形坡道，并一直延伸至南边那座山的山腰附近。

他小心翼翼地走下紧急停车道，进入到松树林中。

走在布满松叶的树林中，就好像踩在软垫子上一般。

这里的空气潮湿而阴冷。

噢，这些树……他从来没有见过如此高大的松树，而这片松林中并没有多少灌木丛，所以他在这片有足够大呼吸空间的树林中可以穿梭自如地行走，只是可能会在不知不觉间便迷了路。

他就这样凭感觉走了好长一段路，其间他抬起头来，瞥见几颗星星在树顶上方闪着冷冷的寒光。

又走了五十米之后，他停了下来。他觉得现在得往回走了，肯定还有别的路可以离开这个小镇，可是他感觉自己已经迷失了方向。他回头看了看身后，仿佛能看到自己走到这里来的大致路线，但与此同时他又对此并不能完全肯定。松林里的每一棵树看起来都是那么相像，毫无特征可言。

这时从他前方的树林外传来了一声尖叫。

他立刻怔住了。

除了能听到自己的心脏"噗噗"狂跳的声音之外，他就什么都听不到了。

那声尖叫听起来像是人在受到极大痛苦折磨或极度恐惧时所发出来的，有点儿类似于鬣狗或报丧女妖[①]的声音，高亢而又尖细，极为凄厉。他隐隐觉得自己从前似乎听到过类似的尖叫声。

尖叫声再次响了起来。

---

① 爱尔兰传说中的女妖精，以长长的哀号预报家中将有丧事发生。

这次声音的来源在更近的地方。

他的心底深处拉响了警报：赶紧离开这个鬼地方。什么都别想了。赶紧离开！

随后他在松林里奔跑起来，气喘吁吁地跑了二十来步之后，他又回到了雾气缭绕、寒风袭人的路边。

前方的地面略微向上倾斜，他手脚并用地爬上了斜坡，终于再次回到了公路上。尽管天很冷，他却全身都在冒汗，眼睛也因流进了汗水而感到刺痛。他沿着双黄线慢跑着前行，绕过了路上的急弯，最后看到远处有两束穿透了浓雾的光柱。

他减慢了步速，开始以正常速度走路，在自己沉重的呼吸声之外，他听到那辆偷来的别克车的发动机还在继续空转。

他走到汽车旁边，拉开了驾驶室的车门，随后进到车里，坐在了方向盘后面。他将一只脚放在刹车板上，然后伸手去抓变速杆，迫切地想要离开此地。

他左眼的余光瞥见了一丝异样——视线范围内似乎有个黑影，于是他的目光迅速移到了仪表板上方的后视镜上。借着车尾制动信号灯发出的红光，他看到了自己先前没有注意到的物体——在离他的后保险杠三十英尺远的地方停着一辆警车，在浓雾中若隐若现。

驾驶室侧窗外有些动静，他猛地发现一把霰弹枪的枪管正在几英寸远的地方指着自己。附在枪管上的手电筒照进了车里，镀铬金属装饰板和车窗玻璃将手电筒的光芒反射回来，显得有些刺目。

"你他妈的一定是疯了。"

是治安官波普。

他那怒气冲冲的沙哑嗓音透过车窗玻璃传了进来，略显含混。

伊桑的手依然握着变速杆，心里在想自己要不要推动变速杆并猛踩油门——如果这样做的话，波普会朝我开枪吗？如果他用手中那把大口径霰弹枪在这样的射程范围之内朝我开枪，后果将不堪设想。

"你先给我慢慢地把两只手都放在方向盘上。"波普命令道，"然后再用你的右手把发动机关掉。"

伊桑透过车窗玻璃对治安官说："你知道我是谁，你也应该知道最好不要干涉我的行动。我要离开这个小镇。"

"我才不管你是谁呢。"

"我是美国政府的特工，有权……"

"不对，你是个没有身份证件，也没有工作证章的家伙，刚刚偷了一辆车，而且还可能杀害了一名联邦特工。"

"你到底在说什么？"

"我已经很清楚地把我的要求告诉你了，我不会再说第二次，伙计。"

伊桑内心深处有个声音在警告自己，此时务必要顺从这个男人，跟他对抗是危险的，甚至会带来致命的后果。

"好，我听你的。"伊桑说，"不过你得给我一点时间。这辆车的发动机是用短路点火的方式启动的，我得将两条电线分开才能关掉发动机。"

说罢，伊桑按开了座舱顶灯，将两只手放到方向盘柱下面去，扯开了那两条电线。

顶灯顿时熄灭了。

发动机也关掉了。

而波普的手电筒仍然还亮着。

"你给我出来！"

伊桑握住门把手，借助肩膀的力量往外一推，打开了车门并下了车。波普的手电筒发出的光圈内，能看到雾气正飘流涌动着。波普伫立在手电筒和霰弹枪的后面，他头上戴着的斯泰森阔边高顶毡帽几乎遮住了他的眼睛。

伊桑嗅到了枪支润滑油的气味，于是他猜想波普定对自己的枪支非常爱惜，并且一直细心照料。

"你还记得吗，我曾告诉过你休想离开这个小镇！"波普咆哮道。

伊桑正要答话，却只见那亮着光的手电筒突然落到了地上。说时迟那时快，伊桑看到一个黑影朝自己的头部袭来，他在一刹那间猛地意识到那个黑影正是波普手中霰弹枪的枪托。

\#

当一记重拳朝自己挥来时，伊桑下意识地闭上了左眼，紧接着左眼顿时感到一阵伴随着脉搏而来的灼痛。他用右眼看到自己正置身于治安部的一间审讯室里，这是一个狭小而封闭的空间，乍一看非常简陋。水泥地面上摆放着一张空荡荡的木头桌子，桌对面坐着波普，原本戴在他头上的斯泰森毡帽已经被取下来了，外套也被脱掉了。波普身上穿着的草绿色带领尖扣衬衫的袖子挽得很高，两只前臂都露了出来——粗壮结实，上面还布满了雀斑。

伊桑抹掉了顺着自己的脸颊往下流淌的一行鲜血，这时位于他左侧眉毛上方的一道又深又长的伤口便显露了出来。

他两眼看着地面，"请问能给我一张毛巾吗？"

"不行。你就坐在那里一边流着血一边回答我的问题就好。"

"再过一阵，等这一切都结束了，而你也出狱了之后，我会邀请你去我家看看你的工作证章。它将被装入一个玻璃框，挂在我家壁炉架上方的墙上。"

听了这话，波普脸上展露出了一个容光焕发的灿烂笑容。"原来你竟怀着这样的想法？"

"你袭击了一名联邦特工。你的职业生涯将因此而宣告结束。"

"我再问你一次，伊桑，你究竟是怎么知道第一大道604号那栋房子里放着尸体的？还有，你给我听好了，这次可别再跟我鬼扯跟那消失的女侍者有关的故事版本了。"

"你到底想知道什么？"

"我要知道真相。"

"我所告诉你的就是真相。"

"是吗？你打算一条道走到黑吗？其实我已经去过那间酒吧了。"波普在桌面上快速地敲打着手指，"他们甚至根本连一名女侍者都没有，而且也没有人在四天前的晚上在那儿见到过你。"

"有人在撒谎。"

"我现在开始在想……你来黑松镇究竟是为了什么？"

159

"这个我已经告诉过你了。"

"是为了……"波普用手势打了个引号,"进行调查?"

伊桑深深吸了一口气,感觉到一把怒火正在自己胸腔里蓬勃燃烧着。他的头又开始疼起来了,他知道一部分原因是拜波普刚才那一拳头所赐,可与此同时他也觉得这跟自打他在河边醒来之后便一直折磨着自己的颅底疼痛非常相似。这种疼痛令他略微有些迷失自我,隐隐地不太确定自己是谁,以及自己身在何处。此外,他还觉得这场审讯让他产生了一种似曾相似的不安和困惑。

"这个地方有些不大对劲。"伊桑说。接连四天逐渐积累起来的痛苦、困惑和孤独感,此时全都像黑压压的乌云一般郁结在他心头。"我今天傍晚见到了我过去的搭档。"

"是谁?"

"凯特·休森。我曾跟你提到过她,只是她现在已经变老了,至少比她的实际年龄老了二十岁。怎么可能会有这样的事?你来告诉我原因吧。"

"这不可能。"

"还有,我为什么联系不上小镇外的任何人?为什么没有一条路可以从小镇出去?难道这些怪事跟某种实验有关吗?"

"毫无疑问肯定有一条路可以通往镇外。你知道你说的话听起来有多么疯狂吗?"

"这个地方不大对劲。"

"不是的,是你不大对劲。我突然有了一个想法。"

"是什么?"

"不如我现在给你一张白纸,然后我给你一些时间把你想告诉我的信息都逐一写下来。或许我会给你一个小时的时间来完成这件事。"

他的这个提议令伊桑不寒而栗。

波普继续说道:"或者如果我戴上一个黑色头套来审问你的话,你或许会更快地回答我的提问吧?或者我还可以把你从手腕处吊起来,然后用刀子切割你的身体。你喜欢被人用刀子切割你的身体吗?"波普将一只手伸进裤兜里,掏出了一个东西,他将其扔在伊桑面前的桌子上。

伊桑大声说:"原来它真的在你这里?"他拿起桌上的钱包,打开来一看——透明的塑料封套里装着几份特勤局出具的身份证明文件,可是它们并不是属于他的。

这些文件都是为比尔·埃文斯签发的。

"我的在哪里?"伊桑问道。

"问得好。你的在哪里。比尔·埃文斯是特勤局博伊西分部的特工。我想再次问你,你怎么知道在那栋废弃房屋里的尸体就是他呢?"

"我已经告诉过你了,我被派到这里来寻找他和凯特·休森。"

"噢,对,你是这么说过。我怎么老是忘事呢?顺带说一句,我给你们西雅图分部的汉索尔特工联系过,他说他从来都没有听说过你这个人。"

伊桑抹掉了淌在自己脸上的更多的鲜血,在椅子里前倾着身体。

"我不知道你想做什么……"

"我的推测是,埃文斯特工一直在试图追捕你,而他最终在黑松镇找到了你。于是你杀害了他,并绑架了他的搭档斯托林斯特工,还打算开着他们的车逃离小镇。只是你的时运不佳,在逃离的路途中遭遇了一场交通事故。斯托林斯因此而丧生,你的头部则受了重创,或许你从此就变得头脑不正常起来。当你醒过来的时候,你便开始臆想,认为自己也是一名特勤局特工。"

"我清楚知道自己是谁。"

"是吗?难道你没有发现一件奇怪的事情吗?那就是没有人能找到任何可以证明你身份的证章或文件。"

"我是觉得奇怪,因为它们竟然被人蓄意……"

"没错,也许我们都陷入了一场重大阴谋当中。"波普笑道,"你可曾想过,没有人能找到伊桑·伯克的证章,原因其实在于它压根儿就不存在?而你伊桑·伯克,根本就是一个杜撰出来的虚假人物?"

"你疯了。"

"或许用这句话来回敬你才更合适吧,伙计。你杀害了埃文斯特工,不是吗……"

"我没有。"

"你这个残忍的疯子。你是用什么凶器将他殴打致死的?"

"你这是胡说八道。"

"你的杀人凶器在哪里,伊桑?"

"去你妈的。"

伊桑能实实在在地感受到胸中的怒火就要喷涌而出了。

"你听我说。"波普说道,"我不知道你究竟是个超级说谎家,还是你真的相信自己脑子里臆想出来的种种事情。"

伊桑站起身来。

双腿有些站立不稳。

从他肚腹深处涌起了一阵极端恶心反胃的感觉。

鲜血顺着他的脸颊往下流淌,从他的下巴滴落下来,在水泥地上积成了一摊小小的血泊。

"我要走了。"伊桑边说边指了指治安官身后的那扇门,"把门打开。"

波普一动不动,正色说道:"你最好马上给我坐下,否则小心吃不了兜着走。"透过他说这话时那种驾轻就熟的自信神态和语气,可以看出他一定曾多次将自己所说的威胁言语付诸实行,而且他这一次也不会吝于动手。

伊桑绕过面前的桌子,从治安官身旁经过,然后朝门边走去。

他伸手拽了拽门把手。

发现门是锁着的。

"你给我坐回去。我们还没说到正题上呢。"

"把门打开。"

波普缓缓地站了起来,转过身去,走到伊桑近旁。此时他们靠得非常近,以至于伊桑甚至能嗅到波普口气里的咖啡味儿,也能清楚看到他牙齿上的污渍。波普的个头比伊桑高四英寸,体重也比伊桑重约莫四十磅。

"难道你认为我没法迫使你乖乖坐下吗,伊桑?难道这件事超出了我的能力范围?"

"这根本就是非法拘禁!"

波普笑道:"你彻底想错了,伙计。在这间审讯室里压根儿就没有法律或政府的存在,这里只有你和我。我就是你那小小世界里唯一的权威,而我的权力范围就是这几面围墙。只要我愿意,我可以立刻在这里杀了你。"

伊桑让自己的双肩放松下来,举起两只手并摊开了手掌,他希望波普会误以为这是一个表示愿意认输和顺服的信号。

他后退了一点点,低下头说道:"好了好了,你说得对。我们的确应该继续谈谈……"

话音未落,他的两只脚后跟像安装了弹簧一般突然抬起,整个人的重心全都转移到了前脚掌上。他以迅雷不及掩耳之势,用自己的额头猛地朝波普的鼻子撞了过去。

波普鼻梁处的软骨组织发出了"嘎扎"的声响,而伊桑则感觉到大量的鲜血涌入了自己的头发里,与此同时他伸出手来抱住了波普那两条如雪松木般挺拔结实的大腿,猛地往上一提。治安官挣扎着想要用手臂钳住伊桑的脖子,可是迟了一步。

波普脚上所穿皮靴的鞋跟在地上一摊滑腻腻的血水中滑了一下,伊桑感觉到这个大块头男人的身体即将往后倒去。

伊桑将自己的一侧肩膀顶向波普的腹部,后者重重地向后摔在了水泥地面上。

波普重重地喘了口气,伊桑则迅速抬腿跨坐在了治安官身上。波普抬起右臂，用右手的手掌根部狠命地抵住了伊桑的下巴。

波普躺在地上扭动着身子发力，迅速地推动着伊桑的脸撞向木桌的一条腿，伊桑的脸被撞得皮开肉绽。

伊桑挣扎着想要站起来，这时审讯室里的灯光照在他脸上，令他觉得有些炫目。在他最终竖立起两条腿并站稳脚跟之后，却发现自己的动作慢了半拍。

如果伊桑的头脑足够清醒，他本来是可以避开对方这强力一击的，他的意念已经准备好要避让开来，然而受他目前的身体状况所限，他的肢体却没能作出足够快的回应。

伊桑的头部挨了波普一记重拳，顿觉头晕目眩，随即感到自己的胸椎疼得像要爆裂开来一般。

他在眩晕中发现自己正趴在木桌表面，他抬起头来，用尚且完好的那只眼睛看到暴怒如狂的治安官再次朝自己扬起了拳头。治安官的鼻子已被伊桑撞破，血肉模糊，看上去像被炸裂了似的。

伊桑抬起双臂，想要护住自己的脸，可是治安官的拳头轻而易举地穿透了他这不堪一击的防线，稳稳地打中了他的鼻子。

泪水从伊桑眼眶里喷涌而出，鼻血也流进了他的嘴里。

"你是谁？"治安官怒吼道。

此时的伊桑即便想回答他的问题，也力不从心了。伊桑的意识渐渐变得模糊起来，眼前所见的审讯室里的东西开始打转，其间还穿插着一些别的画面……

他回到了位于戈兰高地贫民窟里那个有着棕色墙壁和泥土地面的房间，一盏没有灯罩的裸露灯泡在他头顶上摇晃着。这时，戴着黑色布面罩的阿什夫正注视着他,阿什夫正在微笑,露出了一对恶狠狠的褐色眼珠和满口白牙。他的牙齿过于洁白和完美,让人很难相信他竟然来自中东某个处于第四世界水准的破地方。

伊桑的两只手腕被一条固定在天花板上的链条捆缚着,两只脚的大脚趾如果竖起来的话,刚好能够接触到地面,由此便能缓解全身血液循环的压力。可是他每次这么做的时候,也不过只能持续短短几秒钟而已,否则他的趾骨将会因为他全身重量的压迫而断掉。一旦大脚趾的趾骨骨折的话,他就再也没辙来应付手部缺血的情况了。

阿什夫和伊桑两人的脸不过只隔了几英寸的距离,他们的鼻尖几乎碰触在一起。

"那我先问一个你回答起来应该没什么难度的问题……你是从美国的哪个区域来的,一级准尉伊桑·伯克?"这人用略带英国口音的标准美式英语问道。

"华盛顿。"

"是美国首都吗?"

"不是的,是华盛顿州。"

"哦。你有孩子吗?"

"没有。"

"可是你已经结婚了。"

"是的。"

"你妻子叫什么名字?"

伊桑没有回答,只是振作起精神来,准备再度接受殴打。

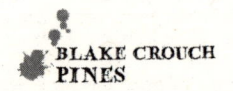

阿什夫笑了笑，"放松一点吧。我现在不会再让你挨拳头了。你应该听过'千刀万剐'这个成语吧？"阿什夫举起了一块刮胡刀片，它在灯泡的照耀下闪闪发光。"这个成语起源于中国的一种行刑方式，不过它在1905年的时候已经被废止了。这种刑罚叫做'凌迟'，意思是将罪犯身上的肉一刀一刀地割去，总共需要三千六百刀，并且要在最后一刀处死罪犯，方算行刑成功。"

阿什夫示意伊桑去看放在近旁桌子上的一个打开着的公文包，里面作为内衬的黑色硬质海绵上摆放着一整套可怕的刀具。在过去的两个小时里，伊桑一直都努力试图不去在意那个公文包及其内部的物品。

波普又打了伊桑一拳，伊桑嗅着自己血液的腥味，再度忆起了自己在法鲁贾市那间酷刑室里所嗅到的已经腐臭的血腥味……

"现在你将被带入一个房间。我会给你一支笔、一张纸和一个小时的时间。你应该知道我想让你做的是什么。"阿什夫说道。

"我不知道。"

阿什夫一拳击中了伊桑的腹部。

波普挥拳打向了伊桑的脸。

"我已经开始对揍你感到厌倦了。你肯定知道我想让你做的是什么。你怎么可能不知道呢？我已经对你说过不下二十次了。把你知道的事都告诉我。我要你做的就是这个。"

"你是谁？"波普咆哮道。

"我知道了。"伊桑喘着粗气说道。

"我给你一个小时的时间来完成这件事。要是你写下来的内容不能令我满意,那么你将会被凌迟至死。"

阿什夫从自己的黑色长袍里掏出了一张宝丽来一次成像照片。

伊桑闭上了双眼,可是阿什夫朝他吼道:"你睁开眼睛看着这个,否则我就把你的眼皮给割下来。"伊桑只得再度将眼睛睁开。

照片上是一个置身于现在这个房间的男人,他的两只手腕也和伊桑一样被一条固定在天花板上的链条捆缚着。

那人是美国人,很可能是一名美国士兵,可是伊桑不知道他是谁。

在伊桑所经历的这长达三个月的战争生涯中,他还从来没有见过毁损如此严重的尸体。

"在拍下这张照片的时候,你的这位同胞还没有断气。"拷问者的声音里充斥着不无得意的意味。

伊桑费力地睁开眼睛,看看波普。他感觉自己就要丧失知觉了,他甚至在心里默默企盼这样的时刻快一点来到,因为这样一来他身体感受到的疼痛将能得到缓解,不过更重要的是,他脑子里所显现的跟阿什夫以及那间酷刑室有关的清晰画面也将一并消失。

"下一个被吊在天花板下面的人将会看到类似的照片,不过照片上的主角会是你本人。"阿什夫说,"你明白我的意思吧?我知道你的名字,我也有互联网可以用。我可以让人将我对你所做的一切拍下来,然后将照片上传到网上供全世界的人查看。或许你的妻子也会看到那些照片。你现在赶快去把我想知道,但你却一直对我讳莫如深的事情都写下来,快。"

"你是谁?"波普再次问道。

伊桑任由自己的双臂垂到了身体两侧。

"你是谁?"

伊桑甚至放弃了自我防护,只是想着:*我灵魂里有一部分始终没有离开法鲁贾市那间充满了腐臭血腥味的酷刑室。*

他企盼着来自波普的致命一击可以令自己丧失知觉,也能终止过去的回忆以及此刻他身体所遭受的莫大痛苦。

两秒钟过后,他想要的真的来了——波普一拳打在了他的下巴上,他的眼前闪过一片耀眼的光芒之后,便陷入了绝对的黑暗。

BLAKE CROUCH
PINES

第六章

装满了碗碟的洗碗机正在运转当中，发出了"隆隆"的声响。此时的特丽萨已经熬过了疲惫的极限点，正站在厨房洗涤槽旁边将先前洗涤完毕的最后一个盘子擦干。她把手中的盘子放回碗橱，随即将毛巾挂在了冰箱门上的挂钩上，最后关上了厨房的灯。

她穿过没有开灯的客厅，朝着通往二楼的阶梯走去，这时她内心突然涌起了一阵比这漫长一天以来一直积压在心里的伤痛情绪更糟糕的感觉。

这是一种全然的空虚感。

短短几个小时之后，太阳将会照常升起，然而从许多方面来看，即将到来的将是她彻底失去他之后所面临的第一个早晨。刚刚过去的这一天，是以"告别"为主题的一天，在这一天里，她在没有伊桑的世界里能找到的仅有的一点点平静也消失殆尽了。朋友们已经哀悼过他了，当然，他们一直都会想念他的，不过他们的生活还会继续——其实他们的生活已经在继续了——而且也会不可避免地淡忘跟他有关的种种回忆。

她无法摆脱这样一种感觉：从明天开始，她将独自面对失去挚爱的悲恸。

想到这里，她不禁感受到了令人窒息的强烈孤独，以至于她不得不在阶梯前停下了脚步，并将两只手放在阶梯的扶手上，重

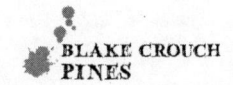

新调整自己的呼吸。

一阵突如其来的敲门声令她大吃一惊,她的心跳频率也陡然提高了。

特丽萨转过头去看着大门,脑子里冒出了一个想法:刚才的敲门声一定是自己想象出来的声音。

现在是凌晨四点五十分。

怎么可能有人会……

第二阵敲门声又来了,比先前更重一些。

她赤着脚走过门厅,踮起脚尖,透过门上的窥视孔朝外看去。借着门廊的灯光,她瞥见门外站着一个撑着雨伞的男人。

他的个头很矮,几乎完全秃顶,此刻正面无表情地站在一把边缘仍有雨水在滴落的雨伞下面。他穿着一件黑色西装,这不由得令她心头一紧——难道他是一名为她带来跟伊桑有关的消息的联邦特工吗?不然,还有谁会出于别的什么理由在这样的时间点来敲响她的家门呢?

可是他的领带不大对劲。

他系着一条蓝黄相间的条纹领带——对于一名联邦特工来说,这种搭配显得过于时髦和招摇了。

透过窥视孔,她看到这个男人抬起手来再次敲了敲门。

"伯克夫人。"他张口说道,"我知道你没在睡觉。几分钟之前我还看到你站在厨房洗涤槽旁边呢。"

"你有什么事吗?"她在门内问道。

"我想跟你谈谈。"

"谈什么？"

"是和你丈夫有关的事情。"

听了这话，她一下子闭上了眼睛，随即又再度睁开。

男人还站在门外，而她确信自己此时也处于完全清醒的状态。

"跟他有关的什么事情？"她问他。

"我认为如果我们能坐下来面对面地交谈会更好一些。"

"深更半夜的，我又不知道你是谁，我不可能让你进到我的房子里。"

"我要说的话一定是你很想听到的。"

"那么你就在门外告诉我好了。"

"这我可做不到。"

"那么等天亮了你再来吧。到时候我们再谈。"

"伯克夫人，如果我现在离开的话，你将不会再见到我了，那对你和本杰明来说将是一场悲剧。我向你发誓……我绝对无意伤害你。"

"你赶紧离开我的房子，不然我就报警了。"

男人把手伸进衣兜里，掏出了一张宝丽来一次成像照片。

他把照片举到了窥视孔外，特丽萨一看到照片，内心深处的防御顿时就瓦解了。

照片里的伊桑赤裸着身体，躺在一张不锈钢手术台上，蓝色的无影手术灯照射着他的全身。他的左脸看起来受了严重的瘀伤，而她没法从照片上看出他是活着还是已经死了。在她还没有意识到自己在做什么的时候，她的一只手已经伸过去摸索到了门

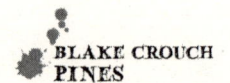

锁链条,随即打开了门锁。

特丽萨一把将门拉开,门外的男人放下手中的雨伞,将其收起来斜倚在了墙边。在他身后,冰冷的雨滴正淅淅沥沥地浇灌着这座沉睡的城市。在离这里几栋房子之外的街边,停着一辆深色的奔驰凌特厢式货车。这车不是这条街上的老面孔,由此她猜测那可能是他的座驾。

"我是戴维·皮尔彻。"男人一边作自我介绍,一边朝她伸出右手。

"你们对他做了什么?"特丽萨问道,并没有跟对方握手,"还有,他死了吗?"

"我能进来吗?"

她向后退了几步,皮尔彻跨进门来,脚下的黑色正装皮鞋的表面闪耀着些许水珠。

"我可以把它们脱掉。"他边说边指了指自己的皮鞋。

"不用了,不要紧的。"

她领着他进到客厅,然后两人面对面地坐了下来。特丽萨坐在沙发上,皮尔彻坐在一把她从餐厅里拖出来的木制高背椅上。

"今天晚上你在这里举办过一场派对?"他问道。

"是一场庆祝会,为了颂扬我丈夫的一生。"

"听起来真不赖啊。"

她突然感到极其疲惫,甚至连头顶上的灯泡光芒也令她的眼睛有些吃不消。

"你怎么会有一张我丈夫的照片,皮尔彻先生?"

"这个问题并不重要。"

"可这对我来说相当重要。"

"那么如果我告诉你你的丈夫还活着的话,这个问题还重要吗?"

接下来的十秒钟,特丽萨不由自主地屏住了呼吸。

她能听到洗碗机运作时发出的声音,雨水落在屋顶上的声音,以及自己的心脏在胸腔里狂跳的声音,除此之外就别无其他了。

"你是谁?"她开口问道。

"这不重要。"

"那么我如何才能相信……"

他举起一只手,眯缝着眼睛,"你现在最好能扮演一名倾听者,好好地听我说。"

"你为政府工作?"

"不是的。我想再重申一次,关于我是谁这个问题并不重要。我将要告诉你的事情才真的有意义。"

"伊桑还活着吗?"

"是的。"

她的喉咙突然有些哽住,可是她仍然努力让自己保持镇定。

"他在哪里?"她好不容易才从嘴里低声挤出了这几个字。

皮尔彻摇了摇头,"我能坐在这里把一切都告诉你,可是你不见得会相信我所说的。"

"你怎么知道?"

"这是经验告诉我的。"

"你不打算告诉我我的丈夫在哪里吗?"

"没错,如果你再继续追问我这个问题,我就会站起来走出那扇门,这样一来你就再也见不到我了,这也就意味着你将再也不能见到伊桑了。"

"他受伤了吗?"她能感觉到长久以来一直郁积在自己胸中的情感即将喷薄而出。

"他现在很好。"

"你是想要钱吗?我可以……"

"伊桑并没有被人劫持,这件事跟钱没有关系,特丽萨。"皮尔彻迅速朝前挪动了一点点,端坐在椅子的边缘,用一双看起来颇具智慧、富有穿透力的黑色眼睛热切地注视着她,"我准备给你和你儿子一样东西,不过你们只有一次机会来选择是否接受它。"

皮尔彻把手伸进西装内袋,小心翼翼地取出了两个直径约半英寸的玻璃小瓶,瓶里装着无色透明的液体,瓶口各塞了一个小软木塞。他将两个小瓶摆放在咖啡桌上。

"这是什么?"特丽萨问道。

"它能让你们重聚。"

"重聚?"

"让你和你的丈夫重聚。"

"你这是在开玩笑吧……"

"不,这绝对不是开玩笑。"

"你究竟是谁?"

"关于我本人,我能告诉你的全部信息就只有我的名字而已。"

"唔,仅仅知道你的名字对我来说毫无意义。你到底想让我做什么……不会吧?莫非你是想让我把瓶子里的液体喝下去,然后再查验接下来会发生什么?"

"你也可以拒绝我,特丽萨。"

"瓶子里装的是什么?"

"是一种强力速效镇静剂。"

"当我服下它之后再度醒来时,就会神奇地发现伊桑在我身边?"

"实际情况会比你说的略微复杂一点点,不过大体上你是对的。"

皮尔彻转过头去看了一眼房子正面的窗户,随后再度将目光聚焦在了特丽萨身上。

"天快亮了。"他说,"请尽快把你的决定告诉我。"

她取下自己的眼镜,揉了揉眼睛。

"以我目前的状况,并不适合做这样的决定。"

"可是你必须现在就做决定。"

特丽萨按住自己的膝盖,缓缓地站起身来。

"它有可能是毒药。"她指了指咖啡桌上的玻璃小瓶。

"你认为我为什么想要伤害你呢?"

"这个我不清楚。也许伊桑被牵连进了一些事情中。"

"如果我想杀害你,特丽萨……"他停顿了一下,"在我看来你是一个善于洞察人心的人。你的直觉是什么?你觉得我在撒谎

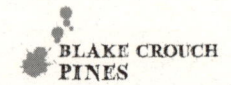

吗?"

她走到壁炉架跟前,仔细察看着摆放在架子上的一张全家福照片。照片是去年拍摄的,伊桑和本杰明都穿着白色的马球衫,特丽萨则穿着一条白色的夏日连衣裙。摄影室的专业灯光加上Photoshop软件的后期处理,每个人的肤色都被调整到了尽善尽美的程度。刚看到照片时,他们都因后期处理得过分完美,以至于略显不自然而觉得好笑,可此时的她站在黎明来临前寂静的客厅里,被口头给予了一个能再度与他相见的机会,再看到眼前照片上的三个人,不禁令她的喉咙有些发哽。

"你现在所做的事如果是一场欺骗的话。"她艰难地开口说话,视线始终停留在照片里的伊桑身上,"那实在是太残忍了。给一名悲恸的寡妇许诺再度见到丈夫的机会……"

她转过身来看着皮尔彻。

"你所说的都是真的吗?"

"是的。"

"我想选择相信你所说的。"

"我就知道。"

"我很想照你说的做。"

"我明白,这对你来说是信心的大跳跃。"他说。

"在这样的一个夜晚。"她说,"在我疲累、喝醉而且脑子里各样关于他的事情已经塞到极限的时候,你来到了这里。我想你的到来应该不是出于偶然。"

皮尔彻伸出手去,将其中一个玻璃小瓶拿了起来。

她看着他将小瓶举到自己面前。

她深吸了一口气，缓缓地吁了出来。

随后她穿过客厅，朝通往二楼的阶梯走去。

"你要去哪里？"皮尔彻问道。

"去找我的儿子。"

"这么说你们会照我说的做咯？你们会跟我来吗？"

她在阶梯前停下了脚步，回头看着客厅里的皮尔彻，"如果我照你说的做。"她停顿了一会儿，"我们会回到过去的生活中吗？"

皮尔彻说："你所说的'过去的生活'是指什么呢？这栋房子、这座城市和你们的老朋友吗？"

特丽萨点了点头。

"如果你和本杰明选择跟我来，那么一切都将与现在不同，你们也不会再见到这座房子了。所以从这个角度讲，你们不会回到过去的生活中。"

"不过我们会和伊桑在一起，我们一家人会团聚，对吗？"

"这倒没错。"

她抬腿开始上楼，准备去叫醒儿子。或许是由于疲惫，或许是目前的情绪使然，她觉得自己像是在梦里一般，一切都是那么的不真实。她觉得此刻的气氛令人无比震惊而又兴奋不已。她的内心深处仿佛有个小人正在因她自己的愚蠢行径而捧腹大笑，她知道没有哪个头脑健全的人会去考虑这样一个提议。可是当她来到二楼并沿着走廊朝本杰明的房间走去时，她承认此时的自己并不理智，自己的行为也并没有以逻辑和理性为依据。她颓丧而又孤独，可凌驾于她内心一切情绪之上的，是她对丈夫的无比想念，以至于哪怕是他还活着的这种极其不确定的可能性，都令她愿意放弃目前所拥有的一切，只为了去争取全家人重新团聚的机会。

特丽萨坐在本杰明的床边，推了推他的肩膀。

男孩从睡梦中醒了过来。

"本杰明。"她说，"你快起来。"

他伸了个懒腰，用手揉了揉眼睛。她扶着他在床上坐了起来。

"天都还没有亮呢。"他抱怨道。

"我知道，我要给你一个惊喜。"

"真的?"

"楼下有个客人，他是皮尔彻先生。他将带我们去爸爸身边。"

她能看到本杰明的小脸蛋在床头小夜灯的柔和光芒下显得神采奕奕，就像在发光一般。

她的话就像一道炫目的阳光一般令他顿时睡意全消，可紧接着他的眼里掠过了一丝警觉的神色。

"爸爸还活着?"他问道。

她甚至不知道自己是不是百分之百相信这是实情。

刚才皮尔彻称其为什么来着?

信心的大跳跃。

"是的，爸爸还活着。快走吧，你得先把衣服穿上。"

\#

特丽萨和本杰明一起在皮尔彻对面坐了下来。

181

皮尔彻朝男孩笑了笑,伸出了自己的右手,"我叫戴维,你呢?"

"本杰明。"

他俩握了握手。

"你几岁了,本杰明?"

"七岁。"

"嗯,很好。你母亲已经跟你解释过我来这儿的原因了吧?"

"她说你会带我们去见我爸爸。"

"没错。"皮尔彻拿起了那两个玻璃小瓶,将它们递给特丽萨,"时候到了,把瓶塞拔掉吧。"他说,"你们没有什么好惧怕的。等你们喝下药水四十五秒之后,药效就会突然发作,不过你们并不会觉得难受。你让本杰明先喝下剂量较小的那瓶,然后你自己再喝下另一瓶。"

她用手指握住玻璃小瓶的塞子,一一将它们拔了起来。

一种特殊的化学药品气味飘散进了空气中。

嗅到这气味令她精神一振,从已经持续好几个小时的恍惚状态中抽离了出来,就像是再度回到了实实在在的现实世界。

"等一等。"她说。

"又怎么了?"皮尔彻问道。

她究竟在想什么呢?

伊桑一定会因此而杀了她的。如果此事只跟她一个人有关还好,可她怎么能用儿子的生命来冒险呢?

"你怎么了,妈妈?"

"我们放弃吧。"她边说边将塞子塞回瓶口,并将两个瓶子放回到咖啡桌上。

皮尔彻在咖啡桌对面注视着她,"你真的想好了吗?"

"是的。我……我不能这样做。"

"我能理解。"皮尔彻把两个玻璃小瓶收了起来。

当他站起身来的时候,特丽萨看了本杰明一眼,男孩眼里有泪水在闪烁。"你上楼睡觉去吧。"她说。

"可是我想见到爸爸。"

"我们以后再谈这件事。你先上去吧。"特丽萨转而看着皮尔彻,"我很抱歉……"

说到一半,她的喉咙又哽住了,语不成声。

皮尔彻用一个透明的氧气面罩捂住了自己的脸,一根很细的供给管与面罩下端相连,一直延伸进了他的西装里面。他的另一只手里举着一个小小的气雾罐。

她说:"别这样,我求你了……"

一股极细密的水雾从气雾罐的喷嘴冒了出来。

特丽萨试图屏住呼吸,可是她却发现自己的舌尖已经尝到了水雾的味道——这是一种略带甜味的液态金属。气雾附着在了她的皮肤上,她能感觉到它渗入了自己的毛孔,还进入了自己嘴里。她觉出它的温度远低于室温,正像液态氮气一样顺着喉咙往下流。

她伸出双臂环抱着本杰明,想要站起来,然而她却发现自己的腿已经没了知觉。

洗碗机已经停止了工作，此时整座房子里一片死寂，唯一能听到的就只有雨水敲打在天花板上叮咚作响的声音。

皮尔彻说："你将为一个价值远超你想象的目标服务。"

特丽萨想问他这话是什么意思，却发现自己的嘴巴也不能动弹了。

这座房子里，她所能见到的一切都褪去了原本的色彩——它们都渐渐变成了深浅不一的灰色。与此同时，她觉得眼皮无比沉重，抑制不住地向下耷拉。

本杰明的小小身躯已经无力地倒在了她的膝盖上，她抬起头来，看到皮尔彻正透过透明的氧气面罩低头朝他们微笑着。跟这房子里别的一切一样，他的形象也在她眼前渐渐暗淡下来，旋即便消失在了一片全然的黑暗中。

皮尔彻从衣兜里掏出了一部无线对讲机，对着话筒讲起话来。

"阿诺德，帕姆，我已经为你们预备妥当了。"

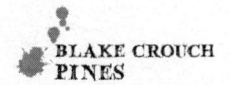

BLAKE CROUCH
PINES

第七章

"伊桑，我需要你立刻放松下来。你能听到我说话吗？别再挣扎了。"

透过脑子里的一团迷雾，伊桑认出了这个声音——是那名精神病医生在说话。

他费力地睁开眼睛，可是只看到了一小线光芒。

詹金斯戴着一副金丝框眼镜，正凝神俯视着伊桑。伊桑试图继续晃动自己的手臂，可是却发现它们要么是骨折了，要么是被捆起来了，总之根本没法动弹。

"你的手腕是铐在床栏杆上的。"詹金斯说，"这是治安官的命令。你不必紧张，不过你要知道，目前你表现出了极其严重的精神分裂症。"

伊桑张开嘴，却感觉到自己的舌头和嘴唇干得厉害，就像被沙漠里的烈日烤焦了一般。

"你这话是什么意思？"伊桑问道。

"意思是说你的大脑在记忆、意识甚至自我身份的认知方面都出现了故障。我们真正担心的是你的这些问题很可能是由那起交通事故所导致的，你的大脑在出血，所以才会产生这种种症状。他们已经准备好要将你推去动手术了。你能明白我所说的这些话吗？"

"我不同意。"

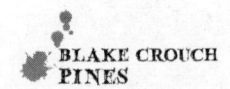

"你说什么？"

"我不同意动手术。我想被转送到博伊西的医院去。"

"这样做的风险实在是太大太大了。以你目前的状况，极有可能会在前往博伊西的路途中就丧命。"

"我想立刻离开这个小镇。"

詹金斯的身影消失了。

一道炫目的光芒从天花板射出，照到了伊桑脸上。

他听到了詹金斯的声音。"护士，请让他镇静下来。"

"用这个吗？"

"不，用那个。"

"我并没有发疯。"伊桑挣扎着说。

他感觉到詹金斯拍了拍自己的手。

"没有人说你疯了。只是你的大脑受到了一些损伤，我们得让它复原，仅此而已。"

帕姆护士弯下身子，进入到伊桑的视野当中。

她的漂亮脸蛋上带着笑容，她的出现令伊桑感觉到了些许安慰。也许她亲切和蔼的态度只是一种机械化的职业习惯罢了，可是伊桑还是吃她这一套。

"哎哟我的天哪，伯克先生，你看起来伤得可真不轻啊。让我们看看能不能令你稍微舒服一点，好吗？"

她手中的注射器针头粗得吓人，伊桑还从未见过比这更粗的针头，只见装在注射器里的银白色药水正从针尖滴落下来。

"注射器里装的是什么？"伊桑问道。

"是一些能帮助烦躁不安的神经平静下来的药物。"

"我不想注射这个。"

"现在躺好别动。"

她轻轻地拍了拍他右臂内侧的肘前静脉,尽管两只手都被铐在了金属手铐里,可他还是拼尽全力地晃动着自己的手臂,他能感觉到自己的手指已经麻痹了。

"我不想注射这个。"

帕姆护士抬起头来看了看上前方,随后弯下腰来,将脸凑到了离伊桑的脸更近的位置。在她眨眼的时候,伊桑甚至能感觉到她的眼睫毛触到了自己的脸。距离如此之近,他能嗅到她唇上口红所散发出来的气味,也能看到她的眼珠是晶莹剔透的翡翠色。

"千万别动,伯克先生。"她笑着说,"不然我会把这该死的玩意儿一把扎进你的骨头里。"

这番话令伊桑不寒而栗,他的手臂晃动得比先前更加厉害了,手铐的链条碰撞在床栏杆上咔哒直响。

"你别碰我!"他怒喝道。

"噢,这么说你是执意要这样做了?"护士问道,"那好吧。"她脸上的笑意始终没有消失,只是改变了抓握注射器的方式,此时她正用握刀的姿势握着注射器。就在伊桑还没有来得及意识到她的意图是什么的时候,她已经将整个针头完全刺入了他的臀大肌外缘。

护士注射完毕后,拿着空注射器回到了房间另一头的精神病医生身旁,直到此时伊桑臀部的刺痛感觉仍未消散。

"你没有注射进他的血管吗?"詹金斯问道。

"他动得太厉害了。"

"药物什么时候能在他身上生效?"

"顶多十五分钟。手术室已经准备好了吗?"

"是的,把他推出去吧。"詹金斯一面倒退着朝门口走去,一面对伊桑说出了他最后的结语,"在他们为你动完手术之后,我会再来看看你的情况。祝你好运,伊桑。我们会彻底将你治好的。"

"我不同意。"伊桑使出全身上下能用上的全部力气说出了这句话,可是詹金斯已经消失在了门外。

透过肿胀眼皮的缝隙,伊桑瞥见帕姆护士正站在自己所躺着的轮床的床头。她伸出手来抓住了床栏杆,随即轮床开始向前移动,它的一只前轮在油毡地板上滚动时发出了尖厉刺耳的噪声。

"你们为什么不尊重我的意愿呢?"伊桑问道,努力控制着自己的嗓音,尽可能让语气听起来显得柔和一些。

她一句话也没有说,只是继续推着轮床来到了病房外面,进到了如往常一般空旷而宁静的走廊里。

伊桑抬起头来,看到护士站离自己越来越近了。

他们途经的每一间病房的门都是关着的,而且任何一扇门下方的缝隙里都没有光透出来。

"除了我之外,没有别的病人住在这层楼,是吗?"伊桑问道。

护士配合着轮子与地面摩擦所发出的噪声,以相同的节奏吹着口哨,看起来并不打算回答他的问题。

"你们为什么要这样对我?"他的声音里无意中流露出了一种

绝望情绪,这是一种基于内心深处的恐惧感而渐渐产生并时刻增强的绝望。

他躺卧在轮床上抬眼望着她,从这样一个不同寻常的角度看着她的下巴下沿、她的嘴唇、她的鼻子以及走廊上的天花板,还有一根根向后滑动而过的长条形荧光灯管。

"帕姆。"他说,"求你了,跟我说说话吧。告诉我这究竟是怎么回事。"

她兀自推着轮床继续向前走,甚至压根儿没有低头看他一眼。

到了护士站的另一侧,她放手松开轮床,由着它自己滚动了一小段路程。之后轮床停了下来,而她自己则朝着走廊尽头的一扇对开门走去。

伊桑瞥见了对开门上方的标志牌。

手术室

其中一扇门被打开了,一个穿着蓝色外科手术服的男人走了出来,他的两只手上都已经戴好了橡胶手套。

他还戴着跟手术服的色彩非常搭配的外科手术专用口罩,露出了一双冷静而专注的眼睛。

他用柔和的语气低声对护士说:"他怎么还醒着啊?"

"他挣扎得太厉害了。我没法找到他的血管。"

外科医生看了伊桑一眼。

"好吧,那就让他待在那儿,等药效发作了再说。你认为还得等多久?"

"十分钟吧。"

他略略点了点头，转身就往回走，随即他侧身用肩膀猛地撞开了手术室的门，他的身体语言表明他现在暴躁而生气。

"嘿！"伊桑在他身后喊道，"我想和你谈一谈！"

就在门被撞开的几秒钟时间里，伊桑瞥见了手术室里的情形……

一张手术台摆放在手术室的正中，手术台两侧各有一盏大而明亮的手术灯。

手术台旁边有一辆带轮子的金属推车，上面放着一系列的手术器械。

所有的器械都整洁地摆放在一张消毒布上，微微泛着光。

各式尺寸的解剖刀。

骨锯。

医用钳子。

除此之外，还有一些伊桑叫不出名字的看起来像是某种电动器械的玩意儿。

就在手术室的对开门即将关上的前一秒钟，伊桑看到那名外科医生在推车旁停下了脚步，并将一个钻机从封套里取了出来。

他看着外面的伊桑，毫不避讳地按下了钻机的开关，一阵刺耳的啸叫声顿时充满了整个手术室。

伊桑的胸口在自己身上的病号长袍下面剧烈起伏着，同时他能听到自己脉搏跳动的频率越来越快。他回头看了一眼护士站的方向，瞥见帕姆护士的身影刚刚消失在了拐角处。

这时，走廊里只剩下了他独自一人。

四周一片死寂，唯一能听到的只有从那扇对开门背后传来的金属器械相互碰撞时叮当作响的声音，还有护士"嗒嗒嗒"渐行渐远的轻快脚步声，以及他正上方的天花板上的一盏荧光灯所发出的"嗡嗡"声。

这时他脑子里冒出了一个异想天开的想法——如果自己是真的疯了会怎样？如果手术室里的那名外科医生打开自己的头颅并治好了自己的病，那又会发生什么事呢？眼前的一切都会消失吗？他会失去自己目前的身份吗？然后他会不会在这世上变成另外一个人，而妻子和儿子都将从自己的生命中彻底消失？

他缓缓挪动身子，终于在轮床上坐了起来。

他的头又沉又晕，不过这可能是治安官波普的殴打所致。

伊桑低头看着自己的手腕，它们被手铐牢牢铐在了轮床的金属栏杆上。

他试图将两只手从手铐孔里用力地挣脱出来，手铐的链条被绷得紧紧的，两只手则因血液流通不畅而变成了紫红色。

他感到沮丧而又痛苦。

他将手放松下来，待手腕的疼痛缓解片刻之后，他再度用力拉扯，比上回更甚。他左手上的皮肤被手铐擦破了，鲜血滴落在床单上。

他的两条腿是自由的，可以随意活动。

他将自己的右腿抬起来，搭在床栏杆上，挣扎着将腿伸直，可是他的脚还差三英寸才能碰触到墙壁。

伊桑躺回到轮床上，第一次严肃而冷静地审视着自己目前的恶劣处境——被人注射了镇静剂,双手被手铐束缚着,而且即将被推进手术室里,天知道他们会在那里对他做出些什么来。

他不得不承认,当他在医院里醒过来并和詹金斯医生交谈的过程中,内心的确充满了诸多的自我怀疑、迷惑和恐惧。他担心自己是不是真的像医生所说的那样,在车祸中遭遇了某种神经方面的严重创伤。

正是这种重创,使得他的大脑在对人物、空间和时间等方面的认知上都出现了偏差和障碍。

因为在他看来,黑松镇里的一切都是那么地不合情理。

可是在刚刚过去的那一段时间里——帕姆护士所表现出来的具有反社会倾向的行为,以及他们对他抗拒手术的意愿所表现出的故意忽视的态度——他开始更加确信:他本人并没有任何问题,不过这个镇上的人都怀着恶意想要伤害他。

自打来到黑松镇之后,他已经受够了恐惧、思乡和无助的折磨,可此时此地的他却陷入了全然的绝望。

根据他的判断,在那扇对开门的另一侧等待着自己的将是死亡。

他将永远不能再见到特丽萨了,也永远没法再见到儿子了。

仅仅是想到这种可能性就足以令他热泪盈眶,因为他辜负了他们。他在许多方面都辜负了妻子和儿子。

他在他们的人生中有很多实质性的缺席,也有情感上的缺席和亏欠。

在他过往的人生中,唯一一次感受到了跟这次同等程度的恐惧和遗憾的时刻，就是跟阿什夫一起待在戈兰高地的时候。

他想到了阿什夫所说的"凌迟"。

此时他的内心被巨大的恐惧感所笼罩，这令他的头脑没法处理各种信息，也不能采取合宜的方式来对这些信息进行处理和应对。

或者，也许是他体内的镇静药剂最终进入了他的血液，开始屏障他的大脑，并在他体内发挥起效用来。

他心里想道，我现在可千万别垮掉啊。我得让自己的身体和心智都处于可控的状态。

他听到身后十英尺远的地方传来了电梯门打开的刺耳噪声，随之而来的是离自己越来越近的轻快脚步声。

伊桑正准备把头扭过去看看来者是谁，可是说时迟那时快，他所躺的轮床已经活动起来了，有人正推着他朝电梯的方向走去。

他抬起头来，看到了一张漂亮而熟悉的脸庞，尤其是那突出的颧骨更是触发了他的记忆。在他目前这种迷糊状态下，足足花了五秒钟的时间才终于想起来了——原来推动轮床的人正是那名失踪了的酒吧女侍者。

她推着他来到了电梯门跟前，然后费力地将他和轮床一起推进了轿厢里。

她按下了其中一个楼层按钮。

她的脸苍白而憔悴，身上穿着一件海军蓝雨衣，雨衣上的水珠不断地滴落在轿厢地板上。

"快一点，快一点啊。"她不断地用手指按动已经亮着灯的负

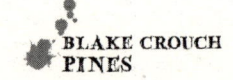

一楼层按钮。

"我认识你。"伊桑说道,不过他仍然没能想起她的名字来。

"我叫贝芙丽。"她笑了笑,不过略显紧张,"我一直没拿到你承诺过的那笔金额可观的小费呢。天哪,你这模样看起来可真糟。"

轿厢门开始关闭,随之而来的是一阵长久而尖厉的噪声,听起来比铁钉在黑板上摩擦还更令人难受。

"我遇到的这些事情究竟是怎么回事?"随着电梯轿厢开始下降,伊桑开口问道。

"他们试图破坏你的心智。"

"为什么?"

她扬起身上雨衣的一角,从牛仔裤后兜里掏出了一把手铐钥匙。

她的手指略微发着颤。

她试了三次,总算将钥匙塞进了铐住伊桑的手铐的其中一个锁孔里。

"他们为什么要这么做?"伊桑继续追问道。

"等我们到了安全的地方,我再告诉你。"

那只手铐"啪"的一声打开了。

伊桑坐起身来,从她手里抓过那把钥匙,将其往另一只手铐的锁孔里塞去。

当轿厢来到四楼和三楼之间时,运行速度明显减缓了。

"如果门打开后有人上来,我们就奋力抗争。你明白了吗?"

她问道。

伊桑点了点头。

"无论如何,你都不能让他们把你带回到那间手术室里去。"

伊桑的第二个手铐也打开了,他从轮床上爬了下来。

他觉得两只脚站得相当稳当,先前注射的药剂似乎还没有开始在他体内生效。

"你待会儿跑出去没问题吗?"

"他们刚刚给我注射了镇静药剂。我可能没法跑太远的距离。"

"该死。"

电梯门上方的铃响了一声。

三楼到了。

电梯继续向下运行。

"是什么时候注射的?"贝芙丽问道。

"五分钟之前。不过只是肌肉注射而已,不是静脉注射。"

"是哪种药剂?"

"我也不清楚,只是我听他们说我会在十分钟之内失去知觉。唔……现在看起来恐怕只有八九分钟了。"

电梯来到大厅楼层之后,继续下行。

贝芙丽说:"等电梯门打开之后,我们出门往左走,一直去到走廊的尽头,那里有一扇门可以通往大街上。"

轿厢晃动了一下,停止了运行。

过了好长一会儿,门都没有打开。

伊桑踮起脚尖,将全身重量都集中在了前脚掌上,做好了要

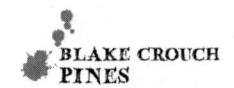

突破门外各种可能存在的阻挠而冲进走廊的准备。他的体内充满了肾上腺素,他觉得浑身上下都干劲十足,仿佛找回了以往每次执行任务前的那种精神抖擞的状态。

伴随着"嘎吱"的声响,电梯门先是打开了一道一英寸左右的小缝,停顿了十秒钟之后,又伴以更为尖厉刺耳的声音缓缓地完全打开了。

"等一等。"贝芙丽低声说道。她将一只脚跨出轿厢,探出头去张望了一番,"外面是安全的。"

伊桑跟着她进入了一条又长又空旷的走廊。

走廊上铺着呈方格图案的油毡地板,从他们所处的位置可以看到在至少一百五十英尺远的走廊尽头有一扇门。走廊上的一切看起来都是那么整洁,在刺目的荧光灯的照射下微微泛着光。

这时远处传来了"砰"的一记关门声,他们不由得停下了脚步。

一连串的脚步声也进入了他们的听觉范围之内,可是他们无从知晓具体有多少人在追赶他们。

"他们正沿着楼梯井下来。"贝芙丽低语道,"我们快走。"

她转身朝看跟先前相反的方向跑去,伊桑跟在她身后,跑动时尽量让自己的光脚不要在油毡地板上发出太大的声响。现在他那受伤的肋骨也开始剧烈地疼痛起来,他一面跑一面低声呻吟着。

他们来到了一个空无一人的护士站跟前,这时他们身后走廊远端的一扇门突然"啪"的一声打开了。

贝芙丽转了个方向,进到一条与先前的走廊相交叉的走廊加

197

速疾跑，伊桑继续奋力跟在她身后。他一边跑还一边回头看了看身后，可是他很快就拐过弯了，所以根本没来得及看到什么。

这条走廊同样是空无一人，而且比先前的走廊短了差不多一半。

跑着跑着，贝芙丽突然停下了脚步，随即打开了左手边的一扇门。

她招呼伊桑跟着自己一起进门去，不过他摇了摇头，跑上前去对着她耳语了几句。

她点了点头，冲进了那个房间，继而关上了身后的门。

伊桑走到走廊对面的另一个房间门口。

他转动了一下门把手，打开门后轻手轻脚地走了进去。

房间里没有人，一片漆黑，借着从走廊透进来的一点点亮光，可以看出这里的布局跟伊桑先前在四楼所住的病房是一式一样的。

他尽可能不出声息地关上房门，转身走进了浴室。

他在黑暗中摸索了一阵，终于找到了浴室灯的开关。

他打开了灯。

在淋浴器旁边的架子上挂着一张擦手毛巾。他一把扯下那张毛巾，将它缠在自己被手铐弄伤的那只手上，然后抬起手臂照了照镜子。

你只有三十秒的时间了，或许比这还更短。

镜子里的倒影令他乱了阵脚。

噢，天哪。其实他原本知道自己伤得很重，可是看了镜子才

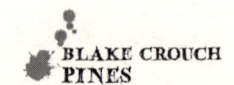

发现波普下手太狠了，自己简直被揍得面目全非——上嘴唇比原先肿了两倍；鼻子又红又肿，看起来像是腐烂变质的草莓；右脸颊上有一道很深的伤口，至少缝了二十针；他的眼睛……

他竟然还能看得见东西，这真是个奇迹。他的眼皮呈黑紫色，肿胀不已，就像遭受了近乎致命的过敏反应一般。

没时间再担心和惦记自己的容貌了。

他用拳头猛地击向镜子的右下角，同时将另一只缠着毛巾的手握成拳抵住了碎裂的镜子玻璃，以免它们一次性地全部掉落下来。

那一拳的力度掌握得恰到好处——镜子碎成了大块大块的玻璃块，几乎没有细小的玻璃碴。他用先前击打镜子的那只手迅速地将玻璃碎块一块一块地取下来，平摊放置在水槽里，然后从中选出了面积最大的一块。

他取下缠在右手上的毛巾，按下了灯的开关，在黑暗中摸索着离开浴室，进到了卧室里。

这里一片漆黑，只能看见一道薄如刀刃的光芒从门下面的缝隙透了进来。

他缓缓向前走到门边，将一只耳朵贴在门上。

尽管声音很微弱，他也能听出那是从远处传来的阵阵开门关门声。

他们正在逐一检查每个房间，门的开合声听起来很遥远，他认为他们可能仍然还在主通道上。

他希望自己的判断没有错。

他在想电梯的门是不是依然还开着。如果他们看到轿厢降到了这里，那么他们无疑会猜出他已经逃到了地下室。本来他和贝芙丽应该让轿厢回到四楼去的，可是现在已经没有办法弥补这个疏忽了。

他将手按在门上摸索着，找到了门把手，然后握住了它。

在他缓缓转动门把手的时候，他尽力将呼吸平息下来，让血压降到一个不会让自己感觉即将晕厥过去的范畴之内。

当锁舌缩入锁体之后，伊桑轻轻地拉了拉门。

门旋开了两英寸的缝隙，幸运的是门上的合页没有发出任何声响。

一束长三角形的灯光照在了他脚下的方格图案油毡地板上，也照亮了他赤裸着的双脚。

"乓乓乓乓"的开门关门声变得越来越响。

他把手里的镜子碎块透过门缝塞了出去，缓缓地越伸越远，直到自己可以透过它看到走廊上的映像。

走廊上空无一人。

这时他又听到了一扇门被关上的声音。

在开门关门声的间隙，他还能听到好些橡胶底鞋子踩踏在地板上所发出的脚步声，除此之外就没有其他任何声音了。临近的一盏荧光灯出了些故障，断断续续地闪烁着，走廊上的光线也在明暗间交替不已。

片刻之后，一个长长的人影投射在了护士站附近的地板上，随即帕姆护士的身影缓缓进入了他的眼帘。

她在四条走廊的交叉口停下了脚步，纹丝不动。她的右手里握着一个东西，在伊桑目前所处的位置没法看清那是什么，不过它的其中一端在灯光的照射下略微有些发光。

三十秒过去了，她转身朝着伊桑所在的走廊走来，她的步伐刻意迈得很小、很轻，同时，她的脸上似乎展露出了过于夸张的灿烂笑容。

走出几步之后她停了下来，双膝并拢，然后跪下来在油毡地板上检查着什么。她伸出那只没有拿东西的手，用一根手指在地板上抹了一下，随即又抬起来。伊桑突然明白了她是凭着什么才找对了正确的走廊，而这个想法令他极度不安。

她发现了从贝芙丽雨衣上滴落下来的水珠。

而这些水珠将引领着她径直去到伊桑对面的那个房间，去到贝芙丽那里。

帕姆护士站起身来。

她开始缓缓地重新向前迈步，同时低下头仔细察看着油毡地板上的情形。

这时伊桑看出她右手握着的那个物品原来是一个带针头的注射器。

"伯克先生？"

他可压根儿就没想到她竟会开口说起话来，她那明快而含有恶意的声音回荡在这条空旷的走廊上，他觉得后背一阵阵发凉。

"我知道你就在这附近。我知道你能听到我说话的声音。"

她离得太近了，伊桑担心她随时都可能发现他手里的镜子碎块。

伊桑将玻璃碎块收回到房间里，然后极为小心地将房门悄无声息地推过去关上了。

"因为你是我最喜欢的新病号。"护士接着说道，"我要和你做一笔特别的交易。"

伊桑感觉到后脑处涌现出了一股暖流，它沿着他的脊柱一路往下延伸，经由手臂和腿部的骨骼，朝着他的手指尖和脚尖呈辐射状蔓延开来。

他还能感觉到这股暖流甚至延伸到了自己的眼球后面。

镇静剂开始在他体内生效了。

"做个堂堂正正的勇敢男人，现在马上出来吧，我会给你一份礼物的。"

他听不到她的脚步声，不过她的说话声却变得越来越响亮，无疑她正往走廊深处走来。

"伯克先生，我要给你的礼物就是你的手术所需要的麻醉剂。如果你还不太明白我在说什么的话，我可以为你解释一下。我在十分钟前为你注射的镇静剂随时会令你失去知觉，如果我不得不花上一个小时的时间，通过逐一搜索各个房间来找到你的话，我将会非常、非常地生气。你应该不会想看到我变得如此生气的，原因是什么呢？你知道这会有什么后果吗？等你最终被找出来之后，我们不会立即把你推进手术室去，我们会等待至你体内的镇静剂渐渐失效，那时你将在手术台上苏醒过来。手术台上没有捆缚你的绳子，也没有手铐来铐住你，可你还是动弹不得，因为我

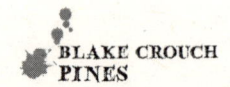

将为你注射相当大剂量的司可林，这是一种致人麻痹的药物。你知道在这种情形下进行的手术会是怎样的吗？唔，伯克先生，让我来明确地告诉你吧。"

根据她的声音传来的方向，伊桑知道她此时正站在走廊的中间地带，就在离他不到四英尺的对面那扇门旁边。

"到了那时，你唯一能做的就只有眨眼而已。当你感觉到自己的皮肉和骨骼被切割、锯开和钻孔，以及感受到我们的手指在你体内活动的时候，你甚至没法叫出声来。手术将持续好几个小时，而在这期间你将一直活着并保持清醒的状态，真真切切地感受到痛苦的煎熬。这是恐怖小说里才会有的情节。"

伊桑将一只手放在门把手上，这时他感觉镇静剂的药效涌上头来，还涌入了耳朵。他不知道自己在两条腿失去知觉之前还能坚持多久。

慢慢地转动门把手，伊桑。动作要很慢很轻。

他紧紧地握住门把手，等待着帕姆护士再度开口说话。当她最终再次开口的时候，他缓缓地转动起门把手，声音被帕姆的说话声盖住了。

"我知道你能听到我的声音，伯克先生。我就站在你所藏身的房间门外。你是藏在浴室里吗？还是床底下？或许你正站在门背后，心里企盼着我能错过你的房间而继续往前走吧？"

她笑得很大声。

锁舌弹回了锁体。

他完全确信此刻她正背对着自己，面朝着贝芙丽所在的房间，可是万一自己弄错了呢？

"我给你十秒钟的时间，要是你在这十秒钟之内不出现的话，那么我为你注射麻醉剂的慷慨许诺就将失效。十……"

他缓缓地将门向后拉动着。

"九……"

他把门拉开了三英寸宽的缝隙。

"八……"

现在的缝隙是六英寸宽。

他又能再次看到走廊了，紧接着他看到了披散在帕姆护士背上的赤褐色头发。

她正好站在他的面前，背对着他。

"七……"

她面对着贝芙丽所处房间的房门。

"六……"

她的右手紧握着一个带针头的注射器，看起来就像握着一把刀。

"五……"

他继续把门往后拉，让它悄无声息地在合页上转动着。

"四……"

就在门板快要碰触到墙壁的时候，他让它停了下来，自己上前一步站在了门口。

"三……"

他察看着走廊的地板，确保自己的影子没有投射在上面，不

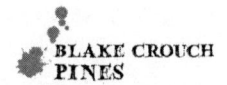

过即使地上有他的影子，也能被那盏忽明忽暗闪烁不已的荧光灯掩盖过去。

"二，一。现在我非常生气，非常、非常生气。"护士从衣兜里掏出了一个物品，"我在地下室西侧的走廊里，我确信他在这里。我会在这里等着你们赶过来，完毕。"

在一阵对讲机特有的电流声响过之后，传来了一个男人的声音："知道了，我们这就过来。"

此时伊桑感受到了更强的镇静剂药效，他的双膝开始变得软弱无力，视线也不时有些模糊，甚至还有重影出现。

很快就会有更多的人来到这里。

他必须马上行动，刻不容缓。

他在心里不住地对自己说"动手吧"，可是他并不确信自己是不是真的能集中精神和控制好自己的行为。

他朝房间里后退了几步，以便给自己留出足够长的跑道，深深地吸了一口气之后，他猛地朝前奔去。

两秒钟他就向前跨出了七步。

他全速扑向护士的后背，推着她往前倒去，随即她的脸"砰"的一声撞在了走廊对面的墙上。

他的这一袭极为迅猛，令她猝不及防，可她随后的反应却极为迅速而精准，着实令他吃惊。她的右臂猛地向后一挥，手中注射器的针头立即刺进了他的右侧身体。

这是一种尖锐而剧烈的疼痛。

他不由得蹒跚着后退了几步，跌跌撞撞地重心不稳。

护士转过身来,鲜血正顺着她受伤的右侧脸颊往下滴流。她扬起手中的注射器,朝他猛冲过来。

如果他的视力处于正常状况的话,本来是可以成功地进行自我防御的,可惜此时他的视力已经开始变弱,眼前的一切都变得模糊,如同处于一场蒙蒙眬眬的梦境之中。

她手中的注射器朝他挥了过来,他试图闪避,却对彼此的距离做出了错误的判断,注射器的针头刺入了他的左侧肩膀。

当她将针头拔出来时,无以言说的疼痛感令他几乎跪倒在地。

护士抬起脚了,朝他的心口踢去,正好命中了他的腹腔神经丛,这股力量迫使他倒向了身后的墙壁,重重地喘出了一口气。他这辈子还从来没有打过女人,可是当帕姆再度朝自己扑过来的时候,他内心涌起了一个挥之不去的念头:如果用自己的右肘去击打这个悍妇的下巴,那该是多么令人愉悦的事情啊!

他的双眼死死地盯着她手中注射器的针头,心里想着,上帝啊,别再让我挨针了,求你了。

他想抬起手臂护住自己的脸,可是它们却沉甸甸的而且麻痹,不怎么听使唤。

护士说:"我敢打赌,你现在一定在后悔没赶在我还能好好跟你说话的时候就乖乖地走出来,不是吗?"

他动作迟缓地朝她挥出了一记钩拳,她轻而易举地躲避开了,随即以迅雷不及掩耳之势给了他一记重拳作为回报,原本已经受伤的鼻子雪上加霜。

"你还想再挨一针吗?"她问道。他本想猛扑过去并将她压倒

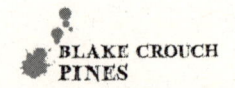

在地，可是考虑到她手中堪比凶器的注射器，以及自己越发模糊的意识，他认为那样做绝非明智之举。

帕姆笑了起来，说道："我看得出来，你的意识正在消失。你知道吗，这可真是太好笑了。"

伊桑使出浑身力气试图贴着墙逃开，他缓缓挪动着脚步，可是她却发现了他的意图，几步冲到他面前去站定，然后举起了注射器，准备再次用针头朝他刺去。

"让我们来玩一个小游戏吧。"她说，"我用针头来戳你，而你则设法阻止我这样做。"

她挥下手臂，可伊桑却并没有感觉到疼痛。

原来她只是做了一个假动作而已——看来她打算戏弄他一番。

"好了，伯克先生，我们再来一次……"

有个物体"梆"的一声重重地撞到了她的头部。

帕姆应声跌倒在地，不再动弹，贝芙丽正站在她身旁，闪烁的灯光照亮了贝芙丽的脸。贝芙丽握着一把椅子，先前她正是用这椅子的腿击打了帕姆的头部，此时的她看上去因自己所做的事情而震惊不已。

"马上就会有更多人赶过来了。"伊桑说道。

"你能走路吗？"

"试试看才知道。"

贝芙丽将手中的椅子扔到一旁，伴随着"咔哒"一声响，椅子重重地落在了地板上，她赶紧来到了伊桑身边。

"待会儿如果你站不稳的话，就抓着我吧。"

"我已经站不稳了。"

他抓住贝芙丽的手臂,由她拖着自己沿着走廊往前走。当他们来到护士站的时候,伊桑的步伐已经非常缓慢了,只能挣扎着将一只脚抬起来再放在另一只脚前面,这个简单动作对他来说都困难无比。

快要拐弯的时候,他回头看了一眼身后,发现帕姆护士挣扎着坐了起来。

"我们得再快一点。"贝芙丽说。

主通道上仍然空无一人,他们开始慢跑起来。

伊桑的脚在地上绊了两次,不过贝芙丽都扶住了他,没有让他倒下。

他觉得眼皮越来越沉,镇静剂作用在他身上,就像为他盖上了一条温暖而湿润的毛毯。他现在唯一想要做的就是找一处安静的角落,让自己可以蜷缩着身体在那里舒舒服服地睡上一觉。

"你的意识还清醒吗?"贝芙丽问道。

"我快不行了。"

在他们前方五十英尺远的走廊尽头隐隐可以看到一扇门。

贝芙丽加快了步伐。"快一点。"她说,"我已经能听到他们沿着楼梯下来的脚步声了。"

伊桑也听到了——嘈杂的讲话声和杂乱无章的脚步声正从他们刚刚经过的一扇门背后传了过来,门的那一面就是楼梯。

终于抵达了走廊尽头,贝芙丽拉开了那扇门,拖着伊桑走出去,来到了一段狭窄的阶梯跟前。阶梯共有六级,顶部是另一扇门,门的上方有一块亮着红灯的"出口"指示牌。

贝芙丽停下来,轻轻地关上了身后那扇位于走廊尽头的门。

伊桑听到门后面的走廊里传来了许多人说话的声音,而他们的脚步声听起来像是在渐渐远离,不过伊桑对此并不确定。

"他们看到我们了吗?"他问道。

"我不知道。"

伊桑集中全副精力,登上了最后几级通往出口的阶梯,待他们出门之后,便步履蹒跚地进到了一片伸手不见五指的黑暗之中。伊桑光着脚踩在湿漉漉的人行道上,不断落下的冰冷雨水已经开始渗入了他身上穿着的薄薄的病号长袍。

他目前的身体状况仅容他勉强可以站稳,而这时贝芙丽已经开始拖着他沿着人行道走起来了。

"我们这是要去哪里呢?"伊桑问道。

"去我所知道的唯一一个他们找不到你的地方。"

他跟着她走在漆黑的街道上。

街上看不到一辆车,街边的路灯和一些房屋里的灯还亮着,淅淅沥沥的雨让整条街都显得模糊而昏暗。

他们沿着安静的人行道走过两个街区之后,伊桑停下了脚步,打算 屁股坐在街边的草地上,可是贝芙丽却不让他停止前行。

"现在还不能这样做。"她说。

"我没法继续往前走了。我的两条腿几乎都失去知觉了。"

"再走完一个街区,好吗?你能做到的。或者这样说好了,如

209

果你想活下去的话，就必须得做到。我向你保证，再过五分钟，你就能在一处安全的地方躺下来了。"

伊桑挺直了腰，继续蹒跚前行，跟在贝芙丽后面又走过了一个街区，从这里再往前就不再有街灯了，也看不到亮着灯的房子了。

他们进入了一片公墓园，这里遍布着一座座老旧的墓碑，其间点缀着低矮的橡树和松树。看样子这里已经很久没有人维护和打理了，墓园里的草已经长到了跟伊桑的腰部齐平的高度。

"你要把我带到哪里去啊？"他发音有些含混，感觉舌头变得有些沉重和不听使唤。

"就在前面了。"

他们在墓碑和纪念碑中穿梭着，它们中的绝大多数都被侵蚀得非常厉害，以至于伊桑根本没法看清镌刻在上面的碑文。

他觉得很冷，身上的病号长袍已经被雨水完全浸透了，两只脚也沾满了泥泞。

"就是那里。"贝芙丽指着矗立在一片山杨树林中的一座小型石砌陵墓。伊桑奋力挣扎着走完了最后的二十英尺，随后瘫倒在了陵墓门口的一对已经碎裂成小块的石花盆中间。

贝芙丽用自己的一侧肩膀接连猛力撞了三下才把陵墓的铁门撞开，而在门被撞开的那一瞬间，锈蚀的合页发出了极为刺耳的"嘎吱"声，这声音大得足以唤醒墓园里那些沉睡的灵魂。

"你得进到里面去。"她说，"再加把劲儿吧，你只需要再前进几英尺就够了。"

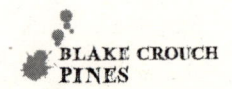

伊桑睁开眼睛，爬上了陵墓门前的几级狭窄的阶梯，终于进到了一处可以避雨的地方。贝芙丽将他身后的门推过去关上了，墓室内顿时陷入了一片漆黑。

贝芙丽打开了一支手电筒，四处晃动着，透过手电筒的光芒，伊桑看到了嵌在陵墓后壁上的一扇彩绘玻璃窗。

玻璃窗上的画面是几道太阳光穿过云层，照射在一棵开满了似锦繁花的大树上。

伊桑站立不稳，一下子跌倒在冰冷的石头地面上，这时贝芙丽将一个放在墓室角落里的行李袋的拉链拉开了。

她从中取出了一张毛毯，展开来盖住了伊桑的身子。

"我还为你准备了一些衣服。"她说，"不过你可以等自己再度醒过来的时候再穿上它们。"

他浑身猛烈地发着颤，努力抵御着体内那股即将令他失去意识的暖流，因为他还有一些事情必须得问清楚，因为等他睡过去然后再度醒来的时候，贝芙丽也许就不在这里了，他可不愿意冒这样的风险。

"黑松镇究竟是个什么样的地方？"他问道。

贝芙丽坐在他身边说道："等你醒过来之后，我会……"

"不行，现在就告诉我。在过去的两天里，我亲眼看到了一些根本不可能发生的事情。那些事情令我怀疑自己是不是脑子出了毛病。"

"你的头脑是正常的，你也没有疯。只是……他们想让你以为自己疯了。"

"为什么。"

"至于这点,其实我自己也还不知道。"

他在心里琢磨着自己到底能不能信任她,综合考虑种种因素之后,他认为保持审慎和怀疑的态度很可能是明智之举。

"你救了我的命。"他说,"对此我向你表示感激。可是我不得不问一下……这是为什么,贝芙丽?为什么你是我在整个黑松镇唯一的朋友呢?"

她笑了,"因为我们想得到的东西是一样的。"

"那是什么?"

"离开这里。"

"没有路可以让人离开这个小镇,是吗?"

"是的。"

"可我是几天前开车来到这里的呀。那么,为什么会发生这样的事情呢?为什么会无路可走?"

"伊桑,你现在就由着镇静剂在你体内发挥作用,好好地睡一觉吧。等你醒过来,我会把我所知道的所有事情,以及我认为我们应该如何离开这里的想法统统都告诉你。现在,你快闭上眼睛吧。"

他并不想闭上眼睛,可是他却无力阻止自己的眼皮沉重地耷拉下来。

"我没有疯。"他说。

"这我知道。"

他的战栗程度开始减轻了,盖在毛毯下面的身体也变得越来越暖和起来。

"再告诉我一件事。"他说,"你是怎么来到黑松镇的?"

"我是IBM公司的一名销售代表。我来这里做一次业务拜访,为了向当地学校的计算机实验室推销我们公司的坦迪1000s电脑。可是,当我开车进入小镇的时候,我遇到了一起交通事故。一辆卡车不知道从哪里突然钻了出来,撞上了我的轿车。"在伊桑听来,她的声音变得越来越轻,越来越远,几乎难以听清,"他们跟我说我的头部受了伤,丧失了一些记忆,正因为如此,我对这个小镇最初的记忆是一天午后我在一条小河边醒了过来。"

伊桑很想告诉她,自己也遭遇了跟她相同的事情,可是他已经没法再张嘴说话了,镇静剂的药效在他体内彻底地发挥了出来。

他将在不到一分钟的时间之内丧失全部意识。

"什么时候?"他喃喃地说。

她听不清他在说什么,只得倾身靠近他,并将自己的耳朵凑到他嘴边。他耗尽了全身的力气将这个问题挤了出来。

"你是……什么……时候……来到……这里的?"他轻声问道,说完后便竖起耳朵想要听到她的回答。他尽力让自己保持清醒,可是他的意识仍在渐渐消退,恐怕顶多只能再维持几秒钟的清醒状态了。

她说:"我永远都不会忘掉我来到这里的那一天,因为从某种程度上说,那一天就是我的死亡忌日。从那一天开始,我的人生完全改变了。那是一个美丽的秋天的早晨,天空是深蓝色的,山杨树的叶子刚刚开始转黄。那一天是1985年10月3日。其实,一周后就到我的周年纪念日了。我已经在黑松镇待了整整一年了。"

BLAKE CROUCH
PINES

第八章

她没有勇气打开门,只是透过彩绘玻璃窗的一个缺角看了看外面。在这下着雨的午夜时分,外面什么都看不到,她能听到的也不过就只是雨水落在草叶上、树丛中和陵墓顶部的声音。

伊桑已经在镇静剂的作用下昏睡过去了,从某种程度上说,她竟有些羡慕他。

当她睡着的时候,常常会做一些梦。

梦见自己过去的生活。

梦见一个极有可能会跟自己结为连理的男人。

梦见她和他共同的家,那里是爱达荷州的博伊西。

梦见他们一起制订的人生计划。

梦见他们盼望着有朝一日能带到这个世界上来的子女们——有时候,她甚至能在梦中见到他们的面庞。

可是每次当她醒来之后,都发现自己还在黑松镇。

这个美丽的人间地狱。

当她初来乍到的时候,小镇四周的悬崖峭壁令她叹为观止,充满敬畏。然而,现在她却恨透了它们,因为它们的实质是伫立在这个可爱小镇四围的栅栏,并把这里变成了一座没有谁可以逃离的监狱,而那些极少数试图逃离的人……

她仍然会做跟那些个夜晚有关的噩梦。

在梦中她会听见五百部电话的铃声同时响起。

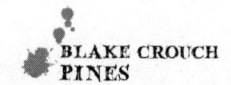

还有那些尖叫声。

不是今晚……今晚绝不会发生那样的事情。

贝芙丽脱掉身上的雨衣,走到伊桑身边,此时他裹着毛毯的身子正蜷缩着靠在墙边。待他的呼吸终于变得平静而舒缓时,她爬到行李袋旁边,从其中一个外袋里掏出了一把小刀。

这是一把折叠小刀,刀口又锈又钝,可这是她现在能找到的唯一一把刀了。

她将伊桑身上的毛毯拉了下来,掀开了他的病号长袍,接着将自己的一只手伸进长袍,沿着他的左腿向上摸索着,最后摸到了位于他大腿后侧根部的一个肿块。

她不由自主地让自己的手在那里停留得久了一点,她知道自己不该这样做,也因此而恨自己,可是天知道她有多久没跟男人有过肢体接触了。

她本想先前就把自己要做的事告诉伊桑,但他体内的镇静剂却不容许她这样做,而且没准目前这种情形对他而言才是最好的吧。不管怎么说,他真的很幸运,要知道当初她为自己做同样的事情时,那可是在完全没有一丁点儿麻醉剂的情况下进行的呢。

贝芙丽将手电筒放在石头地面上,让它照射着他左大腿的后侧。

那里已经结了疤。

不明就里的普通人根本看不到那个肿块,只是可以勉强摸到它而已——前提是你知道它应该在哪个位置。

她打开了手中的小折刀,两个小时之前她已经用蘸了酒精的棉花球对刀刃消过毒了。一想到自己马上要做的事,她觉得胃里一阵翻腾,同时在心里默默祈祷着即将临到伊桑身上的疼痛感不至于抵消镇静剂的作用。

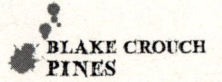

BLAKE CROUCH
PINES

第九章

伊桑梦见自己被人捆起来了，还有个什么东西正在咬他的大腿。它小口小口试探性地啃啮着他腿上的皮肉，偶尔也会咬得更深一些，令他在睡梦中疼得直叫唤。

#

他突然醒了过来。

可呻吟并没有停止。

四周一片黑暗，而他真真切切地感觉到自己的左腿后侧灼痛不已——有人正在用刀子割他腿上的肉呢。

有那么一个恐怖的瞬间，他觉得自己仿佛回到了那间酷刑室，还看到了戴着黑色面罩的阿什夫。他的手腕被捆起来吊在了天花板上，脚踝被链子拴在了地板上，他已经绷紧了全身的肌肉，好让自己无论受到多么大的痛苦都不要挣扎，甚至连动都不会动一下。

有一双手正在摇晃他的肩膀。

一个女人正在喊着他的名字。

"伊桑，伊桑，没事的。已经结束了。"

"请别这样做，噢，看在上帝的分上，请别这样做。"

"你现在很安全。我已经把它取出来了。"

他感觉到眼前有一片亮光，于是眨了好几下眼睛，终于看清楚了眼前的情景。

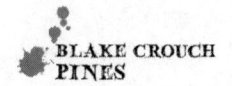

地上放着一个打开着的手电筒。

借手电筒发出的光,他瞥见了几面石墙和两个墓穴,还有一扇彩绘玻璃窗,随后他回忆起了自己失去意识之前的处境。

"你知道自己在哪里吗?"贝芙丽问道。

他的腿疼得相当厉害,肠胃似乎也因剧烈的疼痛而痉挛不已,他觉得自己像是快要把胃里的东西全都呕吐出来了。

"我的腿……不太对劲……"

"这我知道。我刚才把一个东西从你的腿里取出来了,我必须得这样做。"

他的思维渐渐变得清晰起来。他想起了跟医院和治安官有关的种种事情,以及自己试图逃离医院的经历,他的大脑正在将所有的回忆都整合起来,想要理出个合情合理的头绪。他还觉得自己曾经见到过凯特,可是对此又不太确定。那件事太像一场梦了,说那是一场噩梦也不为过。

随着他的意识渐渐恢复,腿部的疼痛令他没法再将自己的注意力集中在任何别的事情上。

"你刚刚说什么?"他问道。

贝芙丽用左手举起手电筒,照亮了自己的右手。在她右手拇指和食指之间握着一颗看上去很像微型芯片的物体,其上还沾有少许已经干掉的血迹。

"这是什么?"

"他们就是用它来追踪你的动向的。"

"它是放在我的大腿里面的?"

221

"他们在所有人的大腿里都植入了这个。"

"把它给我。"

"为什么?"

"我要把它踩成碎片。"

"别,别,别。你可不能这样做呀,否则他们就会知道你已经把它从你身体里取出来了。"她把手中的芯片递给他,"等我们离开这里的时候,记得要把它留下来。"

"他们为什么不会找到这里来?我们是不是已经暴露了?"

"我曾经带着芯片在这里躲藏过,厚厚的石墙能阻隔信号的传输。不过我们也不能在这里待得太久,如果追踪器来到离芯片一百米之内的范围时,他们就能发现芯片的位置。"

伊桑费力地坐了起来,掀开身上的毛毯,看到石砌地面上有一小摊鲜血在手电筒光芒的照射下兀自闪烁着。另外,还有更多的血水正沿着他左腿后侧的一个切口继续涌流出来。他心里想着她究竟得在自己的大腿上割多深才能找到那颗芯片呢?此时他感觉有些眩晕,似乎还在发烧,全身的肌肉酸痛不已。

"你的包里有什么东西可以为我包扎一下伤口吗?"他问道。

她摇了摇头,"我只有强力胶带。"

"把它找出来吧,这样总比什么都不做要好。"

贝芙丽将行李袋拖了过来,然后把手伸到里面去摸索着。

伊桑说:"我记得你曾经跟我说过你来这里的时候是1985年,这到底是我梦中的情景呢,还是现实中实实在在发生了的事情呢?"

"这是真的。"她从行李袋里掏出了一卷强力胶带,"我应该怎么做呢？我从来没有接受过任何医疗方面的培训。"

"只需要用它在我腿上的伤口处缠上几圈就可以了。"

她着手照伊桑所说的做了，将胶带小心翼翼地裹在他的大腿上。

"这样会不会太紧了？"

"不会。这样很好，只要能止住血就行。"

她用胶带在伊桑腿上缠了五圈，然后将其扯断，再用手将缠在他腿上的胶带抚平。

"我要告诉你一件事情。"伊桑说，"也许你不会相信这件事。"

"你倒是说说看呢。"

"我是五天前来到这里的……"

"这你已经告诉过我了。"

"我来的那天，是2012年9月24日。"

他说完这句话之后，有好一阵她都只是呆呆地注视着他而已。

"你听说过iPhone吗？"伊桑问道。

她摇了摇头……

"那互联网呢？还有脸书？推特？"

她持续不断地摇着头。

伊桑说："那你们的总统是……"

"罗纳德·里根。"

"2008年，美国选举产生了有史以来的第一任黑人总统巴拉克·奥巴马。你应该还没有听说过挑战者号航天飞机爆炸灾难吧?"

他留意到她手中的手电筒光芒略微有些闪烁起来。

"确实没听过。"

"那么你知道柏林墙倒塌的事情吗?"

"完全不知道。"

"你知道历史上的两次海湾战争吗?还有'9·11'恐怖袭击事件?"

"你这是在跟我玩什么心理游戏吗?"她眯缝着眼睛,眼神里含有一丝愤怒,还有更多的恐惧意味,"噢,天哪!原来你跟他们是一伙的,不是吗?"

"我当然不是跟他们一伙的。你介意我问一下你的年龄吗?"

"我三十四岁。"

"那么你的生日是……"

"11月1日。"

"我想问的是,你是在哪一年出生的呢?"

"1950年。"

"那你应该是六十一岁才对,贝芙丽。"

"我不明白这是怎么回事。"她说。

"我也有同感。"

"住在这里的人……他们彼此之间不会谈论黑松镇之外的任何事情。"她说,"这是此地的一条规则。"

"你在说什么啊?"

"他们称其为'活在当下'。在这里不允许人们谈论任何跟政

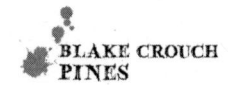

治有关的话题，也不能谈论你来到这里之前的生活。不止是这样，你还不能谈论流行文化——诸如电影、书籍和音乐，至少不能谈论跟这个小镇无关的流行文化。我不知道你是否注意到过，这镇上几乎没有什么商业品牌，甚至连钞票也很奇怪。我也是最近才发现的，这里的钞票全都是五十年代和六十年代印制的，我从未见过更晚年代印制的钞票。而且，这里没有日历，也没有报纸。我之所以还知道自己在这里待了多久，是因为我一直在写日记。"

"怎么会这样呢？"

"我也不知道，不过如果有谁违反了这些规则，就会受到极为严苛的惩处。"

伊桑大腿上的伤口因胶带的压迫而疼痛不已，但起码这胶带的止血效果还是不错的。他暂且让胶带继续缠在腿上，不过不久之后他还是得将它松开才行。

贝芙丽说："要是我发现你和他们是一伙的……"

"我和他们不是一伙的，无论你说的'他们'是指哪些人。我在这里根本就是孤立无援的。"

贝芙丽的眼眶中盈满了泪水。她眨了眨眼，随即伸手抹掉了顺着脸颊往下滴流的眼泪。

伊桑向后靠在石墙上。

他不住地打着寒战，伤口的疼痛感也加剧了。

他仍然能听见雨水落在陵墓顶部的声音，透过那扇彩绘玻璃窗，可以看出现在还是晚上。

贝芙丽把地上的毛毯提起来,搭在了伊桑的肩膀上。

"你在发烧呢。"她说。

"我问过你这里是个什么样的地方,可是你还没有真正回答我的问题。"

"因为我自己也不知道啊。"

"你比我知道得更多。"

"你知道得越多,就会发现越多奇怪之处。"

"你说你来这里已经有一年了,那么你是怎么坚持过来的啊?"

她笑了,笑得颇有些伤感和听天由命的意味,"跟其他所有人一样,我只是……只是让自己去相信谎言而已。"

"什么谎言?"

"这里的一切都很好。我们所有人都住在一个完美的小镇里。"

"哦,这里是'人间天堂'。"

"你说什么?"

"我说'人间天堂'啊。这是昨天晚上当我试图开车驶出小镇的时候,在镇郊的一块标志牌上看到的。"

"我刚在这里苏醒过来的时候,因车祸给身体带来的伤痛而迷惑不已。他们跟我说我一直都是住在这里的,我听了还真相信了。我稀里糊涂地徘徊了一整天,后来治安官波普找到了我。他护送我去了'啤酒花园',也就是你和我第一次见面的那个酒吧。他说我在遭遇车祸前是那里的一名侍者,可是在我印象中,自己从来都没有在酒吧工作过。后来他又带我去到了一座我从未见过的维多利亚式小屋里,告诉我说那里就是我的家。"

"然后你就那样相信他所说的话了?"

"当时我的脑子里几乎一片空白,没有任何跟过去生活有关的回忆。伊桑,我不过就只知道自己的名字而已。"

"可是回忆总能找回来的呀。"

"没错,后来我发现事情相当不对劲了。我没法跟小镇外的世界有任何联系,我也渐渐知道我真实的人生并不是现在这样的。还有,我隐隐觉出了波普身上的阴险和恶意。出于本能,我知道自己不该向他打听任何事情。

"我没有汽车,所以我开始步行很远去小镇的外围地带。可是,我遇到了一件相当奇怪的事情。每当我靠近道路回环之处的时候,你猜谁出现在了我面前?我渐渐明白波普其实并不是治安官,而是一名监狱长,他的工作是看守住在这里的所有人。我意识到他肯定以某种方式对我进行监控和追踪,所以在接下来两个月的时间里,我每天都保持低调,过着平常的生活,上班,下班,结交一些朋友……"

"你的朋友们也都相信那些谎言?"

"我不知道。从表面上看,他们从来都不露声色,没有人会指出这里的生活有任何不同寻常之处。过了一段时间,我开始意识到一定是某种恐惧感令所有人都妥协了并安于现状。至于恐惧感因何而来,这个我就不知道了,当然我也没有去问过任何人。"

伊桑回想起了自己偶然遇见的那场街区聚会——天哪,那不是昨天晚上才发生的事情吗?而它看起来是那么的正常。他想到了黑松镇里的所有那些古雅的维多利亚式房屋,以及住在其中的

227

所有家庭。有多少居民——或者说囚犯——在白日里以无忧无虑的精神状态示人,可他们在夜里却不能入睡,头脑无法安息,在恐惧中偷偷思考自己为什么会被拘禁在一个风景如此优美的监狱里呢?他继续思索着——可是人类总是有很强的适应能力。他猜想有很多人一定说服了自己——也说服了他们的子女——去相信目前的生活就是他们一直以来所过的正常生活。有多少人是抱着"活在当下"的心态日复一日地在这里安然生活下去,同时又不断地摒弃自己头脑里所冒出的关于过去生活的种种回忆呢?与其冒着可能会失去一切的巨大风险去寻求那未知的、超出自己理解能力的答案,倒不如接受自己无法改变的现实来得更轻松些。当那些长居此地的囚犯们任凭自己的思想泛滥,开始想象监狱高墙外的生活是什么样的,以及是否和这里的生活有很大不同的时候,他们常常会选择自杀,或者试图采取一些不符合此地规矩的行动。

贝芙丽继续说道:"在我来到这里几个月后的一天晚上,一个男人来到我打工的酒吧,塞给我一张纸条,上面写着'你左边大腿的后面'。当天晚上我洗淋浴的时候,第一次摸到了它——皮肤下面一个小小的肿块状凸起物,可是我并不知道我应该如何处理它。接下来的那个晚上,他又来酒吧找我,这次他在一张票券上写下了一行新的信息:'割开皮肉,把它取出来,要确保它完好无损,他们就是用它来追踪你的。'

"在头三次的尝试中,我都临阵退缩了。第四次,我鼓足了勇气,按他说的做了。从那以后,白天我总是将那块芯片随身携带着,就跟其他所有人一样。奇怪的是,在大部分时段里,我觉得自己目前的生活实在是再正常不过了。我会接受邀请去某人的家里吃晚餐，或参加街区聚会什么的。我常常会想象或许我一直都过着这样的生活吧，而脑子里关于从前生活的回忆不过是梦中的情景而已。我也开始观察周围的人们是如何慢慢接受黑松镇的生活的。

"到了夜里，当我在酒吧的轮班工作结束之后，我会回到家里，把那颗芯片放在我晚上应该待着的地方——那就是我的床上，然后走出家门。每天晚上我都会往不同的方向走去，可走到最后我总是会走入一条死路。往北、往东和往西，最终都会走到高耸的悬崖边，我能贴着峭壁向上攀爬大约一百英尺的高度，可是越往上走，峭壁就越是光滑而险峻，到最后我总是会在某个无法用手抓住任何岩角的地方，或者一个没有勇气再继续攀爬的地方放弃自己的冒险行动。我在那些峭壁的底部看到了好些骸骨——看那样子都是在原地放置了许久、早已断裂的人类骸骨。它们的主人都是那些试图从峭壁攀爬出去，却不幸坠崖身亡的探路者。

"我第四次夜里外出的时候，沿着主街一路往南走，当初我正是沿着这条路进入黑松镇的。我的发现跟你一样，那是一条回环的路，最终又回到了镇上。不过我又试了一次，这一次我走出道路继续往南，进到了一片树林中。至少走了半英里的距离，我来到了一道栅栏跟前。"

"一道……栅栏？"

伊桑腿部的疼痛感又加剧了，比先前贝芙丽割开他的皮肉时

229

还更加厉害，令他着实难以忍受。于是他松开了缠在腿上的强力胶带，疼痛略有缓解，可血又开始流了。

"那道栅栏足足有二十英尺高，在我看来，它将那片树林完全包围起来了。栅栏顶部安装了带刺的铁丝网，铁丝网不住地发出'嗡嗡'的声响，听上去就像是带电似的。在栅栏上每隔五十英尺便立着一块标志牌，牌上写着：'敬劝尽快返回黑松镇！越出此界，你将必死无疑！'"

伊桑再次将自己腿上的伤用胶带裹了起来。

那跳动着作痛的感觉已经减弱了，不过疼痛感并没有完全消失，只是看起来趋于平缓了而已。

"你在那里找到一条可以出去的通道了吗？"

"没有。那时候天快亮了，我认为我最好还是赶紧回到镇上去。可是就在我转身准备离开的时候，却猛地发现一个男人正站在我的面前。我当时简直吓得要死，后来才渐渐意识到了他是谁。"

"他就是告诉你芯片秘密的那个男人吗？"

"没错。他说每天晚上我外出的时候他都一直在跟踪我。"

"他是谁啊？"伊桑随口问道，问完之后他依稀看到贝芙丽脸上掠过了一丝阴影，不过在这暗淡的光线之下，他也不能确定自己有没有看错。

"比尔。"

伊桑顿时感到自己全身如同通了电一般地刺痛。

"这个比尔，他姓什么呢？"他问道。

"埃文斯。"

"噢，上帝啊！"

"怎么了？"

"埃文斯就是那个死去的男人。是你指引我去那栋房子的。"

"是这样的。我想让你尽快意识到这个地方是多么的危险。"

"我也很快就意识到了这一点。比尔·埃文斯，他正是我奉派来黑松镇寻找的特勤局特工之一。"

"我不知道比尔是特勤局的特工，他不会告诉我任何跟我们所谓的'前生'有关的事情。"

"他是怎么死的？"

贝芙丽捡起地上的手电筒，它的光芒强度正在变弱。

她关掉了手电筒的开关。

陵墓里一片漆黑。

除了雨声之外，就什么也听不见了。

"事情发生在我们试图逃走的那天晚上。我到现在都不知道他们当时是如何知道我们准备逃走的，我和比尔如同往常一样，将自己的芯片放在了床上，然后离开家，到我们事先约定好的地方去碰面。我们随身带着必需的日常生活用品，还有食物什么的……然而最终我们失败了。"

伊桑能听出她声音里流露出来的悲伤情绪。

"后来我们不得不分头行动。"她继续说道，"我设法回到了自己所住的房子里，可是他们却逮住了他。后来，他们用残忍的手段折磨他。"

"折磨他的人是谁?"

"所有人。"

"所有人?"

"全镇的所有居民,伊桑。我甚至……我甚至能在我自己的房子里听到他的尖叫声,可是我对此却无能为力,完全帮不了他。后来我终于明白了,我意识到他们之所以要以这样的方式对待试图逃离小镇的人,目的就是为了以一儆百,使得此地的其他居民不敢再萌生逃离的念头。"

接下来,在看似相当漫长的一段时间里,两个人都没有再说话。

最终,伊桑开口说道:"我从来没有去过你所说的栅栏那里,不过我倒是在小镇南端道路的急弯外面的树林里徘徊过一阵。就在昨天晚上,我敢发誓我在那里听到了一些声音。"

"什么声音?"

"听起来像是尖叫声,也有点像哭喊声,抑或是介于两者之间的一种声音吧。令人难以置信的是,我觉得那声音似乎是从前听到过的。它曾出现在我的睡梦中,或者是在另一种生活形态中。那声音让我想起了狼的嗥叫声,于是我的内心被突如其来的恐惧感填满了。当时我唯一的反应就是赶紧逃离那里。现在你跟我说起那道带电网的栅栏,我不禁想问:为什么那里会竖起一道那样的栅栏?它是为了阻止我们进到栅栏里面吗?还是为了阻止什么东西从栅栏里面出来?"

伊桑突然听到了一些声音,起初他以为那声音是自己脑子里凭空想象出来的——是帕姆护士为他注射的镇静剂之后效所致，或者是由于波普的殴打给自己带来的精神创伤，以及自那以后的种种经历使然。

可是那声音却迅速增大了。

那是某个物体发出的铃声。

噢，不对。

应该是很多个物体同时响铃的声音。

有成百上千个铃声此起彼伏地响了起来。

"那是什么声音？"伊桑问道，挣扎着想要站起来。

贝芙丽已经来到了门边，正努力将门拉开，门上的合页发出了极为刺耳的摩擦声，随即一股冷空气涌入了陵墓，同时那铃声也变得更为响亮了。

伊桑一下子明白了那是什么声音。

那是五百部转盘电话的铃声同时响起的声音，嘹亮而可怕的铃声响彻了整个山谷。

"噢，天哪。"贝芙丽叹道。

"怎么了？"

"在比尔死去的那天晚上，刚开始也是这样的情形。"

"我不太明白你的意思。"

"现在黑松镇每一座房子里的每一部电话都响了起来。人们在电话中被告知要找到并杀死你。"

伊桑振作起精神，准备直面这则信息带给自己内心的极大冲击，可他只是隐隐地知道自己应该因为目前的情形而恐惧战兢。

他知道一些可怕的事情即将发生，但是他自己的内心却变得麻木而无感。近几天来，他所遭遇的一连串灾难已经令他丧失了活跃的意识，只是机械化地想要设法在濒死的绝境中逃生。他的头脑里已经没有多余的空间来盛放任何想法和情绪，他所有意志力都被集中起来用以让自己活下去——这就是他唯一的感知了。

"我要出去把芯片扔掉，然后再回来继续躲在这里。"他说，"一直躲到他们离开这片墓园为止。"

"在黑松镇里住着五百多号人，他们当中的每一个人都会出来寻找你的下落。我在想最终应该会有人找到这个陵墓并走进门来，而到了那时，你一定不会还想继续待在这里。"

伊桑一把将手电筒从她手里抓了过来，握在自己手里，然后按开了开关，跛着脚朝地上的行李袋走去。

"这里面有什么？"他跪在行李袋旁边问道。

"为你准备的服装和鞋子。我是估摸着你的尺码准备的。"

"有什么武器吗？"

"噢，抱歉。我没能搞到什么武器。"

伊桑将行李袋里的物品一一取了出来，一件长袖黑色T恤，一条黑色牛仔裤，一双黑色皮鞋，还有十二瓶矿泉水……

"快把手电筒关掉！"贝芙丽咬着牙低声对他说道。

伊桑关掉了手电筒。

"你得马上离开这里。"她说，"他们已经来了。"

"让我先把衣服换上，然后……"

"他们已经进入墓园了，我能看到他们的手电筒光。"

伊桑把手里的东西扔在地上,一瘸一拐地走到了陵墓的铁门边。在门外的黑暗中,他看到四个光点正在墓碑与墓碑之间穿梭不已。

尽管在目前的天气条件下判断距离是一件相当不容易的事情,不过伊桑能大致看出他们约莫是在离陵墓几百英尺远的地方。

一部部电话陆续安静下来,没再继续响铃了。

贝芙丽把嘴凑到伊桑耳边低语道:"你得找到小镇西南端的那条河。当初我和比尔原本是打算选择那条路线的,那是唯一一个还没有被我彻底探索过的方向。比尔沿着那个方向走了一小段距离之后,他认为那条路还蛮有希望的。"

"那么我们在哪里会合呢?"

"你只需要去到河那里,然后再沿着河岸往上游的方向走。我会设法找到你的。"

贝芙丽将身上雨衣的帽子扬起来戴上,走下了陵墓门前的阶梯,然后快速地奔入了黑暗。伊桑听着她的脚步声渐渐减弱,随后很快就彻底消失在了雨夜中。

他在门口徘徊着,一面留意那渐渐靠近的手电筒光,一面朝陵墓外那漆黑一团的空间张望着,心里盘算着自己是应该花两分钟的时间换上贝芙丽准备的服装并收拾好可以带走的生活用品呢,还是应该马上冲进门外的黑暗世界中。

手电筒的光点越来越近了,四束光芒齐刷刷地径直射向了伊桑所在的陵墓,同时他还能听到几个人彼此交谈的声音。

该死,得赶紧做决定了。

他正在浪费无比宝贵的逃生时间。

如果他们在你还没有离开的时候就来到了这里，那么你就死定了。到时你将无路可逃，而他们一定能在你换好衣服之前就找到你……

于是他赶紧跑进了黑暗中。

他身上仍然穿着医院的病号长袍，脚上没有穿鞋。他赤着脚从草丛和泥淖中飞快地奔跑着。

雨水落在他的脸上和身上。

他全身上下仍然疼痛不已。

寒冷的感觉几乎将他吞噬。

每迈出一步，左腿的肌腱都会发出声响来。

他抛开所有的情绪和感觉——恐惧、苦恼以及寒冷——避开一座座墓碑，奋力地在松树林中穿梭着。

伊桑身后那四个手电筒的主人看起来还没有发现他的行踪，因为它们依然停留在那座陵墓所处的几条路径的交叉口。

由于光线极其黑暗，想要辨明方向实在不容易。他不知道自己的前方是北还是南，是进入小镇还是远离小镇，不过他持续不断地奔跑着，最终来到了一面破旧的石墙旁边，这里就是这座墓园的边界了。

他纵身跨坐在墙头，用片刻的时间喘了几口气，然后回头看了看自己来时的路。

他看到了更多的手电筒光芒。

在先前的四个光点之外，他还看到了六个新的光点，而且每隔几秒钟就有越来越多的光点出现。真可谓是黑暗中的"萤火虫"大军啊,然而他很快发现所有的光点都朝着他所在的方向涌来,而且还上下跳动着,这令他不禁担心那些握着手电筒的人们恐怕正在奔跑。

伊桑赶紧将自己的芯片扔在了墙头上。

随后他往石墙的另一侧一跃而下,着地时他不禁因为左腿肌腱的疼痛而龇牙咧嘴了片刻,不过他很快便恢复了常态,继续在一片修剪过的草坪上奔跑起来。

远处的运动器材在黑暗中闪着微光,他能透过一盏悬臂街灯的光芒看到正在下落的雨水。

在更远的漆黑的松树林中,有更多的手电筒光芒和更多的人声。

墓园里有人在喊叫着什么,尽管他不确定这喊声是不是针对自己的,但他还是不由自主地加快了前行的步伐。

随着他越来越靠近秋千和滑梯,他渐渐开始反应过来自己究竟身在何处。压过了落雨声的潺潺水流声,以及他的心脏"噗通"狂跳的声音,更是印证了他的判断是准确的。

尽管他在黑暗中还看不到那条河,可他知道自己左手边就是那道长满了草的河堤,那里正是他五天前在黑松镇醒来时所处的位置。

那条河就快到了。

他调整了一下自己的方向,朝着水流声传来的方向跑去,可是随即他看到一束光芒照在了他认为是河堤的地方。

伊桑飞快地从滑梯旁边跑过，然后侧着肩穿过了一丛湿漉漉的灌木。他身上穿着的单薄的病号长袍被灌木丛的树枝划得破烂不堪，一块面料还缠绕在了他的脖子上，令他几乎窒息。

他拼命将长袍从自己身上撕开，可他却来不及尽情地呼吸以补充肺部缺失的氧气，他没有一分甚至一秒的时间可以耽搁。

来自墓园、河边以及公园北端松林里的手电筒光芒，此刻全都聚集在了开阔的空地上，并一齐朝着他所在的方向疯狂地涌动而来，同时还伴随着闹哄哄的杂乱人声。

伊桑的血液中涌入了一股新的肾上腺素。

他那双沾满泥泞的脚不住地拍击着湿漉漉的路面，整个人在马路中央赤身裸体地狂奔着，雨水狂乱地泼洒在他脸上。

他开始意识到自己的目标已经改变了。

眼下他的目标不再是去到河边，而是得赶紧找到藏身之处以避开当前这疯狂的处境。他不知道有多少人在追赶自己，也不知道这些人当中有多少人已经看到了自己，可是他知道如果自己继续在小镇里裸奔下去，很快就会被那些人抓住并处死。

一个低沉的声音喊道："在那儿！"

伊桑回头一看，三个人影从一栋维多利亚式的大房子里蹿了出来，走在最前方的男人迅速走下门前的阶梯，穿过前院，抬脚跨出一大步，从一道白色尖桩篱栅上方一跃而过，而他的两名同伴则在房子大门边摸索着试图拉开门闩。

那个跨越篱栅的男人在人行道上着地之后，便加速奔跑起来。他穿着一袭黑衣，只听得他脚上的靴子"梆梆"地敲打在地

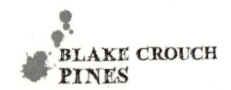

面上。他的手里握着一把大砍刀，被雨水淋得湿漉漉的刀锋在他的头灯光芒下微微发着光。伊桑拼命地奔跑着，重重地喘息着，这时他脑子里有个声音正以一名试图用冗长的发言阻挠立法投票的议员讲话的语气冷冷地说——那个男人离你还有五十米，他手里拿着武器，很快就会追上你的。

　　接下来你应该怎么做呢？

BLAKE CROUCH
PINES

第十章

阁楼上的这扇窗户是整栋房子里最高的窗户。

窗户呈泪珠形状,上面有一片挑檐遮挡着,可以防止窗玻璃被外面的雨水淋湿。

夜已经很深了,雨水正淅淅沥沥地落在她头顶上方的白铁皮屋顶上,在以往那一个个相安无事的夜晚,这是一种无比平静祥和的声音。

这声音伴随着她入睡、做梦……

她的电话没有像其他人家里的电话一样响起来,为此她着实心存感激。

她曾祈祷他们不会指望她加入其中,而她家的电话在这样的夜晚竟然没有响铃,这令她在午夜噩梦中惊醒过来后略感安慰。

站在房子的三楼,她能看到无数亮着光的手电筒出现在了山谷中,那画面像极了大城市里夜幕降临、华灯初上的情景。手电筒的数量总共有近千个,大多数都在离她很远的地方,透过瓢泼大雨,它们看起来不过是一个个微弱的小光点。另外还有一些手电筒离她更近一些,她能看到它们发射出来的一个个小光锥在镇上的大街小巷和山谷中的洼地里扫射着,一阵阵雾气正慢慢地沉降下来。

当他进入她的视野时,她的心跳骤停了片刻。

他全身赤裸。

每一寸皮肤都苍白不已。

他就像个幽灵似的跑在街道中央,三个身着黑衣、手握大砍刀的男人正跟在他身后紧追不舍。

她早就知道这样的事情终究会来,她原本以为自己已经为此做足了心理准备,可是当她亲眼看到他本人时——连同他由内而外发散出来的惧怕、恐慌和绝望——她只得狠命地咬住自己的下唇,不然她肯定会不由自主地高声呼唤他的名字。

我正在观看他的死刑。

伊桑朝着主街上的一排房屋跑去,很快就从她的视野范围中消失了。她的胸口仿佛被一连串大型铅弹击中了一般疼痛不已——刚才她已经和他见过最后一面了,因为将来她不会去第一大道的某一座房子里看他接下来遭遇的事情,不会去看她的丈夫——她儿子的父亲——将遭受怎样的苦痛刑罚。

更多的人同时涌入了这条街,每个人都朝着主街的方向狂奔着。

尽管此时的天气显得沉闷而又凄凉,可是处处却充满了狂欢的气氛。她看到越来越多的人穿戴上了喜庆而华丽的服饰,无疑他们已经为即将到来的重大事件提前做好了准备。

尽管她从来没有听任何人提起过跟类似这种"庆典"有关的事,可是她知道其实有好些人一直在心底里默默地盼望着各家电话铃声同时响起的时刻。

这样一来,他们便有机会在深夜里横冲直撞,放肆地胡作非为,令某个不幸的人受尽痛苦和折磨。

上次她和本杰明也加入了这群暴徒的行列——这不是他们可以自行选择的事情——他们未能进入将比尔·埃文斯殴打致死的风暴中心，只是在人群的外缘听到了那出悲剧发生的全过程。

他们听到他那痛苦的呼号和乞求很快就淹没在了人群中爆发出来的疯狂笑声和嘲弄声里。

在那之后，全镇的居民都聚集在主街上狂欢，直到天亮。人们尽情地饮酒、唱歌、跳舞、享用美食，还放起了烟花——她不禁因这一切事情而感到厌恶，可与此同时，她也发现整个小镇弥漫着一股整齐划一的喜庆氛围，连空气中仿佛都充满了激荡的电荷。

人们互相拥抱，兴高采烈。

那是一个由人类的邪恶、快乐和疯狂所组成的夜晚。

说那个夜晚是地狱里的狂欢，丝毫也不为过。

她在黑松镇待了五年，只经历过四次这样的"庆典"。

今晚将是第五次。

特丽萨抹掉了脸上的泪水，转过身去不再看着窗外。

她在空旷的阁楼上放轻了脚步行走着，特别留意不让脚下的木地板发出任何程度的"嘎吱"声。如果她吵醒了本杰明，从而让他发现一场"庆典"正在进行当中，他一定会坚持跑出去并加入小镇居民们的行动。

她从升降梯上走了下来，收好梯子，然后将阁楼的门掀上去关好了。

站在这座寂静房子的二楼思考着外面正在发生的事情，着实有些奇怪。

她沿着走廊走过去，在本杰明房间的门口停下了脚步。

他睡着了。

时间一天天过去，这个十二岁男孩跟父亲越来越相像。

看着熟睡的本杰明，她心里想着，等他们最终抓住了伊桑之后，伊桑会大声呼号吗？

她会听到他的喊声吗？

如果能听到的话，她能受得了吗？

有时候生活中的一切都显得无比正常，就像它们一直以来就是那样似的，可是有些时候，那些她不让自己再问的问题所带来的隐忧和压力会折磨着她，使她觉得自己像一块行将被打碎的古老水晶一般脆弱而绝望。

主街上很快便会响起音乐声，而她的儿子很可能会因此而被吵醒。

本杰明一定想知道外面发生了什么事情，那时她没法对他撒谎。

她没法在他面前掩饰什么。

他是那么冰雪聪明的孩子。

而她作为一位关心和尊重儿子的母亲，该跟他说些什么呢？更为艰难的问题是……

在距离今天一个星期之后，当她午夜里独自在自己漆黑的卧室里醒来之时，想到她将永远不能再见到自己的丈夫了……

那时，她又该对自己说些什么呢？

BLAKE CROUCH
PINES

第十一章

伊桑飞快地跑过了下一个十字路口，他每一次回头看的时候，都发现身后出现了越来越多的手电筒光束，不过如何对付离他最近的追赶者——也就是先前那个跨越篱栅的男人——才是他目前的当务之急。那个男人跑得很快，将两名同伴远远地甩在身后，伊桑总觉得那家伙看起来有些眼熟——他是个秃头，戴着一副银框眼镜。当秃头眼镜男和伊桑的距离缩小到不足三十英尺的时候，伊桑突然意识到了：自己两天前想赊账买阿司匹林药片时遇到过一名药剂师，此人秃头，脸上有一副银框眼镜……

主街就在前方一个街区之外，现在已经隐约可见，伊桑听到街道两侧一栋栋两三层楼高的房屋里传来了令人不安的声音——人们正兴高采烈地彼此谈论着什么。

无论如何他也不想全身赤裸着跑到主街上去。

可是在他目前的处境之下，如果不改变行进路线的话，那么不出二十秒他将裸奔着进入主街。

在伊桑和主街之间还隔着一条街，它甚至不能被称之为街道——只不过是横在一排房屋背后的一条单行小巷而已。这时伊桑脑子里突然冒出了一个念头，这个念头促使他体内的肾上腺素迅速提升了数倍：要是他拐弯进入了那条小巷后却被某个暴徒堵在了里面，那么他就彻底完蛋了。

他将被一名手握大砍刀的药剂师狠狠地砍死。

那可真是冤家路窄。

街边不远处有栋平房,是一家汽车修理厂,他观察着那栋房子的拐角,心里想着如果自己从汽车修理厂那里拐弯过去,将可以从药剂师的视线里消失大约两秒钟的时间。

如果那条小巷里没有埋伏着暴徒,那么两秒钟的时间对他来说已经足够了。

先前伊桑一直在街道中央奔跑,现在是时候做出一些改变了。

他踩在湿漉漉的人行道上,转而朝右侧跑去,脚底下有些打滑。

可千万别摔倒了啊。

他穿过一片草丛,随即穿过了一截人行道,然后又穿过了一片草丛。当他最终来到小巷的入口时,才突然发现自己一时不知道接下来该做什么。

没有时间来做什么计划,只能随机应变了。

根据药剂师的脚步声,伊桑估计对方此时正在自己身后六步远的地方。

伊桑冲进了小巷。

脚下的水泥路变成了泥地。

而且光线也更暗了。

小巷里弥漫着雾气,街边被雨淋湿的垃圾也散发出难闻的气味。

他看到前方临近区域一个人也没有,不过在几百英尺开外的地方倒是出现了两个手电筒的光点,而且正在朝他靠近。

伊桑以一种在滑雪板上刹车的步法侧过身子，将两脚平行放置，骤然停下了脚步。由于向前冲的惯性实在太大，他差点儿翻倒在地。

他站稳了之后，转身朝来时的方向奔去，并在汽车修理厂的拐角处拼命加速。

小心，全神贯注，千万不能出岔子。

这次碰撞极为惨烈，伊桑的额头猛地撞上了药剂师的下巴，后者的下颌骨一定被撞得骨折了。因为速度快，冲力大，伊桑的身体甚至有半秒钟的时间悬在了空中。

伊桑后退几步，血水顺着脸颊不住地往下流。

药剂师震惊不已地坐在地上，片刻之后，他扭头将嘴里脱落的牙齿吐在路边。

先前的撞击使得伊桑一时有些头晕目眩，过了好几秒钟的时间，他才意识到躺在路边的长长的金属物体原来就是药剂师一路上握在手里的那把大砍刀。

伊桑飞快地伸出手去，一把捡起了那把大砍刀，而药剂师则抬起头来茫然地看着伊桑。他顿时明白了伊桑的举动意味着什么，随之而来的恐惧感令他立即恢复了清醒的神志，比治疗昏厥的嗅盐还有效呢。

伊桑的手指紧紧握住了大砍刀的握柄，他注意到握柄上还缠了几圈强力胶带，这是为了在雨中使用时可以防滑。

药剂师举起两只虚弱无力的手臂，试图抵挡那即将来临却又无法逃避的攻击。

伊桑挥舞着大砍刀，先虚晃了一下，随即抬起脚来，对准药剂师的脸部猛地踢了过去。药剂师向后倒去，后脑勺"嘎扎"一声撞在了硬邦邦的路面上，听起来颅骨都已经碎裂了。

药剂师并没有失去知觉，只是躺在地上呻吟着，这时他的两个朋友朝这边跑了过来——再过十秒钟他们就能来到伊桑身旁。在他们身后一个街区之外，握着手电筒的人们就像涌入街道的牛群一般奔了过来，无数双鞋子踩在湿漉漉的路面上，脚步声越来越响。

伊桑转身跑回了小巷里，紧接着他如释重负般地发现先前看到的两个手电筒光点已经消失不见了。

他奋力奔跑着，他得充分利用这段宝贵无比的时间，让自己脱离追兵的视线。

又跑了二十步之后，他来到了一个巨大的铁制垃圾桶跟前。

他丝毫没有犹豫，绕到大铁桶背后，扑倒在地上，随后爬进了铁桶与砖墙之间的狭小缝隙里。

此时的他除了能听到自己"怦怦"的心跳声和像狗一样大声的喘息之外，其他什么都听不到了。汗水和血水顺着他的脸颊流进了他的眼睛里，渐渐凝固起来，他全身的肌肉如同被酸性化学物质烧伤一般发红。他整个人看起来，很像一名在马拉松比赛中途因身体不适而突然停跑的运动员。

从垃圾桶的另一侧传来了一连串脚步声，它们逐渐加强，随即又逐渐减弱。在伊桑听来，这脚步声像极了美妙的乐章。

伊桑将一侧脸颊紧贴着地面，埋进了混杂有玻璃碴和碎石的淤泥里。

雨水接连不断地落在他背上，还在他的四周聚集成了一个个小水塘。每当有新的雨滴落到水塘里，便会激起一圈圈涟漪。

他本可以一整夜都趴在原地，直到白昼来临。

快起来吧。要是你被冻僵了就完蛋了。

伊桑用两只手掌撑着湿漉漉的地面，挣扎着将身体向上抬升了一些，原本平趴在地的他现在改为了跪趴的姿势，用双膝和双手支撑着全身的重量。

他以同样的姿势从垃圾桶和墙壁之间退了出来，然后蹲在垃圾桶旁边，留神聆听了一会儿。

他听到了遥远的人声。

遥远的脚步声。

以及主街那边传来的喧闹声。

不过听起来他的近旁已经没有什么危险了。

他站起身来，回头看着小巷入口的方向，有一大群人正慢跑着从巷口经过，向着主街的方向跑去，似乎是想去那里看个究竟。

伊桑紧贴着砖墙，朝着被雾气笼罩的幽黑小巷的深处走去。

走出大约三十英尺之后，砖墙上出现了一扇木门。

他又回头看了看垃圾桶方向的情形。

现在有一个人正朝着小巷深处走来，一束手电筒的光芒在小巷里来回扫射着，与此同时伊桑还能听到那人的鞋底踩在地面的碎石上所发出的"嘎扎"声。

伊桑用力拉开了身旁的木门，房子里的灯光顿时照了出来，透过迷雾投射在了小巷的路面上。

他匆匆走进屋内,顺手将身后的门拉过来关上了,这时他眼前是一排明亮的阶梯。

可是圆柱形的锁体已经被人取走了,锁洞里被塞进了一块实心金属。

看来这门是没法被锁上的。

伊桑快步走上狭窄的阶梯,攀爬时所带来的肌肉压力使他左大腿的后侧又开始钻心地痛起来。

他刚来到二楼,紧贴小巷的那扇木门突然被人打开了。

伊桑回过头去,看到阶梯下面站着一个高大的男人,他穿着一件正在往下滴水的黄色雨衣,一只手里拿着一把手电筒,另一只手里握着一把菜刀,伊桑猜测那把菜刀是他从自家的刀具架上取下来的。

持刀男人的眼睛被雨衣帽子的阴影遮挡住了,不过伊桑能看出他的下巴非常厚实,至于他的手——尤其是握着刀的那只手——看起来稳若磐石,由此可见他的内心沉着镇定,没有一丝一毫的紧张不安。

当靴子踏在阶梯上的声音从伊桑下方传来的时候,他赶紧穿过楼梯平台,紧接着开始继续攀爬向上的阶梯。

伊桑来到了三楼的楼梯平台,随后穿过一扇门走进了一条走廊里。

走廊上空无一人,非常安静,灯光有些昏暗。

墙上每隔二十英尺左右有一盏提灯式样的壁灯。

走廊上有很多门,每一扇门的正中央都镶有一个黄铜做的数字牌。

这是一座公寓楼吗?还是酒店?

伊桑听到一阵沉重的脚步声从楼梯井的方向传了过来。

他一边沿着走廊往前走,一边试着扭动每一扇门的门把手。

第一扇门是锁着的。

第二扇门也一样。

第三扇……锁着的。

锁着的。

还是锁着的。

他知道从楼梯井通往走廊的那扇门随时都有可能被人打开。

接下来的门仍然是锁着的。

这时他来到了房号"19"的门跟前,开始了第七次尝试,这一次门把手竟然能转动了。

他握紧了手中的大砍刀,以防有人潜伏在门背后发动突袭,然后用脚尖轻轻地推开了门。

眼前是一个狭小而黑暗的公寓套房。

里面看起来像是空无一人。

他走进门内,关上了房门,与此同时他听到从楼梯间通往走廊的那扇门被人推开了。好险。

伊桑抬起手来,将门锁上方的防盗链挂入了对应的沟槽里。

他贴着门站立,听到走廊入口的那扇门"砰"的一声被关上了。

靴子敲打在走廊的硬木地板上，伊桑听得出来门外的追踪者明显放慢了脚步。

从他的脚步声里听不出任何仓促和狂乱的意味。

伊桑能想象出那个身穿黄色雨衣的男人沿着走廊有条不紊地前行的样子。他应该知道伊桑一定是进到了走廊上的某个公寓套房里，可是他无从判断伊桑进的是哪一扇门。

脚步声越来越近了……

现在这扇门和其他门一样，都是锁着的……

然而，脚步声竟在19号房间的门外停止了，伊桑低下头来，看到从门下缝隙透进来的灯光被两道黑影挡住了一些。

这家伙怎么会知道该在哪扇门前停下脚步呢？

该死！

他一定看到了那些沾着泥泞的脚印。

过了几秒钟，黑影消失了，门外走廊上的硬木地板因承受了过重的压力而发出了"嘎吱"的声响。

伊桑步履不稳地后退了几步，从右手边的拐角绕了过去，进到了一间小厨房里。

随即他听到了木材断裂的声音。

门锁上的链条也"咔哒"一声断开了。

走廊上的灯光立即照亮了这套公寓房。

原来房门被那身穿黄雨衣的男人一脚踢破了。

伊桑正背对着一台发动机嗡嗡作响的电冰箱，他能看到那个男人的影子正在进入这套公寓。

男人跨进门来，沿着短小的走廊走向起居室，他的影子渐渐被拉得越来越长。

他在离厨房几英尺远的地方停下了脚步。

伊桑能听到雨衣上的水珠滴落在地毯上的声音，以及越来越靠近的沉重呼吸声，与此同时伊桑开始尽可能地屏住呼吸，不发出任何声音来。

伴随着一记柔和的"咔哒"声，一束手电筒的光芒射进了起居室，随即缓缓地沿着墙壁向两扇大窗户边的几个书架移过去，现在窗帘是关着的。

透过那两扇窗户，伊桑能听到外面主街上的喧闹声正渐渐增大。

手电筒的光照亮了一张皮革沙发和一张咖啡桌，桌上的杯垫上摆放着一个马克杯，从杯子里冒出来的缕缕热气令整套房子都充满了甘菊茶的淡淡芬芳。

光束从一张放在相框里的照片上一掠而过，照片中是秋日里的一片山杨树林，树林背后有覆盖着皑皑白雪的起伏山峦，上方是十月里高爽的蓝天。随后，手电筒的光束射进了厨房，从炉灶、碗橱、咖啡机和不锈钢水槽上一一掠过，继而朝着伊桑所在的位置扫射过来。

伊桑赶紧蹲下来伏在地上，在油毡地板上爬行着，来到了厨房中央的炉灶台与水槽之间的阴暗区域。

穿雨衣的男人走上前来，伊桑看到他手里的手电筒光束径直照向了自己五秒钟前所站立的冰箱旁边的位置。

脚步声仍在继续。

伊桑死死盯着这个危险分子映射在炉灶台上方的微波炉玻璃门上的影子，只见他正站在起居室里，看着北面墙上的一扇卧室门。

伊桑费力地站了起来，双膝发出了"噼啪"的声响，不过还好这声音被窗外传来的人群喧闹声给掩盖了。身穿黄雨衣的男人正背对着他，小心翼翼地迈着步子朝卧室走去。

伊桑蹑手蹑脚地绕过厨房中央的炉灶台，走出了厨房。

然后在咖啡桌旁边停下了脚步。

身穿黄雨衣的男人就站在离伊桑十二英尺远的卧室门口，正用手中的手电筒照向卧室里面。

伊桑握紧了缠着胶带的刀柄，用另一只手的大拇指轻轻地划过了大砍刀的刀刃。

这刀本来应该是很锋利的，至少应该比现在要锋利得多，看来他得更用力地挥舞它才行。

去吧，朝他冲过去吧，现在你还有机会对他发动突然袭击。

伊桑犹豫着。

在伊桑的职业生涯中曾制造了不少苦难和伤亡，不过他的所有暴力行径都是在黑鹰直升机的驾驶员座舱里完成的。朝着远在两英里之外的目标发射激光制导的狱火导弹，跟在短兵相接的近距离条件下用一把大砍刀杀死一名平民百姓是完全不一样的概念。

头一种情形与操纵电子游戏的差别并不太大，可另一种……

突然，那个男人在卧室门口转过身来，面对着伊桑。

两个男人的呼吸明显变得急促起来。

"你为什么要这样做？"伊桑问道。

对方没有回答。

现在光线很暗，伊桑完全看不清这个男人的脸。

他只能看到对方的轮廓，还能依稀看出对方右手握着的那把菜刀的形状。手电筒正直直地照在地面上，把男人脚上的靴子也照亮了。

伊桑张开嘴正要重复说出自己先前的提问，可对方的手电筒突然向上移动，光束径直照在伊桑脸上，模糊了他的眼睛。

一个物体"咔哒"一声落在了地上。

四周顿时一团漆黑。

伊桑的眼睛因受到光暗急剧交替的刺激，暂时什么也看不见了。

他听到有脚步声正在靠近自己，那个男人身上所穿的牛仔裤伴随着急速行进的动作而沙沙作响。男人每迈出一步，地毯下的硬木地板就会略微颤动一下。

伊桑跌跌撞撞地后退了几步，视力渐渐恢复了。

他瞥见身穿黄雨衣的男人就站在离自己三英尺远的地方，手里的那把菜刀向上扬起，已经做好了随时往下砍的准备。

伊桑挥舞了一下自己手中的大砍刀，动作猛烈而迅速。

他感觉刀刃并没有遇到任何阻力，自己却因为用力过猛而在原地打了个转，身体失去了平衡。伊桑心里暗自着急，我失手了，我死定了。

眼前这个拿着菜刀的男人踉踉跄跄地从伊桑身旁走过，最后在厨房中央炉灶台的侧面突然停住了脚步。

伊桑重新站稳，再度握紧了大砍刀的刀柄，并察看了一下刀刃，以确保它是完好无损的，可就在这时，他留意到有鲜血正从刀刃底部往下滴流着。

伊桑回头看着厨房里的情形。

只见那个男人已经扔掉了手中的菜刀，面朝伊桑背靠在炉灶台上，两只手都捂在脖子的左侧，那里正发出"咝咝"的声响，仿佛轮胎里的空气被释放出来一般。

伊桑退回到卧室门口，蹲下身子捡起了地毯上的手电筒。

他打开开关，照向了身穿黄色雨衣的男人。

黄色雨衣上布满了大量鲜血。

那画面看起来像极了一只红色蜘蛛趴在黄色塑料布上，血正沿着不同的方向直往下流，并在地上留下了一摊摊血水。

男人的脸白得像纸一样，面无表情地看着伊桑，缓缓眨动着眼睛，看起来如同迷失在了某个令人着迷的白日梦里。

最后，他的身体终于沿着炉灶台的侧壁往下滑落，撞倒了一把高脚凳，之后便颓然倒在了地上不再动弹。

#

伊桑从卧室的衣橱里挑出了一条牛仔裤、一件长袖T恤和一件黑色连帽衫，对他的身形来说，T恤和牛仔裤的尺寸略微有些短小，不过也并不是完全不能穿上。他找到的一双网球鞋也有一些问题，他的脚可以顺利地伸进鞋子里，可系上鞋带试走了一圈之后，他却发现脚被鞋子挤得很痛。倘若真要穿上这双鞋走路的话，脚上肯定很快就会起水疱。

而那个死去的男人脚上所穿的靴子尽管比这双网球鞋大很多，却令伊桑觉得更值得一试。

伊桑将靴子从死者脚上脱了下来，然后给自己穿上了好几层袜子，直到自己的脚在靴子里觉得舒适了为止。

再度穿戴整齐的感觉真好，而且此时此刻还能在这套温暖的公寓里避开风雨的侵袭，这让伊桑觉得倍感安适。极大的诱惑使他很想在这里再待上半个小时，包扎处理一下伤口，再适度地休息休息，可是他却不得不继续上路。因为如果有一大队人马碰巧来到这层楼搜寻的话，他就无处可逃了。

伊桑拿起手电筒和大砍刀，朝厨房里的水槽走去。

他把嘴凑到打开的水龙头下面，在那里停留了整整一分钟的时间。他实在是非常口渴，不过他也尽力控制自己不要摄入太多水分。

随后他打开了冰箱门。

很奇怪。

冰箱里面有瓶装牛奶、新鲜蔬菜和一盒鸡蛋，另外还有一些用纸包起来的肉。

可是没有一样预包装食品。

他把手伸进冰箱，取出了一袋胡萝卜和一小块面包，将它们塞进了牛仔裤的侧袋里。

当他朝公寓门口走去的途中，突然听到了一些声音——是从主街上传来的说话声和喊叫声，于是他停下了脚步。

他折回到其中一扇大窗户旁边，将窗帘掀起了一角，往外窥探着。

街道与窗户的距离大约有二十英尺，那里人群骚动，一片混乱。

尽管雨还在下，街道正中央却有人点燃了一堆篝火，躁动不安的人群将自己的影子投射在了街边一栋栋建筑物的外墙上。篝火的燃料是松树苗以及从木头房子上拆卸下来的护墙长板条，两个男人抬着一张木凳朝篝火走去，紧接着伊桑看到他们将木凳举起来猛地扔进了火堆。聚集在这个街区的民众尽管全身都被雨水淋得湿透了，可他们还是因木凳被扔进火堆这一举动而欢呼雀跃起来。伊桑还留意到，越是靠近篝火的地方，人群聚集的密度就越高。

街道上的人们看起来跟他以前所见到的居民完全不一样。

他们当中的大多数人都换上了平常不怎么穿戴的奢华服饰。

女人们的手腕上和脖子上都戴着俗丽的仿真珠宝饰品，满眼看去全都是串珠项链和饰以珍珠的冕状头饰。她们的脸上涂抹着亮闪闪的厚厚脂粉，描了极为突兀的眼线。尽管此时下着雨，天气也很寒冷，但她们还是都穿着暴露的华服，看起来像极了一群正在狂欢的妓女。

男人们的装扮看上去也同样荒唐可笑。

其中一个男人上身穿着一件运动外套，下身却只穿着一条裤衩。

另一个男人下身穿着一条宽松的深色长裤，系着红色的吊裤带，可是却没有穿上衣，头上还戴着一顶圣诞老人帽。他正用一根棒球棒指着天空，伊桑所处的位置比较高，隐约能看到那根白色的棒球棒上画着一些奇形怪状的怪兽图样。

这时，一个站在砖砌花台上的男人引起了伊桑的注意。由于此人处在高位，再加之他本来也身形高大，所以他的头和肩部都高过了周围人群的头顶。这个男人身上披着一件棕熊皮毛做成的衣服，胸前别着星形黄铜胸章，头顶还戴着一个安着一对鹿角的金属头盔，脸上涂抹着条纹状的颜料——那是原始民族征战前涂在脸上的玩意儿。他的一侧肩膀上悬挂着一支霰弹枪，另一侧肩膀上则挂着一把装在护套里的刀。

伊桑看清楚了，他是波普。

波普以傲慢的姿态俯瞰着人群，仿佛他们是自己的私有物一般。篝火的光芒映在他的两只眼睛里，看起来像是两颗星星。

波普正在察看街上各处的情形，借着那堆明亮的篝火，他应该不难发现伊桑正透过这扇位于三楼的公寓窗户向下窥视。

伊桑心里知道自己得离开了，可是却没法从窗边挪开脚步。

这时，伊桑视野之外的人群中突然爆发出了一阵喊叫声，吸引了波普的注意，随即这名执法者的脸上展露出了一个大大的笑容。

波普从自己身上的熊皮大衣的内兜掏出了一个没有任何标签的透明玻璃瓶，里面装着一些棕褐色液体。他将这瓶子举向天空，大声说了句什么，伊桑没法听清，不过人群立即爆发出了震耳欲聋的狂热欢呼声。

就在波普举起玻璃瓶并喝了一大口瓶里的棕褐色液体时,人群开始分散开来,他们在主街正中留出了一条通道,每个人都像是在翘首引颈企盼着什么好事的来临。

伊桑注意到有三个人开始沿着人群留出来的通道并排着朝那堆篝火走去。

站在边上的两个男人穿着深色服装,各自肩上都挂着一把装在刀套里的大砍刀。他们分别握住了走在中间的那个人的一只胳膊……

走在中间的人是贝芙丽。

伊桑顿时感觉到一股无可名状的怒火从心底深处升腾起来。

他能看出贝芙丽连站的力气都没有了,任凭两个男人拖着自己一路前行,两只脚在地面上摩擦而过。她的一只眼睛紧闭着,无疑是挨了粗暴的拳头才变成那样的,伊桑看到她的脸上布满了斑斑血迹。

不过她的神志是清醒的。

清醒而又充满惧怕。

她一直低头看着脚下湿漉漉的路面,就好像试图将身边的一切都摒弃在心门之外一般。

两名押送她的男人一路将她拖到了离篝火不足十米远的地方,随即松开手将她向前一推。

就在贝芙丽倒向地面的时候,波普又喊了一句什么。

原本站在她附近的人们纷纷后退,并在她四周围成了一个直径二十英尺的圆圈。

贝芙丽的哭喊声透过窗户，传进了伊桑的耳朵里。

她听起来像一头受伤的动物，高亢凄厉的喊声里饱含着深深的绝望。

站在圆圈以外的每一个人都在奋力往前挤，不断用手肘顶开自己左右的观众，想要挤到圆圈外围从而看到圈内的情形。由此一来，这个人圈的边缘变得越来越紧实密匝。

波普将手中的玻璃瓶放回衣兜，然后握住了自己的枪。

他用枪口对准天空，连发了一串子弹。

枪声在建筑物之间回荡着，伊桑面前的窗玻璃也因震动而咔哒作响。

人群突然沉寂了下来。

所有人也都停止了活动。

伊桑再度听见了雨水下落的声音。

贝芙丽挣扎着站起身来，伸手抹掉了顺着脸部正中往下流的一行血。即便是置身于这位于三楼的窗户旁边，伊桑也不可能看不到她的身体在剧烈颤动着。她的内心充满了恐惧，因为她清楚知道接下来自己将会经历怎样的可怕事情。

贝芙丽摇摇晃晃地站立在风雨中，身体的重心放在自己的左脚上。

她跛着脚缓缓转了个圈，看着四周的一张张人脸，说了几句话。尽管伊桑没法听到她讲话的内容，可是他绝不会弄错她的语气。

哀求。

还有绝望。

雨水、泪水和血水混杂在一起，顺着她的脸庞往下流。

整整一分钟过去了。

伊桑看到一个人穿过密密匝匝的人群，挤进了圆圈里面。

人群爆发出了一阵阵欢呼声。

紧随其后的是狂热的掌声。

挤进圆圈的男人系着红色吊裤带，没穿上衣，戴着圣诞老人帽，伊桑刚才就看到过他。

起初，他在圆圈的内侧边缘徘徊着，似乎是在给自己鼓气和加添力量——那架势看起来活像一名拳击比赛开始前站在场内角落里跃跃欲试的拳击手。

有人递给他一个瓶子。

他举起瓶子，仰起头，大口大口地喝着瓶里的液体。

随即他握紧了手里那根画着各式图案的棒球棒，略带踟蹰地朝圆圈中央走去。

朝贝芙丽走去。

他来到了她的面前。

她后退着，靠近了圆圈的边缘。

围观者中有人重重地将她朝圆圈中央推了过去，这股推力使她径直回到了握着棒球棒的男人面前。

伊桑完全没有想到他会在这时挥舞球棒。

贝芙丽也没有想到。

一切都发生得太快了，看起来就好像是那个男人在贝芙丽靠近自己的那一瞬间才临时做出决定的。

他以一个流畅利落的动作扬起了棒球棒。

然后猛地一挥。

枫木制成的棒球棒重重地敲打在人的颅骨上，那声音令伊桑出于本能地闭上了眼睛，并把头转到了一边。

人群开始咆哮起来。

当伊桑再度睁开眼睛的时候，贝芙丽已经趴在了地上，正挣扎着向前爬行。

伊桑感到自己心头的怒火已经临近了爆发的顶点。

戴着圣诞老人帽的男人将棒球棒扔到地上，大摇大摆地走进了人群中。

棒球棒沿着路面朝贝芙丽滚了过去。

她朝它伸出手去，可是她的手指离它还有几英寸的距离。

一个穿着黑色比基尼泳装和黑色高跟鞋，头戴一顶黑色冕状头饰，背上插着一对黑色天使翅膀的女人走进了圆圈里面。

她对着人群整理了一下自己的一身行头。

人们又欢呼起来。

这个一身黑色装扮的女人以闲适的步态走到贝芙丽身旁，后者仍挣扎着想要够到那根棒球棒。

女人蹲下身子，露出牙齿，朝贝芙丽灿烂地笑了笑，随后拿起了地上的那根武器，并用两只手紧紧地握着它，继而把它扬起至自己的头顶上方，那姿态看起来像极了电影中扬起战斧的恶魔女王。

噢，不要，不要，不要，不要……

她对准贝芙丽的后脑勺，猛地挥动了棒球棒。

当贝芙丽因极度痛楚而在地上打滚的时候，整条街上都充满了欢快的尖叫声。

此时此刻，伊桑真恨不得驾驶着一架黑鹰直升机，盘旋在主街上方，然后用一把GAU-19格林机关枪以每分钟两千发子弹的射击频率对准那群暴民进行扫射，将他们全都碎尸万段。

伊桑转过身去，用双手举起了起居室里的咖啡桌，用力将其摔到墙上，木材和玻璃板碎了一地。

这个发泄举动使得他心头的怒火燃得越发猛烈。

他迫切地渴望采取一些暴力行径，他脑子里有个声音在提议他应该马上拿着大砍刀跑下楼去，冲到人群中对准他们一阵狂砍。无疑，他们最终肯定会将他制服，可是此时的他却抑制不住地想要冲向那群乌合之众，展开一场属于他一个人的大屠杀。

可是那样一来你就会丧命。

再也见不到你的家人。

而且，你永远都没法揭开这个小镇上的种种谜团了。

伊桑又再度回到了窗户边上。

贝芙丽一动不动地趴在街道上，头部四周的地面上铺开了一摊血泊，血泊的面积还在逐渐扩张。

先前人们在她身旁围成的圆圈已经不复存在了，围观者一齐朝她逼近。

紧接着，所有的暴民突然同时对趴在地上的贝芙丽发动了袭击。

伊桑认为自己在此时选择离开着实是一种背叛行径，可是他没法忍受继续站在这里看着窗外街道上发生的一切，况且他也没法做任何事去阻止那些事的发生——单枪匹马的他没法同时跟五百人对抗。

你没法为她做任何事。她已经死了。趁你现在还能逃，那就赶紧逃命吧。

当伊桑颓丧地朝公寓门口跑去时，他听到贝芙丽发出了一阵惨叫，声音里饱含痛苦和全然的绝望，令他的眼里不禁盈满了泪水。

赶快平静下来吧。

说不定有人正潜伏在门外，准备对你发动突袭呢。

一定要提高警惕。

伊桑走出门，进到了走廊里。

走廊空无一人。

他伸手关上了身后的公寓房门。

这时主街上的喧嚣骚动声变成了模糊不清的低语声。

他抹了抹眼睛，沿着走廊往自己来时的方向走去。当他来到走廊尽头时，迟疑了片刻，然后才推开了那扇通往楼梯井的门。

他在三楼的楼梯平台停下脚步，细心地听了听周围的声响，还趴在楼梯扶手上向下张望了一番。

他什么声音也没听到。

也没发现任何动静。

他正置身于一片可怕的死寂当中。

他开始沿着楼梯往下走。

当他来到一楼后,将门推开了一道宽得足以让他向外张望的缝隙。

屋内的灯光透过门缝洒在了外面的小巷上。

伊桑小心地抬脚走出门,不料却踩入了一个小水洼里,随即他关上了身后的门,进到黑暗的雨夜中。

雨下得比先前更大了。

在接下来的三十秒钟里,他一动也没动,好让自己的双眼渐渐适应这街道上的黑暗。

然后他将连帽衫的帽子拉起来戴在头上,沿着小巷的中央朝南走去。

尽管伊桑能看到在远处一盏街灯的照射范围之内飘飘洒洒下落的雨滴,可是置身于两栋房子之间的黑暗地带的他却连自己的脚都看不清。

这时,从不远处的人群中爆发出了一阵更大的喧闹声。

他想到了贝芙丽,随即迫使自己不要再去想象她此时的遭遇。他狠狠地咬了咬牙,更用力地握紧了手中的大砍刀。

前方传来了一阵脚步声,伊桑赶紧停下了脚步。

现在他正站在离小巷和街道的岔口约莫三十英尺远的地方,由于光线很暗,他相信处在阴暗位置的自己应该不会被对方看到。

一名穿着深色雨衣的男子走进了伊桑的视线范围,他正朝着主街以西的方向走去。

他在伊桑先前注意到的那盏街灯下站住了,朝小巷的方向张望着。

他的两只手里各握着一把短柄斧和一把手电筒。

伊桑能听到雨水落在他的雨衣上时滴答作响的声音。

这名男子穿过马路,进到了小巷里。

他打开了手电筒,照向伊桑所在的方向。

"谁在那里?"

伊桑能看到自己呼出的气体在寒冷的空气中凝结成了白雾。

"是我啊。"伊桑说话时两眼直勾勾地望着对方,"你看到他了吗?"

"什么?你说我看到谁了?"

手电筒的光芒依然停留在伊桑脸上,伊桑希望对方能看到自己脸上的笑容,也希望自己内心涌起的疯狂念头能及时得到遏制。

伊桑向前迈出几步,两人的距离渐渐靠拢,握着手电筒的男人看到了一张满是瘀伤、血痕和新近缝合的疤痕的近乎毁掉的脸,不由得瞪大了眼睛,可是他采取行动——向后扬起手中的短柄斧,准备朝伊桑砍下去——却慢了半拍。

伊桑抢先扬起手中的大砍刀,狠命向下一挥,力度大到足以将对方整个人劈成两半。

男人两腿一弯,膝盖跪在地上,随后伊桑又接连往他身上猛砍三刀,结果了他的性命。

伊桑开始奔跑,他的头脑因自己刚刚采取的干净利落的杀戮行为而兴奋不已，没法平复下来。

他飞快地跑出了小巷，并从第七大道横穿而过。

在他的右手边，大约两个街区之外的地方，有五六个手电筒的光点正沿街朝着镇中心的方向飘荡而去。

左手边就"热闹"多了，一大群人正从主街拐弯过来，当他们感觉到光线渐暗时，便纷纷打开了手中的手电筒。

伊桑加速冲进了下一条小巷，前面没有一盏街灯，除了自己粗重的喘息声之外，他还能听到身后传来了沉重而杂乱的脚步声。

他回头一看，无数手电筒的光芒在小巷外形成了一道刺目的光幕。

人群爆发出一阵阵喊叫声。

在伊桑前方，第八大道就快到了。

他得改变自己的行进路线，他在心里思索着种种可能性，可是在他知道前方的具体情形之前是没法做出决定的。

伊桑跑入了第八大道。

左手边空无一人。

右手边两个街区之外有一盏街灯。

伊桑向右一拐，死命朝着马路对面奔去。

当他抬脚准备跃上人行道时，差点儿被水泥路缘绊倒在地，不过还好他及时调整重心，稳住了脚步。

他沿着人行道跑了二十多米，来到了主街西面的下一个街区，拐弯之前他回头看了两秒钟，只见第一群握着手电筒的人已经从他刚才路过的小巷里钻了出来。

如果他足够幸运的话，他们应该没有看到他。

他飞快地拐了个弯。

上帝保佑，还好这里一片漆黑。

他继续留在人行道上，在松树树荫的掩蔽之下大步前行。

下一条街也是空无一人的，他迅速回头一看，确信自己身后只有为数不多的人拿着手电筒在追赶，如果让他猜的话，那些人离他还有二十秒左右的奔跑距离。

伊桑朝西又跑过了一个街区，随后向南跑去。

前面无路可走了。

他已经来到了小镇的边缘地带。

他站在马路中央，俯下身来将两只手撑在膝盖上，大口大口地喘着气。

人们正从不同的方向朝他所在之地奔来，包括他身后和西面的人群。

他心里盘算着自己可以沿着山坡向上跑两个街区，然后再绕回主街，可是看起来这并不是明智的选择。

赶快行动起来吧。你得充分利用自己目前所拥有的缓冲距离。

在他前方的松树林旁伫立着一座维多利亚式大房子。

有了。

当他向前猛冲的时候，感觉到腿部阵阵灼痛。他穿过马路，沿着那座大房子的侧面继续奔跑着。

就在他还差三步就能进到松树林中的时候，身后传来了一个孩子的喊声："他朝树林里跑去了！"

伊桑回头一看。

大约有二三十人正从那座大房子背后绕了过来，他们挥舞着手中的手电筒，一齐朝他跑来。这一刹那伊桑感到有些疑惑——他们的体型似乎不大对劲。

他们的腿很短，头又显得过大，手里握着的手电筒几乎贴近地面。

小孩子。

原来他们是一群小孩子。

他跑进了树林，大口大口地呼吸着湿漉漉的松树所发出的又苦又甜的气味。

镇上的光线就非常不好，而在这树林中，几乎可以说是黑得伸手不见五指。

他不得不冒险打开自己的手电筒，让那微弱不定的光芒指引着自己在林间穿梭，越过地上腐烂的断枝和低矮的树苗，并避免那些跟自己一般高的树枝从脸上一划而过。

孩子们紧紧跟在他身后，也进入了树林，他能听到他们踩在湿漉漉的落叶和断枝上的脚步声。他依稀知道那条河大致在什么方向，心里想着只要自己一路向右走，就一定不会错过那条河。可是，此时的他已经感到自己丧失了方向感，蒙头转向地找不着北。

一个女孩尖叫道："我看到他了！"

听到这个声音，伊桑只不过是迅速地回头瞥了一眼身后，然而他实在是选错了时机——现在他刚好在一堆交错缠绕的矮树藤中穿梭着，结果两只脚被绊了一下，整个人重重地摔倒在地，手中的大砍刀和手电筒都被甩了出去。

数不清的脚步声从四面八方涌来，朝他所在的方位渐渐靠近。

伊桑挣扎着想要站起身来，但是右脚踝被一根树藤缠住了，他花了五秒钟才把自己的脚从束缚中扯了出来。

先前他跌倒的时候，手电筒也被甩在地上并不再发亮了，现在他怎么也看不到手电筒，也看不到大砍刀，什么都看不到。他伸出两只手在地上摸索着，发狂似的想要找到它们，可是他的手只能摸到树根和树藤。

伊桑费力地站了起来，手电筒的光和人的说话声纷纷朝他靠近。他摸索着从地上一大片交错缠绕的树藤中穿梭前行，感觉非常吃力。

在这样的情形下，又没有了手电筒，他几乎是举步维艰。

他张开两只手臂在林中缓慢而持续地跑动着，唯一能做的就是不要让自己撞在了某棵大树上。

他的正前方出现了几道刺目的手电筒光束，帮助他看清了前面树林的情形——松树林和低矮灌木丛密密匝匝地簇拥生长着，看来这里已经很久没有遭遇过林火了。

孩子们的笑声——无忧无虑、轻快而又狂热——充满了整片树林。

这场景像极了他小时候玩过的一种游戏，不过是恐怖版本。

伊桑跌跌撞撞地来到了一处他认为可能是田野或牧场的地方——这倒不是因为他能看清眼前的状况，而是因为他感觉到此时落在自己身上的雨点比先前更大更密了，由此推断自己可能已经来到了一片没有树木遮蔽的区域。

他仿佛听到前方传来了河水潺潺流动的声音，可这声音随即便被他身后随之而来的粗重呼吸声给掩盖了。

他的背部被一个物体击中了，力度并不是特别猛烈，可是却足以令他的身体失去平衡，没法再应付接下来的再次一击。

以及随之而来的第三次击打……

还有第四次……

和第五次……

被连续击打了整整六次之后，伊桑以嘴啃泥的姿势摔倒在地，满脸泥泞，孩子们的爆笑声淹没了他四周的一切声音。事情并没有完，他全身上下又同时遭到了来自四面八方各个角度的攻击——有几乎不大可能伤到他的力度轻微的拳击，有在他肌肤浅表进行的令他略感刺痛的切割，偶尔还有一些钝器敲打在他头部，最后这种攻击行为令他最为不安。随着时间一分一秒过去，他所受攻击的频率也逐渐增加，他觉得自己仿佛正遭受一群食人鱼的袭击。

这时有个物体刺进了他的身体侧面。

他痛得喊出声来。

他们还在嘲弄他。

紧接着他又被刺了一下，依旧疼痛不已。

他的脸因愤怒而涨得通红，他将自己的左臂从某个人的手中挣脱出来，随后他的右臂也获得了自由。

他用两只手掌狠命地推着地面。

支撑着自己站了起来。

还没来得及站稳,一个坚硬的物体——也许是一块石头或一根树枝——"砰"的一声打在了他的后脑勺,令他失去了平衡。

他脸朝下再次摔在了泥地上。

这换来了更多的笑声。

他听到有人在喊:"打他的头!"

不过他再次用手支撑着地面站了起来,同时猛地尖叫了一声。他的这一举动一定令那些孩子颇感吃惊,因为一刹那间所有针对他的攻击都戛然而止了。

他争取到了自己需要的时间。

伊桑站直了身子之后,向前猛冲几步,对准眼前所见到的第一张人脸挥拳猛击过去。对方是一个十二三岁的高个子男孩,他被击倒在地,并失去了知觉。

"给我退后!"伊桑咬牙切齿地说。

此时周围有足够多的手电筒光芒,足以让伊桑第一次实实在在地看清自己所面临的境况。二十来个年龄介于七岁到十五岁之间的孩子正环绕在自己身边,他们大多数人手里都握着手电筒和各种临时找来的武器——木棍、石块或牛排刀,其中一个孩子的手里握着一根破旧的木制扫帚柄,末端的木材呈锯齿状碎裂开来。

孩子们将自己打扮得像是在过万圣节一般,伊桑估计他们是从父母的衣橱里胡乱找些服装出来凑合穿上的。

先前弄丢了大砍刀,伊桑反倒感觉有些庆幸,因为如果那把刀还在他手上的话，此时他真恨不得将这些小杂种砍成碎块。

很快地，伊桑瞅见左手边有个对自己有利的逃跑机会——这里站着两个身高不及他腰部的小孩，是这群孩子围成的人匿中最为薄弱的环节，伊桑认为自己不费什么力气就能突破这两个孩子的封锁，随即冲出重围。

可是接下来又该怎么着呢？

他们会在这片树林里对他穷追不舍，就像猎人追逐受伤的驯鹿一般。

他缓缓地环顾了一下四周，目光最终停留在了这群孩子当中外表最令人生畏的一个身上。他是个年龄正处于青春期晚期的金发男孩，手中提着一只被拉得很长的直筒短袜，里面装着个看起来令人倍感不祥的球形物体——可能是棒球或实心玻璃球。这个十来岁的男孩穿着一件一看就知道属于他父亲的西装，那西装比他自己的身型大了好几码，衣袖的长度几乎与指尖齐平。

伊桑大吼一声，扬起右臂朝金发男孩猛冲过去。他本想狠狠地揍对方几下，可没想到那男孩竟被他吓得倒退了好几步，跌坐在地上，随即连滚带爬地站起来，撒腿跑进了树林，嘴里还高声宣扬着目标已经被他们找到了的消息。

孩子们看到头儿已经逃跑了，立即涣散起来，至少有一半的孩子也跟着往树林里逃窜。

还剩下一些尚未跑开的孩子，伊桑冲到他们面前吓唬他们，看起来就像一头发怒的驯鹿试图驱散一群外强中干的乌合土狼。最终除了一个孩子之外，其余所有人都被他赶走了。孩子们尖叫着逃进松林，那惊恐万状的样子如同有妖魔鬼怪正追在他们身后一般。

唯一留下来的孩子在雨中看着伊桑。

他可能是这群孩子当中年龄最小的一个——顶多不过七八岁。

他一身牛仔打扮，戴着一顶红白相间的帽子，脚上穿着靴子，系着蝶形领结，身上穿了一件西部风格的带领尖扣的衬衫。

他一只手里握着一把手电筒，另一只手里握着一块石头，面无表情，一动不动地站着。

"难道你不怕我吗？"伊桑问道。

男孩摇了摇头，雨水顺着他的帽檐滴流下来。他抬头看着伊桑，而伊桑则借着手电筒的光芒看到了男孩脸上的雀斑，也看出他根本就是在撒谎。他其实很害怕，下嘴唇正控制不住地使劲颤抖着。看得出来，男孩已经竭尽全力摆出了自己最为勇敢的表情，伊桑不由得有些钦佩，心想是什么样的动力才能促使一个小男孩做出这样的举动来呢？

"你应该放弃逃跑，伯克先生。"

"你怎么知道我的名字？"

"你可能不知道，其实你本来可以在这里度过非常美好的人生。"

"这里是什么地方？"

"就是一个普通的小镇。"

伊桑听到远处传来了一些成年人的说话声，同时他看到黑魆魆的松林中又冒出了一些摇曳不定的手电筒光点。

"你的家乡在哪儿?"伊桑问道。

男孩歪着头,显然因这个问题而困惑不已。

"你这话是什么意思?"

"我是想问,你来黑松镇之前是住在哪里的?"

"我一直都住在这里。"

"难道你从来都没有离开过这个小镇?"伊桑问道。

"你不能离开。"

"为什么?"

"你就是不能离开。"

"这我可不同意。"

"正因为如此,你马上就要死了。"男孩突然大声呼喊起来,"他在这里!快来人呀!"

松林中的手电筒光芒齐刷刷地照向这片平地。

容不得半点迟疑,伊桑跑着冲进了另一侧的森林里,甚至顾不上伸出手来护住自己的脸不被树枝挂伤,也顾不上回头看一眼身后的追兵,只是一个劲儿地往幽暗的森林中钻去,一时间丧失了所有的时间感和方向感。他的内心已陷入了巨大的恐慌,两腿发软浑身乏力,得用极大的意志力来支撑着自己不要躺倒在地、一蹶不振。

恐慌的源头在于他内心的惧怕。

以及身体的疼痛。

这两者令他没法冷静地思考和辨别自己目前的处境。

最终让他停下来的不是河水流动的声音,而是它所散发出来的气味。

他突然嗅到了一股清新的气息。

紧接着他脚下的地势开始下降,他顺着满是泥泞的河堤下到了冰冷而汹涌的河道里,河水迅速灌进了他的靴子。

尽管河水冰冷刺骨,他也丝毫没有退缩,不断地蹒跚前行,渐渐远离了河堤,朝着越来越深的水流中部走去。

水位渐渐升到了跟他腰部齐平的高度,冰凉彻骨的河水刺得他不禁一阵痉挛。水势凶猛,他被水流拖带着往下游偏移。

他踩在河底的石头上,缓慢而当心地渡河。脚下那些不堪重负的石头踩上去有些松动,而且经常会随着水势缓缓地朝河流下游翻滚着。

每跨出一步之后,他都得停下来稳住自己的身体,使之不至于在湍急的水流中失去平衡。

当他渡到河水中央的时候,水位已经漫到了他的胸口。

强大的推力将他的脚冲离了河底。

他被水流推赶着往下游漂去。

他不知道黑暗中是不是有冒出水面的大卵石,可他明白一旦自己在这湍急的水流中撞上了其中一块,顿时就会命丧黄泉。

他朝着河对岸的方向奋力游过去。

他的两只手臂运作良好,可脚下的两只靴子因为灌满了水,沉甸甸的没法用力蹬腿。

这两只注满了水的靴子拖着他直往下沉。

狂乱地挣扎了一分钟之后,他全身的肌肉都有些不听使唤,这时他感觉到自己的靴底略微触到了河底。

他顺着水流的方向倾过身去，随即站了起来，这才发现水位已经降到了齐腰的高度。

他又继续朝河对岸迈了十来步，水位降到了他的膝盖附近，接下来他慢跑着渡完了最后一段距离，随即瘫倒在了对岸的河堤上。

他翻了个身，侧躺着，精疲力竭，气喘吁吁，全身还不住地发颤。

他隔着河流望向自己先前所在的对岸。

放眼望去，整片河堤上布满了手电筒的光束。

他依稀能听见人们的喊叫声，他猜他们可能是在呼喊自己的名字，不过由于两岸的河堤相隔甚远，他满耳充斥着的"哗啦啦"的急流声令他没法听清他们到底在喊些什么。

伊桑想要动身离开这里，他也知道自己必须这样做，可是他一时间却没法站起来。他还得让自己躺在这里缓口气并稍稍歇息一下才行。

河对岸的手电筒光束简直是多不胜数，在他上游方向大约三十米的位置——也就是他先前从河堤入水的那个地方——手电筒光芒最为密集。不一会儿，越来越多的手电筒开始在他入水区域附近的河面上扫射起来。

他翻身跪在了地上。

他的两只手冷得直发颤，看起来就像中风患者病情发作时的景况。

他开始用手指在湿漉漉的沙地上摸索着,缓缓往前爬行。

不过才一动不动地躺了一分钟而已,他感觉全身的关节都变得僵硬起来。

当他来到一块大岩石旁边时,他抬起手来,握住岩石的一角,将自己的身体拉直站了起来。

他的靴子里仍然有水在晃动着。

聚集在河对岸的人肯定不止一百,而且看上去还在逐渐增多。大多数手电筒的光芒只照在了河水中央的位置,可是仍有一小部分手电筒的光越过河水,照到了伊桑所处的河岸,伊桑看到淅淅沥沥的雨水正透过这些强劲的光束往下滴落。

伊桑跌跌撞撞地朝着远离河流的方向走去,希望能拉开自己和那些手电筒光束的距离,可是只走了十英尺之后,他就来到了一面陡峭的岩壁跟前。

他沿着岩壁走了几步,听到河对岸好几百号人说话的声音竟压过了"哗啦啦"的水流声传了过来。

一道光芒照在了他前方的峭壁上。

伊桑赶紧躲到了一块大圆石后面,伸出头来张望着,那束光芒一直在他身后的岩壁上来回扫射。

片刻之后,一道道光束如瀑布般地从对面的堤岸落在了河面上。伊桑能看到一些人正涉水进入了及膝深的河道里搜寻着,不过看起来目前还没有人打算游泳渡河。

就在他正准备从藏身的大圆石背后起身走出来的时候,河对岸传来了被扩音器放大了的声音。

"伊桑，回到我们这里来吧，我们会原谅你所做的一切事情。"

他听出这是治安官波普低沉洪亮的嗓音，这声音碰到峭壁之后，又反弹回传到了对岸人群身后的松树林里。

"你根本不知道自己在做些什么。"

其实，我非常清楚自己在做什么。

这时，伊桑附近的岩壁上已经没有晃动的手电筒光束了，于是他奋力站起身来，沿着峭壁一瘸一拐地往南走去。

"如果你回来的话，我们绝不会伤害你。"

好的，你们等着，我很快就回来。

"这是我亲自给你作出的承诺。"

伊桑倒是很希望自己手里也有一个扩音器，这样就可以朝波普喊话了。

河对岸还有其他声音在喊叫着他的名字。

"伊桑，请你回来吧！"

"你不知道自己正在做些什么！"

"快回来啊！"

波普仍在继续喊话，可是伊桑却一口气冲进了黑漆漆的雨夜。

他离人群越来越远，四围的光线也越来越暗。

伊桑拖着脚一瘸一拐地缓慢走动着，他只能凭着自己左手边河水流动的声音，以及身后渐渐微弱的人声和越来越小的手电筒光点来确知自己的行进方向。

他的身体已经没法再制造出更多可用的肾上腺素了，他感到一阵浓浓的倦意正在自己体内蔓延开来。

他整个身体的机能已经快要衰竭了。

可是他却不能停下来，至少目前还不行。

他无法抵御从心底深处涌起的一股冲动：他迫切地想要在河边的沙地上躺下来好好睡上一觉。可是他知道，河对岸的那些人没准儿也会决定游泳过河呢。

他们有照明工具，有武器，而且人数众多。

可他却一无所有，敌我双方的实力差距实在是太悬殊了。

他可不能在这种时候停下脚步，这样做的风险极大。

于是，他靠着体内仅存的最后一点点能量坚持赶路。

BLAKE CROUCH
PINES

第十二章

伊桑无从知道自己已经独自在黑暗中走了多长时间。

一个小时。

或许两个小时。

没准也没那么久吧。

他根据先前的行进速度，估摸着自己还没走完一英里的路程呢。每隔几分钟，他就会停下脚步看看下游的方向，搜寻一下有没有跟随自己渡河而来的手电筒光芒，听一听有没有踩在岩石上的脚步声。

不过他每次回头看的时候，身后的情形都是一模一样的，那就是全然的黑暗。而且，如果真的有人跟在自己身后，河水的奔流声也会把其余所有的动静都遮掩起来。

#

雨渐渐小了，变成了时断时续的毛毛细雨，最终完全停止了。

伊桑依然艰难地跋涉着，他的两只手摸索着一些看不见的岩石块，步子迈得极小，这样一来，即便自己脚下免不了被绊一下的话，他也不至于因为惯性而向前扑倒在地。

#

过了一会儿，他能看到周围的情形了。

可很快又陷入了无边的漆黑当中。

随后，一轮凸月的光芒透过云朵间的缝隙照了下来，伊桑看到湿漉漉的岩石表面在月光下泛着微光，好似被涂上了一层油漆。

伊桑找到一块顶部平坦的大岩石，喘息着坐了下来。他的两条腿不住地战栗着，它们的忍耐力已经达到了极限。

河水的宽度比先前变窄了将近一半，不过水流变得更为湍急了，汹涌而喧闹地朝着下游奔腾而去。

高大的松树丛出现在了对岸的河堤上，那些松树的高度至少有七八十英尺。

这时他突然发现自己的嗓子渴得要命。

他双膝跪在地上，一点一点地爬到了河岸边，随即将自己的脸埋进了河水中。

这水尝起来又纯净又甘甜，但冷得厉害。

他在低头喝水的间隙并没有忘记不时地看一看河流下游的情形。

除了奔涌不息的河水，他在河面上以及两边的河岸上都没有看到任何动静。

伊桑很想睡觉，他本可以就地躺在岩石上迷迷糊糊地睡上一小会儿的，可是他知道这样做很不明智。

我得赶在月光被云遮住之前赶紧找到一个安全的藏身之处。

而且还得赶在我耗尽体力之前。

他一边思索，一边注意到云朵已经纷纷开始朝着月亮所在的方向聚拢回去了。

他强迫自己站起身来。

目前他的身体极度虚弱，要想渡河去对岸的话，那可是相当冒险的事儿，说不定还会因此而丧命呢。他得在自己这一侧的河岸找到一个藏身之处，但这谈何容易啊。河对岸有一座高达几千英尺的大山，整片山坡上都覆盖着厚厚的老松树，他相信自己一定能在那片松林中找到一处过夜的地方。实在不行，他还可以将掉落在林间土地上的松枝聚拢成一堆，然后钻到里面去。如果覆盖在自己身上的松枝足够厚的话，起码可以保证自己的身体不被雨水淋湿，而且还可以将身体散发出的热量聚集起来，让自己可以在一个相对温暖舒适的环境中好好睡上一觉。

可是这条路是行不通的。

伊桑这一侧的河岸以陡坡的形式向上延伸四十英尺之后，便来到了那环绕着黑松镇的红岩峭壁的底部。

层层叠叠的岩架一直高耸至漆黑的夜空中。

以他目前的身体状况，根本不适合攀岩。

伊桑的双脚有些站立不稳，身体摇晃了一下。

刚喝下去的冰冷河水也在他的胃里随之晃荡着。

他能感觉到套在靴子里的两只脚又肿胀又疼痛。他知道自己早在一个小时之前就该把靴子里的水倒出来的，可是他一直担心自己一旦坐下来完成了这件事，就不会再有力气支撑着自己重新系上鞋带并继续往前走了。

这一侧河岸的路越来越难走，几乎没有什么平坦的区域，全是布满岩石的陡坡。

他不知不觉间走进了一小片高耸的松树丛中。

先前的岩石地面变成了松软湿润的泥土，上面还覆盖着好几层从树上掉落的松针。伊桑心想，如果找不到更好的地方，那么待会儿我就睡在这里得了。虽然不是特别理想——此地过于临近那条河，而且找不到树枝可以遮蔽身体，如果有人追着他来到这附近的话，他很容易就暴露在对方的视野之内。不过还好的是，这些古老松树的枝叶或多或少可以起到一点点保护作用。

他再度看了看四周的情形，心里已经做出了决定：如果没有发现什么特别不妥的地方，他今天晚上就会在这里过夜。

伊桑抬起头，望着那道通往峭壁底部的斜坡。

他觉得自己好像在那道斜坡上看到了一团黑影。

他来不及思考，赶紧向上攀爬起来。

他手脚并用地穿过了这片古老松林，随后来到了一块布满碎岩块的空地上。

地势变得越来越陡峭。

他又开始大口大口地喘起粗气来，豆大的汗珠顺着脸颊往下滴流，他的眼睛也因流入了汗水而感到刺痛不适。

快要靠近峭壁了，脚下的岩石块变得越来越小，踩上去也更加松散。他每迈一步，脚下就会打滑好几次，就好像他正在攀爬一座沙丘一般。

他终于来到了峭壁边上。

四周一片漆黑，月亮几乎被乌云完全遮挡住了，云层越积越厚，空气中也夹杂着一丝风雨欲来的气息。

看到了——他刚才在河岸边的松林里所见到的那团黑影，原来是峭壁上的一个小洞穴。它的直径有五六英尺，内壁平滑而干燥，看上去丝毫不曾受到风雨的侵扰。

伊桑继续攀爬，来到了洞穴的边缘，随即爬了进去。

洞穴的后壁略微向后自然倾斜着，于是他背靠着洞壁朝外面望去。从他所处的位置是看不到那条河的，同时河水流动的声音也减弱了许多，在这里他只能依稀听得阵阵飒飒作响的风声。

月亮躲到了乌云背后，河对岸的那片松树林也渐渐变得模糊不清，很快伊桑便再次陷入了完全漆黑的境况之中。

雨又开始下了起来。

他坐直身子，伸出颤抖的手指，试着解开这双从被他杀死在公寓里的男人脚上夺下来的靴子的鞋带。他花了好几分钟的时间才彻底解开了鞋带，随即将靴子从脚上脱了下来。他至少从每只靴子里倒出了半升积水，接下来他又脱下了脚上穿着的好几层袜子，将它们拧干，然后平摊在岩石地面上晾着。

他全身的衣裤也都湿透了。

他一一脱下了连帽衫、T恤和牛仔裤，甚至连贴身穿着的内裤也脱了下来。他就这么赤身裸体地坐在洞穴里，花了十分钟的时间将全部衣物里的积水都拧了出来。

他将连帽衫搭在自己的胸口，再将长袖T恤搭在两条腿上，然后把牛仔裤折叠起来当作枕头。他就这么在倾斜的洞穴后壁躺倒下来，随即翻身侧卧着，闭上了眼睛。

他人生中还从来没有像现在一样冻得这么厉害。

起初，他担心这种寒冷的感觉会令自己没法入睡，因为他的整个身子冷得像筛糠一样剧烈抖动着，以至于他不得不伸手抓住了覆盖在上身的连帽衫袖子,才让它没有从自己身上抖落下去。

虽然冷得厉害,可他的疲惫感却更甚一些。

还不到五分钟,他就睡着了。

BLAKE CROUCH
PINES

第十三章

伊桑的右脚踝被沉重的脚镣束缚着，脚镣通过一根链条与固定在地板上的一个螺丝圈连在了一起。

他坐在一张摇晃不稳的桌子跟前，桌面上放着三样东西……

一张空白的A4纸。

一支黑色圆珠笔。

还有一个计时用的玻璃沙漏，黑色的沙粒正从上半部分往下半部分缓缓渗漏着。

阿什夫曾告诉伊桑，等这一轮沙子漏完之后，他就会再次回到这里，如果届时伊桑写在纸上的内容不能令他满意，那么他将会对伊桑施以凌迟刑罚，将其折磨至死。

可是伊桑明白，就算自己知道己方部队下一次发动大型进攻的所有详细信息，并把他们行将发动地面攻击和空袭的具体日期、地点、战斗目标等细节都一一写在白纸上，在阿什夫看来也是不够的。

不管自己提供了什么情报，阿什夫都会认为那是不够的，无论自己写下了什么内容，自己都会死去，而且会死得非常惨烈。

伊桑对阿什夫了解不多，唯一有印象的就是他那恶狠狠的声音以及那双棕褐色的眼睛。伊桑能通过那双邪恶的眼睛感知到，阿什夫想要的不是情报，而是给人带来痛苦。

伊桑先前所经历的审讯，只不过是为阿什夫接下来的施虐行

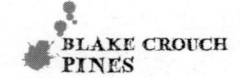

动拉开了序幕而已，这场序幕的目的是为了让阿什夫这样的施虐狂感到亢奋，之后才能更投入地大施拳脚。这个叫阿什夫的神秘家伙，极有可能是一名基地组织成员。

不过，当伊桑的手腕被捆起来吊在审讯室的天花板上时，他并没有悟到这层意思。此时他独自一人安安静静地坐在这张桌子跟前，才恍然明白了一些重要道理。

无论他在这张纸上写下了什么，不到一个小时之后，他的处境将会无止境地变得越来越糟。

这个房间只有一扇窗户，不过其上钉了好几根木条，被封得严严实实。

火辣辣的阳光透过木条之间的缝隙照进了房间。

这里气温很高，伊桑感觉自己的每一个毛孔都有汗液渗出。

梦里的场景实在是太真实了，伊桑的全部感官都被充分激发起来。

他听到外面有狗在狂吠。

远处传来了孩子们的笑闹声。

几英里之外似乎充斥着一场枪战的声音，那是一种类似蝉鸣，又像是静电干扰声的怪异声响。

一只苍蝇在他左耳边嗡嗡作响。

附近还飘来了烤鱼的气味。

在这片军事管辖区里的某个地方，响起了一个男人的尖叫声。

没有人知道我在这里。起码现在没有人可以帮助我。

他的思绪飘到了特丽萨那里——有孕在身的她正在家里等他

回去。鉴于自己即将面临的处境，思念特丽萨而带给他的情感冲击，以及他的思乡之痛，着实令他难以承受。他极其迫切地渴望重温自己和特丽萨最后一次通过网络电话通话时的情形，可是他知道如果这样做的话，自己的整个精神世界就会颓然垮塌。

我现在不能去想那件事，至少现在还不是时候。我可以等到临终的片刻再去想。

伊桑拿起了圆珠笔。

他只是需要做一些事情来转移自己的注意力。他没法坐在这里一直想象着接下来即将来临的事情。

因为即将来临的事情是他希望发生的。

仅此而已。

\#

他突然从战争噩梦中惊醒过来。

醒来后的整整一分钟时间里，他不知道自己身在何处，只是浑身发着颤，同时又因高热而全身发烫。

伊桑坐了起来，伸出两只手在四周的黑暗中摸索着。当他的手指触到洞穴里的岩壁时，体内仿佛有个定位系统被立刻激活了，先前攫住他内心的恐惧感也瞬间回来了。

他在睡梦中不知不觉已经将盖在身上的衣物都掀落了，此时它们散落在他身旁的岩石地面上，又冷又湿。他将它们一一展开，平摊在岩石上，这样一来更容易晾干。他小心翼翼地向前走了好几步，来到了洞穴的入口。

外面的雨已经停了。

夜空中出现了好些闪烁的星星。

他向来都对天文学没有一丝一毫的兴趣,可此时的他却发现自己正下意识地在天空中搜寻熟悉的星座,想知道他所了解的那些恒星是不是还在它们原来所处的位置发光。

这片夜空是我从前每晚都能看到的夜空吗?

在他下方大约五十英尺之外,河水奔流而过,发出潺潺的水声。

他低下头,看着河流的方向。当他终于看到那条河时,全身的血液顿时都凝固了。

伊桑的第一反应是赶紧回到洞穴里面去,可是他抑制住了这股冲动,他担心此时自己的任何一个突然动作都会引来别人的注意。

这帮混蛋,他们竟然跟来了。

他们最终还是渡河过来了。

那帮家伙就聚在河岸边的古老松林中,由于他们的身影被繁茂的枝叶遮挡住了,所以伊桑无从看清他们的人数有多少。

伊桑迈着极小的碎步,一点一点地朝洞穴里面后退着,然后他缓缓地俯下身子,让自己的胸膛贴在了冰冷的岩石地面上。他像蜗牛一样微微地探出头去,窥探着岩洞外的情形。

他们消失在了松林的树荫之下,就这么过了片刻,除了能听到河水流动的声音之外,整个世界都是全然寂静的。伊桑开始怀疑自己先前是不是真的看到人影了,考虑到自己在过去五天里所经历的种种事情,他的理智而清醒的头脑现在倒对那所谓的"幻觉"不怎么抗拒了。

可半分钟之后,他们又从松林的树荫下面再度出来了,并转移到了斜坡底部的碎岩石堆上。

不会吧?

他只看到了一个黑影,形体大小跟成年人差不多,可是对方的行为举止却跟人类大相径庭——手脚并用地在岩石堆上攀爬着,姿势像极了大猩猩。借着星光可以看出对方头顶光秃秃的没有头发,而且肤色略显苍白。

一股金属的味道——这也许是恐惧感作用在他身上所产生的副产品——涌到了他的嘴里,因为他突然发现那个黑影的身材比例跟人类完全不同,它的手臂看起来大约有成年人的两倍那么长。

这时它扬起了头,尽管伊桑跟它距离很远,但也能看到它脸上那颗正朝向天空的硕大鼻子。

它正用力地嗅着什么。

伊桑缓缓扭动着身子离开洞口,进到了岩洞最深处。他在这里坐了起来,伸出双臂环抱住自己的双腿,全身不住地颤抖。他凝神聆听着岩洞外的动静,估摸着自己很快便能听到渐渐靠近的脚步声或岩块松动的声音。

可是他却只听到了河水流动的声音,当他稍后再次冒险到洞口去窥探外面的情形时,却发现自己先前所看见的黑影——或者说他认为自己先前所看见的黑影——已经消失不见了。

\#

他又在漆黑的岩洞中坐了好几个小时,在这期间他睡意全无。

他实在是太冷了。

而且全身上下多处疼痛。

他还害怕自己所经历的种种可怖事件会在睡梦中重现。

他躺在岩石上,内心的所有盼望、所有需求都指向了一个人。特丽萨。

以往在家里半夜醒来的时候,他经常都能感觉到她的手臂搭在自己身上,而她那凹凸有致的身体也紧贴着他的身体。即便是在那些最艰难的日子里,也是如此。在他晚归的夜晚,在他俩争吵过后的夜晚,在他背叛了她之后的那些夜晚,都无一例外。她所付出的爱比他更为完全,没有丝毫犹豫,没有一点遗憾,没有任何附加条件,也毫无保留。她总是义无反顾地全情投入,无时无刻不是如此。

在我们人生中的一些时刻,我们能看到我们所爱的人最为真实的模样。当我们卸下对他们的成见,抛开我们与他们共同度过的那些岁月的经历,用全然纯粹的像陌生人一般的目光,从他们身上便能捕捉到了自己最初因他们而怦然心动的美妙感觉。能把握住这样的初心是多么接近完美的感受啊,我们会因此而流下幸福的泪水。

他从来没有像现在一样对自己的妻子有着如此清晰的认识,也从来没有像现在一样深爱着她——就连他最初陷入爱河时也不例外。他在这样一个阴冷而黑暗的地方,想象着自己正被她拥在温暖的怀中。

\#

他看着天空中的星辰变暗，太阳的微光也从天际渐渐露了出来。当河流的对岸被阳光彻底照亮的时候，一束束耀眼的阳光也照进了他所躲藏的岩洞里，并烘烤着冰凉的岩石，使得他自己也沐浴在了暖暖的光线当中。

借着初露的曙光，他终于得以看清了自己在黑松镇所遭受的伤害。

他的两只手臂和两条腿都布满了擦伤、瘀伤和黄黑色的血肿。

他左右两侧的肩膀都被帕姆护士的针头扎出了好些血点。

他撕掉了缠在左腿上的强力胶带，于是左腿后侧被贝芙丽割开取出芯片的那一块皮肉便露了出来。胶带缠绕的压力已经有效地把血止住了，可是伤口周围的皮肤却发炎了，红肿不堪。这样的伤口需要涂抹一些抗生素，而且还得及时进行缝合才能避免被进一步感染。

他用两只手摸了摸左右两侧的脸颊，心里不由得想道：这张脸怎么感觉已经完全不像自己的了。脸上的皮肤肿胀得很厉害，还有好几处裂缝。他的鼻子在过去的二十四小时之内被人打破过两次，摸起来软得不行，估计鼻梁骨已经完全断裂了。他的脸颊上还有好些较浅的伤口，都是他从松林中穿梭而过时被松枝给划伤的。他的后脑勺还起了一个肿大的包块，他记得是被林中的一名小孩用石头给打成这样的。

不过，此时最令他感到疼痛难耐的是他两条腿上的肌肉，经过了先前的长途跋涉，它们已经达到了伊桑所能承受的最大强度极限。

他甚至不知道自己接下来还有没有走路的力气。

\#

上午过半,伊桑将已经干透的衣裤穿上身,然后穿上了仍然有些湿润的靴子,走出岩洞,沿斜坡向下朝着峭壁底部的河流走去。

在这一路向下前往河岸的过程中,他感觉腿部肌肉的状况不容乐观。当他来到河堤的时候,感觉两条腿的肌肉就像被撕裂了一般疼得钻心。

他别无选择,只有坐下来休息了。他闭上双眼,任由阳光像温热的水一样倾注在自己脸上。在这样的海拔高度,日照强度确实很高。

掉落在地上的松针在阳光的烘烤下散发出阵阵独特的芳香气息。

这里有冰凉可口的河水。

淙淙的河水从峡谷中奔流而过。

河底的石块在水流的冲击下"哗啦啦"地滚动不已。

天空明亮而又蔚蓝。

这种温暖的感觉令伊桑的精神振作了起来,置身于这空无一人的荒原之中,一种极其想要与人说话的渴望正在他的灵魂深处孕育着。

昨天夜里他实在是太累了,只能一动不动地躺在岩石上休息,压根儿没顾得上别的任何事情。

此时此刻,他感觉肚腹中的饥饿感回来了。

他从裤兜里掏出了胡萝卜和一块被压扁了的面包。

\#

他重新站起身来,在附近的松林中搜寻了片刻之后,找到了一根粗壮的松枝。他将松枝的一端折断了一小截,余下部分的长度正好适合做自己的手杖。他花了几分钟的时间舒展筋骨和拉伸肌肉,试图消除肌肉的酸痛感,可是却未能如愿以偿。

最后,他以一种自己认为可以承受的步调沿着峡谷迈起步来,可是就这么走了十分钟之后,昨天的过度劳累给他的身体所带来的损伤令他不得不放慢了步伐。

一英里路程走起来就像五英里一般漫长。

他每往前迈进一步,都越来越依赖手中的拐杖。他紧紧地握着它,如同抓着救生索一般,渐渐地这根拐杖越来越像他唯一一条健全的腿。

\#

正午刚过,峡谷里的自然景观开始有了一些变化。河道变得很窄,充其量只能算作一道溪流而已。松林里的松树长得稀稀疏疏的,数量比伊桑之前经过的区域减少了很多。他沿途偶尔看到的一些松树,也都是在严寒的冬季里因发育不良而生长得低矮扭曲的。

他这一路上不得不频繁地停下来歇息,到后来他休息的时间比行路的时间还多得多。随着他攀爬到了海拔越来越高的位置,他也越常遇到喘不过气来的情况,两侧肺部都因缺乏氧气而灼热不已。

\#

临近黄昏的时候,伊桑摊开四肢躺卧在河边一块布满了青苔的大石块上。此处的河道宽度大约为六英尺,湍急的水流从河底的五彩石子上快速经过。

从他离开岩洞到现在,已经过去四五个小时了,在这条仅能算作小溪的河流对岸,太阳正往峡谷的背后滑落下去。

没过多久,太阳便从天际完全消失,气温骤然下降了。

他继续躺在大石块上,看着天空渐渐暗淡下来。他将身子缩成一团,好抵御渐渐袭来的寒意。这时他的脑子里突然闪过了一个令人沮丧的阴郁念头,那就是他这一睡很可能永远都不能醒过来了。

他翻了个身侧卧着,将连帽衫的帽子拉过来盖在自己脸上。

然后闭上了双眼。

他觉得很冷,不过身上的衣裤倒都是干的。他试着将充斥在头脑里的一大堆杂乱无章的想法和复杂纠结的情感理出个头绪来,可是身心的极度疲惫迫使他渐渐逼近了精神错乱的边缘。突然间,他觉得似乎有强烈的阳光照在了遮蔽着他脸部的帽子上。

他立即睁开眼睛,坐了起来。

他发现自己仍然置身于溪流边的大石块上,只是现在已经是早晨了,太阳刚刚从他后面的峡谷上方探出头来。

天哪,我睡了整整一夜。

他拖着身子来到溪流边,喝了几口水,冰冷的水诱发了几分头痛的感觉。

他吃了一根胡萝卜，啃了几口面包，随即挣扎着站起身来，撒了泡尿。此时他发觉自己的身体比睡觉之前好多了，腿部的疼痛感也减轻了不少，差不多可以灵便自如地活动了。

他握住了自己的手杖。

\#

峡谷壁渐渐迫近，溪流也越来越细小，最后彻底融入失进了它最初的源头——一汪清泉。

现在没有了水流的声音，四周只剩下了全然的寂静。

唯一能听见的就只有岩石块在他靴子的踩踏下所发出的"咔哒"声。

以及头顶上一只飞鸟孤独的鸣叫。

还有他自己的喘息声。

两旁的峡谷壁都变得越来越陡峭了，上面不再有树木生长，甚至连灌木丛都没有了。

只剩下了碎岩石块、地衣以及空荡荡的蓝天。

\#

到了中午，伊桑已经扔掉了手杖，一方面是因为他不再需要手杖了，但更重要的原因是在这段极为陡峭的区域没法用手杖，必须采取手脚并用的攀爬方式。他正要绕过峡谷里的一个拐角，就在这时除了脚下一成不变的岩石块滚动的声音之外，他又听到了一个新的声响。于是他背靠着一块与小型轿车大小相当的大圆石，试着让自己的粗重呼吸平复下来，好更清楚地听到那个声音。

这下子他听得更清楚了。

这是一种人为的声响。

持续而且稳定。

是一种低分贝的"嗡嗡"声。

强烈的好奇心驱使着伊桑继续前行。他快步绕过了拐角，现在他每走一步便发现"嗡嗡"声变得愈加清晰起来，他心里"咯噔"了一下，不由得想到了什么。

不一会儿，映入伊桑眼帘的场景令他心头为之一振。

在伊桑前方，峡谷继续以陡峭的地势向上延伸了一英里多，在这道陡坡之上的悬崖顶部是锯齿状参差不齐的山脊，跟先前所见到的景观大不相同。

伊桑沿着峡谷继续向上攀爬了五十英尺，看到了"嗡嗡"声的源头——那是一道横在峡谷中间的尖桩铁栅栏，高度至少有二十英尺，宽度大约为六十英尺。铁栅栏顶部冠有成卷的带刺铁丝网，正面还钉有一块标志牌……

高压电流，

小心致命！

以及

敬劝尽快返回黑松镇！

越出此界，你将必死无疑！

伊桑在距离路障五英尺远的地方停下脚步，仔细观察了一番——这道栅栏其实就是一面布满方格状孔洞的铁丝网，每一个孔洞的边长大约为四英寸。越是靠近栅栏，听起来极为不祥的"嗡

305

嗡"声也愈加明显，给人一种极强的震慑感，让人觉得这道栅栏果真是不可逾越的。

伊桑嗅到了一阵腐烂的气息，他四处察看一番之后，很快便找到了这股气息的源头。那是一只硕大的啮齿动物——很可能是一只土拨鼠——因试图从靠近地面的一个铁丝网方格钻过去而触电身亡。看上去它曾被夹在铁丝网上遭受了长达八小时以上的电击，全身被烧得漆黑。另外还有一只可怜的鸟在看到小动物的尸体后，显然认为自己不费吹灰之力就找到了一顿大餐，足以美美地吃上一顿，不想却触到了铁丝网，从而遭受了跟土拨鼠相同的命运。

伊桑抬头看了一眼峡谷壁。

它们非常陡峭，不过并非没有可以攀爬抓握的棱角和缝隙，尤其是右侧的峡谷壁。对于一个怀有充分动机和具备足够胆量的人来说，要从右侧攀爬上去应该是可行的，绝非难事。

伊桑慢慢走到右侧峡谷壁边缘，开始攀爬。

结果此处的岩壁并不是最适合攀爬的，当他将手抓握在某些岩块上时，感觉到它们有些松动，不过还好一路上可以抓握的岩块数量很多，而且彼此间的距离也不是太远，所以在他的攀爬过程中，每一块岩石需要承受他体重的时间不过只有短短几秒钟而已。

他很快就爬到了二十五英尺的高度，这时他听到带电的铁丝网就在他的靴子下方几英尺处嗡嗡作响，心顿时像被提到了嗓子眼一般，极其不安。

他以"之"字形路线在岩壁上攀爬着,最后小心翼翼地从铁丝网顶部横跨了过去。他所处的高度令他觉得惶恐而慌乱,然而更令他感到不安的是自己目前所采取的"非法翻越边界"行为。

他的意识深处有一种模模糊糊的预感,那就是他目前的行为将使得自己置身于极大的危险之中。

\#

伊桑安全地下到了铁丝网另一侧的地面上,然后继续往前走。随着他渐行渐远,身后的带电铁丝网所发出的"嗡嗡"声也逐渐减弱了,但这时他的整个身体系统却陷入了一种极度警惕和不安的状态之中。他在伊拉克的时候也遇到过类似的处境——当他在面临一项最终会以失败告终的任务时,自己的感官系统往往会变得高度敏锐。他的手心会开始冒汗,脉搏频率会急剧升高,他的听觉、嗅觉和味觉都会被充分调动起来,整个身体机能都处于一种超负荷运转的状态。有件事是他从来都没有告诉过任何人的,那就是当他在法鲁贾市驾驶黑鹰直升机正常飞行的时候,在那枚火箭推进榴弹爆炸前五秒钟他就预感到了后面的结局。

栅栏外面是一片无比孤寂的世界,放眼望去到处都是布满裂缝以及被闪电烤得黑乎乎的岩石。

连一丝云彩都看不见的天空更为此地增添了几分荒芜感。

在离开黑松镇之前,他受到了那么多人的穷追猛打,可此时的他却处于远离人群、孤身一人的境地,这着实令他觉得像在梦里一般不真实。不过在他内心最深处又冒出来一个新的担忧:从前方的情形来看,峡谷的地势再爬升一千英尺之后,便是一座历经了强烈的风化作用的高高山脊。如果他有足够多的体力，那么他或许能赶在黄昏来临之前抵达那座山脊，然后再躺在碎裂的岩石块上度过一个漫长而寒冷的夜晚。可接下来又怎么办？他的食物很快就要吃完了，尽管先前在溪流消失之前喝下的水到现在都还令他肚腹发胀，可是按照他所预定的行路计划赶路的话，体内的水分随时都可能被消耗殆尽。

不过，比起对即将临到的饥饿干渴之威胁的惧怕，他更怕远方那座山脊另一侧的未知状况。

伊桑看着眼前这绵延不绝的茫茫荒山，暗暗思索着：即便此时的自己仍然保有一些当年军旅生涯所培养出来的生存技能，可等他抵达目的地的时候，整个人也会累得近乎垮掉。再说，只是想一想自己的最终目标——翻越这崇山峻岭，重新回到人类的文明世界——就令他不禁畏缩却步。

不过除了硬着头皮前行之外，他还能有什么别的选择呢？

难道要返回黑松镇吗？

他宁愿待在这里孤独地被冻死，也不愿意再次踏足到那个鬼地方了。

伊桑在布满大圆石的峡谷中穿梭着，小心翼翼地从脚下的石头跳跃到下一块石头上。他又再次听到了水流声，可是却见不着溪流的踪影，因为它被隐藏在了层层叠叠的圆石下方的黑暗空间里。

左侧峡谷壁的上方，突然有什么物体将一束夺目的太阳光反射进了伊桑眼里。

伊桑停下脚步，用一只手掌遮挡住眉骨，眯缝着眼循着那束炫目的光芒望了过去。站在他所处的峡谷腹地，能看到的不还只是高高峡谷壁上的一块方形金属面板状的物体，从它的比例和形状看来，应该不大可能是人手所造。

他又跳到了下一块圆石上，现在他的行进速度变得更快了，而且一边前行还一边不断地抬头望一望峡谷壁上方的那块金属面板，可是他却始终琢磨不透那块反光的面板究竟是怎么回事。

在他前方，峡谷里的圆石体积渐渐变得更小了，形状也更适宜踩踏着行进了。

就在他正想着自己到底能不能设法攀爬到那块金属面板所在的高度时，突然一记岩石碎裂的声响打断了他的思考。

在接下来的短短几秒钟时间里，伊桑脑子里突然浮现出了一幅画面：一大堆垮塌下来的岩石挡住了自己的去路，同时，成千上万吨岩石从两侧的峡谷壁上垮塌下来，被掩埋在其中的他很快就毙命了。

不过那记声响其实是从他身后传来的，并非来自于上方。伊桑回过头去看了看来时的路，猜测着那不过是一块自己先前踩踏过的圆石受力后渐渐移位，继而摔落裂开的声音。

然而，很长一段时间以来，除了能听到自己的呼吸声，以及脚边邻近处岩石滑动的声音之外，伊桑一直不曾听到任何别的声音。所以刚才那记声响还是令他觉得蹊跷，内心隐隐有些忧惧。

他继续往后看，起初他的目光一直停留在距自己约四百米远的那道铁栅栏上，后来他注意到了一个更近的正在活动的物体，那东西离他不过只有一百米左右的距离。刚开始他以为那肯定是一只土拨鼠，可是他很快便发现它攀爬时的体态像猫科动物一般轻盈灵活，能以飞快的速度从一块岩石跃到另一块岩石上。当伊桑专注地凝视着它时，才发现原来它身上压根儿没有毛。它看起来像是患了白化病，全身都覆盖着乳白色的光滑皮肤。

伊桑突然意识到自己低估了那个生物的体形，不由得下意识地后退了好几步。它并不是在小岩块上行进，而是在伊桑先前一路跨越过来的大圆石上穿梭，这就表明它的体形其实是跟一名成年人很接近的。而且，它行进的速度实在是快得离谱，几乎看不到它在两次跳跃之间有任何停留。

伊桑一不留神，被脚下的岩石绊了一下，跌倒在地，紧接着他迅速站起身来，呼吸渐渐变得混乱急促。

待那个生物靠得更近一些之后，他便能听到它的呼吸声了——更准确地说应该是喘气声。当它每一次在一块新的圆石上着陆的时候，他都能听到它的爪子抓在石头上的"咔哒"声。它就这么跳跃着逐渐朝伊桑逼近，距离已经不到五十米了，伊桑的胃里突然涌起了一阵灼痛的感觉。

这就是他夜里在河岸边的岩洞里所看到过的那个生物。

他还梦到过它。

可它究竟是什么呀？

怎么会有这样的生物存在呢？

他使出浑身力气，在峡谷里以这一整天来最快的速度奔跑起来，每跑出一步都会回头看一看身后的情形。

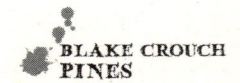

那只生物以一名芭蕾舞演员才具备的优美姿态从最后一块大圆石上一跃而下,继而四肢着地,身子紧贴着地面,像一头野猪般地向前猛冲着。随着它和伊桑之间的距离飞快地缩短,它的粗重喘息声也越来越响亮。这时伊桑突然意识到了一件事,那就是自己根本不可能跑得比它更快。

于是他停下了脚步,转过身去直面即将临到头的一切。一时间他陷入了左右为难的境地,不知道自己究竟是应该竭力主动抗争呢,还是应该仅仅以求生为最终目标地被动抵抗。

它离伊桑只有不到二十米的距离了,随着它离自己越来越近,伊桑也越来越不喜欢自己所看到的详情。

它的躯干很短小。

两条腿很长,两条手臂更长,手指间和脚趾尖都长着一排黑黑的爪子。

看上去它的体重大约有一百二十磅。

肌肉结实有力。

总而言之,它看上去体形跟人类比较接近,而它的皮肤在阳光下是半透明的,晶莹剔透,看起来像极了刚出生不久的小老鼠——透过它的皮肤能看到网状的蓝色静脉血管和紫色的动脉血管,甚至还能看到略呈粉红色的心脏正在身体的正中央微微搏动着。

当它来到离伊桑只有十米远的地方时,伊桑下意识地伸出双臂环抱住自己的肩膀。那只生物将小小的脑袋略微低垂,咆哮着朝伊桑猛冲过来。它没有嘴唇,嘴边挂着一条血淋淋的黏液,乳白色的眼睛正恶狠狠地盯着自己的目标。

再过两秒钟它就要撞上来了,这时伊桑嗅到了它的身体散发出来的难闻气息——那是一种混杂着血腥味的腐肉气味。

它发出了一声喊叫,离奇的是这声音听起来竟然是人类的喊声。伊桑在最后的紧要关头横跨一步,试图躲开它的攻击,可是它提前预料到了伊桑的这一举动,于是伸出一条臂膀拦腰挡住了伊桑。它的尖爪轻而易举地穿透了厚厚的连帽衫,并刺入了伊桑的身体侧面。

伊桑顿时感到一阵灼痛,随即便被怪兽向前猛冲的力量给撞倒了。他重重地摔在坚硬的岩石上,肺部的空气一瞬间被挤压了出来。

伊桑气喘吁吁地准备迎接它的进一步攻击。

它像斗牛犬一样凶猛残暴。

它的行动像闪电一样迅速。

它的力量也非常强大。

它的爪子如同猛禽的爪子一般尖利,它朝伊桑挥舞着这样的爪子,轻轻松松地撕裂了他的衣服,划破了他的皮肤。伊桑抬起两只手臂,尽力护住自己的脸部不被它的爪子袭击。

它只用了几秒钟的时间就上前跨坐在了伊桑身上,它的两只前爪深深地刺进了伊桑小腿的肌肉里,伊桑觉得自己的双腿仿佛被几根钉子钉在了地面上。

在这短兵相接的情况下,伊桑瞥见了它的脸。

它的鼻孔又深又大。

有一双不透明的小眼睛。

它头上没有毛发，一层薄薄的皮肤紧绷在颅骨上，他能看到它的颅骨是由许多块如拼图大小的小骨片拼接而成的。

它的牙龈上长着两排小而尖利的牙齿。

他觉得自己似乎已经跟这只怪兽抗争了好几个小时了——在身体软弱、内心充满恐惧的状态下，时间似乎被拖滞得无比漫长——其实才过去了短短几秒钟而已。在曾经所经历的战备培训中养成的战斗素质开始在伊桑体内渐渐复苏，他内心的恐惧感和困惑感也开始受到一定程度的抑制，同时他自己也无比迫切地渴望克服目前正在心里疯狂蔓延的巨大恐慌。他明白，在面对越是危险和混乱的境况时，就越是需要冷静而清晰地思考自己应该如何逃生。可是，眼下他做得并不好。他任由当前的境遇耗尽了自己的绝大部分气力，如果他再不设法控制住内心的恐惧以及能量输出的方式，那么顶多再过六十秒，他将彻底失去还击——不论是精神上还是身体上——的可能性。

怪兽挥舞着爪子对伊桑的腹部发起了更为猛烈的攻击，利爪划破了伊桑的衣服，随即划开了他的皮肤以及腹肌表面的脂肪层，最终抵达了他的腹部肌肉。

怪兽紧接着将自己的头钻向伊桑的腹部，伊桑眼睁睁地看着它用牙齿撕裂了连帽衫，这时他突然在惶恐中明白了这只怪兽想做的是什么——它想就在这峡谷中，就在伊桑的眼皮子底下，把他的五脏六腑全都掏出来，然后和着鲜血美餐一顿。

伊桑挥拳打向怪兽的头部——他的动作虽然有些笨拙，可力量还算不错。

怪兽仰起头来,发出了一声愤怒的呼号。

随即它扬起自己的右爪,朝着伊桑的脖子挥了过来。

他一面伸出左臂挡住怪兽的爪子,一面将右手伸向地面,用手指在那里奋力摸索着,想要找到一个可用的武器。

伊桑能看出怪兽眼神里明显饱含着怒气。

狰狞可怖的脸朝伊桑的颈部凑了过来,露出了满口尖利的牙齿。

它想咬破我的喉咙。

伊桑的手抓到了一块石头,他用五根手指将其紧紧握住。

他使出浑身力气,狠狠地将手中这块如镇纸器一般大小的坚硬石头朝怪兽挥去,石头的末端"嘎扎"一声敲进了怪兽的头部。它颤抖了一下,乳白色眼球里的漆黑瞳孔迅速张大了,紧接着它惊愕万分地松开了下颚。

伊桑毫不犹豫地继续攻击。

他再次扬起手中的石头,重重地敲向了怪兽那口锯齿状的棕褐色尖牙。它的牙齿被敲断了一大片,伊桑又对准了怪兽的鼻子狠狠敲打过去。

它颓然倒向地面,殷红色的鲜血从它的鼻子和嘴巴里喷涌而出,同时它还发出了狂怒并且难以置信的尖叫声,朝伊桑胡乱地挥舞着爪子。不过这次它挥爪的力度极其微弱,甚至连伊桑的皮肤也没能划破。

伊桑奋力跨坐在怪兽身上,用一只手狠狠地按压着它的气管，另一只手则紧握着那块石头。

他对准怪兽的额头接连击打了七下，它的头骨碎裂了，很快就停止了活动。

伊桑扔掉了手中那块血迹斑斑的石头，退后几步侧躺在地上，长长地吁出了好几口气。他的脸上满是血痕，另外还混杂着一些细小的骨头碎片。

他迫使自己坐起来，掀开了身上的衣服。

天哪！

他看上去就像刚刚经历了一场械斗一般，整个躯干有数不清的地方在流血——怪兽的爪子在他身上留下了好些又长又深的伤口。横在他肚腹处的那道伤口最为严重，长达六英寸，深度有一英寸，乍一看像是长在他肚子上的一张大嘴巴。

伊桑低头看了看怪兽的残骸。

他甚至不知道该如何处理它的尸骸。

他的两只手抑制不住地颤抖着，整个身体里仍然涌动着大量的肾上腺素。

他站起身来。

峡谷又恢复了宁静。

他抬头看了一眼离自己最近的峡谷壁，那块神秘的金属物体仍在阳光下闪闪发亮。虽然他并不能确认，可是从他目前所处的位置望过去，它看起来像是一道长达八十至九十英尺的陡坡。不知道为什么，他心里涌起了一股想要尽快离开峡谷的强烈冲动。

伊桑用 T 恤的袖子抹掉了脸上的血污，随即朝着远离峡谷壁的方向退后了几步，因为这样一来他就可以更清楚地看到峡谷壁的形状和可能的攀爬路线。他花了一些时间仔细研究岩壁表面的结构，最终选定了一条可行路线：他将沿着一系列逐渐缩小的岩架攀上一道大岩缝的底部，随后再顺着这道岩缝向上爬，接下来就能去到那个激发起自己好奇心的金属物体旁边了。

他走到岩壁跟前。

他的肌肉还没从先前那场打斗中彻底平复下来，他感觉浑身充满了干劲。

若能利用这些余力来进行接下来的攀爬任务倒也不错。

伊桑抬起手来，在第一层岩架上找到了一处适宜抓握的岩石边缘，随即用两只手握紧这块岩石，将自己的身体提了上去。

他屈伸身体的时候感到腹部的肌肉无比疼痛，然而摆在眼前的一个残酷事实是：他每往上攀爬一下，都得动用自己的腹肌。

不过内心强大的动力驱使着他强忍疼痛继续上行。

他向上攀爬了二十英尺左右，接着在岩壁上找到了一处可以站立的地方，于是他站在此地稍事休息，身体向后靠在了岩壁上。

他已经有好几年没有攀岩了，通过最初那二十英尺的攀爬过程便足以看出他执行这项任务的效率极为低下。他攀爬时主要是依靠两只手臂的力量，而不是仰赖腿部的力量。此时他已经汗流浃背，身上的每一个伤口里都流进了汗水。

他小心翼翼地转了个身，将两只手再度放在了岩壁上。这一段岩架处于阳光照射不到的地方，所以岩石摸上去冰冷如霜。先前他从地面望上来的时候，这第二段路程看起来似乎很好走——

有许多立足点，另外还有好些适宜攀登的圆球状岩石，可是此时的伊桑站在离峡谷地面二十英尺的高度，再次抬头看着上方那近乎垂直的岩壁，才发现其上的把手点并不多，而此处距离下一段岩架——他或许得在那里好好地休息几分钟——至少有三十英尺。

伊桑闭上双眼，深呼吸了几下，试图让自己的脉搏频率降到最低点。

你能做到的。你必须得做到。

伊桑伸手在头顶上方一英尺处握住了一块迄今遇到过的最小的把手点，随后登上了一道略微上倾的坡面，其上遍布着大小不一的粗砂石，借助它们和他的靴底产生的摩擦力，他便能够继续往上攀登。

伊桑在这第二段岩架上攀爬时，内心的恐惧感增强了好几个量级，一个念头不断地萦绕在他的脑海中：攀爬在如此高的岩壁上，一个小小的失误便足以令他跌下去摔断腿骨或背脊骨，甚至当场毙命。不过，伊桑迅速将这个念头从自己脑子里抹去了。

随着他继续往上攀爬，手可以抓握或脚可以踩踏的岩石都渐渐变得越来越小。

每次他寻找上方新的把手点时，都会再三测试自己抓握的那块岩石是否足够牢固，待确认无误之后才会继续攀爬。他的腿部肌肉不时会出现紧绷感——这是肌肉抽搐的先兆，要是他真的在这样的岩壁上遭遇腿部肌肉抽搐的话，就铁定完蛋了。

他尽可能以最快的速度向上攀爬着，充分利用自己所能抓握到的每一个把手点。同时，看到自己跟峡谷地面之间的距离越来越大，他也从中得到了些许安慰。他在心里默默地思索着，如果自己真的不慎从目前所处的高度跌落进了峡谷里，那么当场毙命是最好的结果。因为要是他果真在这荒郊野外之地摔断了腿骨或背脊骨却没有当场死去，那么他将在漫长的痛苦折磨中渐渐死去，与前者相较这当然是更糟的结局。

然而随着他爬得越来越高，恐惧感便越来越紧地攫住了他的内心。伊桑努力地抑制住了想要低头向下看的冲动，可是他却无法抵挡另一种近乎病态的渴望——他迫切地想要知道自己已经与地面拉开多大的距离了。

他的右手终于触到了第三层岩架。

他将左膝顶在岩壁上，奋力向上提拉着自己的身体。

当他意识到目前还找不到明显适合左手抓握的地方时，他的两只脚都已经离开了原来的立足点，却暂时还没能找到新的立足点。

于是他就这样被悬垂在半空中，左膝抵靠在岩壁上，重力则缓缓地拖着他滑向下方那可怕的空无之地。

他绝望地呼出了一口气，两只手都紧紧地抓握着岩壁，而此刻他的左手只是抓住了跟自己胸部齐平的一块岩石的褶皱。

就这么僵持了一会儿之后，他不知道自己是否还有足够多的力气来抗衡重力的作用，并坚持着将自己拉上第三层岩架。这时他的手指甲的尖端已经渐渐被岩石刮擦掉了，指关节也因过度用力而有些发白。

令他向后倒去的动能渐渐消减了，他用指尖拉着自己的身体向前朝岩壁靠去，最后他的额头触到了岩壁。

他用尽全身力气向上摆动右腿，总算找到了一处可以踩踏的地方，随后左脚也找到了一个立足点。

可是这层岩架极为狭窄，只有先前那层的一半宽，他的两只脚勉强站立得住，几乎没有活动空间。

他可不能忍受在这里继续多待一分钟了。

一道可以通往上面那块金属板的岩缝就在伊桑的头顶上方，那道缝隙的宽度看起来足以让他的身体钻入其中，可他首先得设法攀到岩缝那里才行。此时的他，根本就没有力气去进行这番尝试。

目前他与死神仅有一线之隔，他全身上下、从头到脚都在不住地颤抖。

就在这时，一声突如其来的尖叫令他暂时忘却了自己内心的恐惧。

他低头看着五十英尺之下的峡谷地面，困惑不已。

先前他已经将那只怪兽的头骨敲成了碎块。

那它怎么会……

等等。

它的尸体丝毫没有动弹，那声尖叫也不可能出自它的嘴巴。

紧接着又传来了一声尖叫，音调比先前更低一些。声音在峡谷里的几面岩壁之间回荡着，伊桑下意识地看了看自己来时所经过的通电栅栏的方向。

噢，天哪！

五只怪兽像一支分遣队一样在峡谷里行进着，它们以快速而优雅的姿态在一块块大圆石上跳跃飞奔。

伊桑小心翼翼地转过身子，背靠在岩壁上。

分遣队的领袖突然加速了，如同飞奔的猎狗一般从圆石区往前猛冲。当它来到先前被伊桑杀死的怪兽身边时骤然停下了脚步，随即将脸低垂到地面，嗅着死去同胞的头骨碎块。

其余的怪兽渐渐靠拢过来，领头的这只昂起头，对着天空发出了一声拖得很长的哀号，那声音听起来与狼的号叫声颇为相似。

几秒钟后，另外四只怪兽也纷纷仰天哀号起来。伊桑一动不动地站在岩架上凝神聆听着，感觉越来越冷。他身上的汗水渐渐挥发，带走了皮肤表面的热量，而怪兽的血则在他的脸上凝结起来，看上去就像一道道可怖的疤痕。

他思忖着自己所见到的和所听到的究竟是怎么回事，却找不出一个合理的解释。

眼前发生的这一切已经完全超出了他的人生经验，甚至超出了他的想象。

当阵阵号叫声停止之后，这群怪兽开始用一种伊桑听过的最为奇怪的语言彼此交谈着。

听上去像是一种可怕的鸟语声——发音快速而且尖厉刺耳。

伊桑抓紧了手里的岩石，抵御着一阵阵突如其来的眩晕感。他身下的世界在他的眼里已经有些倾斜了。

那五只怪兽都俯下身来，在死去同胞附近的地面上嗅闻着——它们弓着腰，将头伸进了一道道的岩石缝隙里。

伊桑就站在那群怪兽上方的岩架上，他的脑子里突然冒出了一个令自己恐慌不已的想法——就算它们离开此地，他也不可能往下攀爬回去了。他要逃离这个奇怪世界的路径只有一条，那就是继续往上攀爬。

突然，其中一只怪兽发出了一声高亢而富有穿透力的叫喊。

其余怪兽纷纷聚拢在它四周，它们彼此叽叽喳喳地交谈了好一阵。随后，那只个头最大的怪兽——它的体形是先前袭击伊桑的那只怪兽的两倍大小——突然冲出了队伍，它的鼻子依然贴近地面。

当它来到峭壁底部时，伊桑才终于明白了过来。

原来它们是在寻找我的踪迹。

那只怪兽将鼻子凑到岩壁上，随即将两条前腿抬了起来。

它缓缓地后退了几步。

然后抬起头，目光直直地盯着伊桑的方向。

他们嗅到了我留下的气味。

整个峡谷再度陷入到一片寂静当中。

五双乳白色的眼睛齐刷刷地看向了伊桑所在的岩架。

他能听到自己的心脏在胸腔里狂跳着，就像有一个人在铺着软垫的房间里"嘭嘭"跳动的声音。

一个想法以无限循环的方式在他的脑海里不断涌现着……

他们会攀爬吗？

他的问题很快就得到了回应，那只最先发现伊桑踪迹的大块头怪兽用后腿往后倒着走了几步，随即从地面上一跃而起，猛地扑到了离地面五英尺高的岩壁上。

它的爪尖掘进了岩壁上的狭小缝隙，牢牢地贴合在岩壁上，就像用了魔术贴的效果一般。

它沿着悬崖壁往上看，伊桑的位置便暴露无遗，其余几只怪兽也纷纷跃上了岩壁。

伊桑抬头看了看上面的岩缝，随后用目光搜索着身体上方的岩壁是否有可以抓握的地方，最后他找到了一个自己勉强够得着的把手点。

在他下方，怪兽的爪子扒拉岩壁的声音越来越靠近。他向上轻轻一跳，用手掌握住了岩壁上一簇尖利的深色结晶体。

他抬起另一只手，将其放在上方岩缝里面的水平表面上，随即将自己的身体提拉着进到了那道斜缝的内部。

岩缝的宽度还不到三英尺，要容纳伊桑的身体着实显得有些拥挤。他费力地将整个身体都塞进了岩缝里面，然后转过身，微微地探头向下张望着，在这期间他得利用脚上靴子和岩缝水平面所产生的摩擦力来维持身体的平衡。

那只体型最大的怪兽已经抵达了第二层岩架，它看起来无所畏惧而且不知疲倦，正快速地在岩壁上攀爬着，动作比伊桑灵巧多了。

其余四只怪兽则紧紧地跟在它身后。

伊桑又将注意力转向了自己身体上方的情形，这里是一道三面都被岩石围起来的斜缝，没有太多可以供手抓握的地方，不过他认为自己应该可以利用手掌、脚掌与岩壁的摩擦力，以类似于在烟囱内部攀爬的方式爬上去。

随即他开始行动起来，置身于岩壁的包裹之中，让他拥有了极大安全感，即便这可能只是错觉，也令人倍感安舒。

每向上攀爬几英尺，他都会透过两腿之间的空隙看一看下面的情形。此时他的视线被周围的岩石遮挡住了一部分，不过他仍然能看到在最前面的怪兽正沿着他先前攀爬过的岩壁，在第二层和第三层岩架之间轻松自如地移动着。

当他在岩缝里攀爬了二十英尺之后，离峡谷地面的距离已经有七十英尺了，这时他的两条大腿开始觉得灼痛。

他并不清楚自己还得爬多高才能抵达那块金属物体的位置，其实也正是那块物体促使他做出了攀岩的决定。从另一方面来讲，如果当那群怪兽出现的时候他仍然还待在下面的峡谷地面上，那么此时他肯定早已被它们撕得粉碎了。所以，回顾刚才的经历便能看出，那块促使他鼓起勇气攀岩的发光金属物体其实拯救了——由于他目前还处于生死未卜的境地，所以更准确地说应该是延长了——他的性命。

领头的怪兽已经来到了第三层岩架，它丝毫没有停下来歇息片刻的意思，也没有思索下一步应该做什么，而是当机立断地从狭窄的岩架上一跃而起。

它用左臂前端的爪子抓握住了岩缝底部仅有一平方毫米大小的岩面，仅用这一只手臂的力量便将自己的整个身体抬升了上来，随即挤进了岩缝里。

伊桑眼睁睁地看着那只怪兽用四只爪子抓握着岩缝内壁一个个极为隐蔽的把手点和立足点，继而以比伊桑快两倍的速度紧追急赶地爬了上来。

伊桑除了继续往上攀爬之外，别无他法。

他又向上爬了五英尺。

接着是十英尺。

那只怪兽就在伊桑下方二十五英尺远的地方，在这么近的位置，伊桑能看到它那颗略带粉色的大心脏在肚腹中跳动的样子。隔着它的皮肤看它的心脏，就如同是在看一层厚厚磨砂玻璃背后的情景一般。

伊桑又向上攀爬了十英尺，抬头看去，这道岩缝顶部的外面好像是一片令人望而生畏的平滑垂直的岩壁。

在靠近岩缝顶部的内壁上有好些适合抓握的岩石，伊桑意识到如果自己继续以手掌和脚掌并用的爬烟囱方式攀爬的话，那么在他成功爬出岩缝之前就会被那只怪兽追赶上。

于是，在距离顶部还差十英尺的时候，他转而用两手交替抓握着岩缝内壁突出的岩块，以更快的速度攀爬起来。

就在他非常接近岩缝顶端的时候，手里抓握着的一块岩石突然松动了，他险些因此而失去了平衡。

还好他在向下坠落前的一瞬间赶紧抓握住了另一块牢固的岩石。

他能感觉到有风正从岩缝顶部的开口吹了进来。

还瞥见正上方有一个在阳光照射下闪闪发光的物体。

他愣了片刻。

随即低头看了看下面。

他差点儿白白丧失了拯救自己的机会。

领头的怪兽就在自己身下十五英尺远的地方，另外还有两只怪兽也钻进了这道岩缝，紧紧跟随在头儿身后。伊桑把手放下去，触到了那块刚才险些要了他的命的松动岩石。

他将那块岩石从岩壁里拉了出来，举过自己的头顶。

这块岩石的体积比他先前所想象的还更大些，是一块重量约为两磅的花岗岩。

他用两只脚掌抵住了身体两侧的岩壁，然后对准身下那只大块头怪兽，将手中的岩块扔了下去。

石头正好击中了怪兽的头顶，它失去了平衡，赶紧伸出爪子来寻找新的把手点。

可是却失败了。

它顺着岩缝往下跌落。

几只爪子在岩缝内壁不断地扒拉着。

由于坠落的速度很快，所以它的爪子根本没法抓牢岩壁。

它在急速下坠的途中又撞上了紧随其后的另一只怪兽，两只怪兽合成一体往下坠落，继而撞上了第三只怪兽。三只怪兽尖叫着，一齐从岩缝底部掉落出去，在第三层岩架上反弹了一下，随即以更快的速度往下坠落，最后跌落在了峡谷地面的岩石上。它们的头骨摔得粉碎，身体扭曲纠缠在一起。

伊桑从岩缝顶部的开口探出头去，眯缝着眼看着那个就在自己头顶上方不过几英尺远的一个亮闪闪的物体。

现在他至少位于离峡谷底部一百英尺的高度，略微有些头晕，胃部也开始痉挛起来。在他目前所处的位置，他能看到自己对面的岩壁向上延伸五六百英尺之后便是一片如刮胡刀一般平滑的山脊，这片山脊一看就是无法攀登的。

要是他自己这一面的岩壁也是同样的情形，那么他还不如就此跳下悬崖，了却此生，因为他连继续向上攀爬一百英尺的勇气都没有了，更别说五百英尺。

这时，仍然停留在岩缝内壁的两只怪兽发出了一些动静，伊桑的注意力从绝望情绪中抽离了出来。这两只怪兽并没有跟在前面三只的身后向上攀爬岩壁，而是并排着绕行爬动着，从而避开了先前的灾祸。此时它们的爬行速度减慢了不少，可是仍然还活着，与伊桑的距离只剩下三十英尺。

他抬起右手，抓握住了那块反光金属物体下面的一块岩脊，随即用两只手肘支撑在他先前看到的那块最宽的岩架上，把自己的身体向上提拉起来。在他正前方有一个从岩石上突出来几英寸的钢制正方形通风孔，边长大约有二十四英寸，通风孔的背后有几条正沿着反时针方向快速旋转的风扇叶片。

爪子扒拉岩壁的声响又从下面传了上来。

伊桑伸出两只手握住了通风孔的两侧，使劲拉了拉。

它却纹丝不动——它是被焊接在通风管道上的。

他站起身来，用手在岩壁表面摸索着，最后终于找到了自己想要的东西——一块巨大的重约二十磅的楔形花岗岩。

他把这块岩石举了起来，然后握着它朝通风孔上方与管道相连的部位狠狠地砸了下去。

通风孔碎裂了一小块，左上角略微有些松动。

那两只怪兽已经来到了伊桑下方十英尺的位置，距离近得足以让他嗅到它们身上散发出来的在上一场杀戮中所沾染的猎物血肉的腐臭味，这种气味仿佛成了它们的血腥香水。

他再度举起了手中的岩石，这一次用力地砸向了通风孔的右下角。

伴随着"啪"的一声，通风孔彻底从岩壁上脱离，落在岩架上又反弹起来，结果差点儿击中了其中一只正在移动的怪兽。

在伊桑和那条黑乎乎的通风管道之间就只隔着几条扇叶，它们在进风口快速转动着。

他将手中的岩石塞进扇叶里，使得它们停止了转动。

伊桑挥拳对准扇叶重重地击打了三下，它们便从进风口脱落下来，掉进了管道里。伊桑将手伸进管道里取出扇叶，随手将它们扔在了岩架上。

他又拾起那块岩石，高高地举过头顶，然后对准一只离自己最近的怪兽扔了下去，此时那只怪兽的爪子已经触到了岩架边缘，马上就要爬上来了。

它尖叫着从岩缝里坠落下去。

它的同伴眼睁睁地看着它坠落到峡谷地面上，一命呜呼，随即回头恶狠狠地看着伊桑。

伊桑笑着说："下一个就轮到你了。"

怪兽打量着伊桑，微微歪着头，看起来就像是它能理解或者起码想要理解伊桑所说的话。它将身体紧紧地贴在岩架下面的岩壁上，而伊桑就在离它很近的地方等着它从岩缝里钻出来，它似乎有所觉，所以纹丝不动。

伊桑转过身去，在悬崖壁上四处摸索着，想要再找到一块松动的岩石，可是却一无所获。

当他回头看的时候，那只怪兽仍然还贴在岩壁上一动不动。

看来它一时半会儿不打算出来了。

伊桑心里想着自己是不是应该继续向上攀爬，等再次找到一块大小合适的岩石之后再来对付它。

这可不是什么好主意。那样的话，到时候我还得爬下来再次回到这层岩架。

伊桑蹲下身子，解开了左脚靴子的鞋带。他先把这只靴子脱下来，随即又脱下了右脚上的靴子。

他举起一只靴子——这靴子的重量远不及先前那块岩石，不过或许也能派上用场。他握着靴子的鞋跟，一面低头看着那只怪兽乳白色的眼睛，一面以一种极其夸张的动作扬起了手臂。

"你应该知道接下来会发生什么事情，不是吗？"

伊桑将手臂向下一挥，做了一个要将靴子扔下去的假动作。

可它并没有如伊桑所期待的那样因惧怕退缩，并从岩壁上掉落下去。它只是更紧地贴在了岩壁上。

接下来的这一次伊桑就没有再做假动作了，他将手中的靴子狠狠地掷了下去。靴子落在怪兽头顶，之后又弹了起来，随即便快速地坠落进了峡谷里。

伊桑举起了第二只靴子，对准目标掷了下去。

这一次靴子正好击中了怪兽的脸部。

靴子反弹之后又滚走了,怪兽仍然紧贴着岩壁,抬眼看着伊桑,嘴里发出"嘶嘶"的叫声。

它的脸上杀气毕露。

"你以为你能永远坚持下去啊?"伊桑问道,"你一定累了吧。"他把手伸过去,假意要拉它上来。"让我来帮你吧。你只需信任我就好了。"它注视着伊桑,表情令人极为紧张不安。伊桑觉出它似乎能明白自己想要表达的意思,可它到底能理解到何种程度呢?

伊桑在岩架上坐了下来。

"我会一直守在这里的。"他说,"直到你掉下去为止。"

他看到它的心脏正在胸腔里跳动着。

他还看到它不时眨动着眼睛。

"你可真是个丑八怪。"伊桑轻声笑着,"抱歉,我实在忍不住这样说。我感觉自己正在拍一部科幻电影。说真的,你到底是什么东西啊?"

十五分钟过去了。

现在已经快要接近傍晚了。

太阳渐渐西沉,峡谷的地面已经陷入到一片黑暗当中。

岩架上的气温也越来越低了。

几团乌云在伊桑头顶聚集了片刻,随后很快又飘散开来,天空再度恢复了湛蓝。

怪兽左臂前端的五根爪子开始略微颤抖起来,与岩壁相摩擦,发出了持续的细微声响,与此同时它眼里的神色也有些改变。它的眼神依然饱含着愤怒，不过又增添了一种新的情绪元素——是恐惧吗？

它转动了一下头部，观察着四周处于自己可触及范围内的岩壁。

伊桑也做过同样的观察，并且也得出了想必跟它一致的结论。

"没错，来这里吧，伙计。来我这里的岩架上，这是你唯一的选择了。"

它的右腿略微震颤了一下，就在伊桑张开嘴正要建议它将爪子从岩壁上松开的时候，它却突然踩在岩壁的立足点上一跃而起，身体向上抬升了三英尺高。与此同时，它将右臂的爪子朝伊桑挥舞了过来。

它这一击本来可能会划伤伊桑的脸，不过还好伊桑猛地一俯身躲开了。怪兽的爪子从他头顶一擦而过，随即他迅速站起身来，准备好一脚将这只怪兽踢下悬崖。

可是他根本就没必要这样做。

它处在目前这种极度虚弱的状态下，根本没有可能爬上岩架——它不过是将仅存的最后一点力气用来对伊桑发动最后一击，以求将伊桑拖下去跟自己同归于尽罢了。

显然它已经预料到了自己的结局，因为当它下坠的时候丝毫没有发出任何喊叫声，手臂和腿脚也没有丝毫的挣扎。

它只是抬眼望着伊桑，任由自己朝着那没有阳光的峡谷地面迅速坠落。它的身体一动不动，仿佛正处于高台跳水的某个步骤当中。

它完全地——或许说是心平气和地——顺服于自己的命运。

BLAKE CROUCH
PINES

第十四章

昨天，她没有离开过自己的房间。

甚至没有离开过自己的床。

她为迎接他的死做好了准备。

她知道这一天终究还是来了。

可是眼睁睁地看着太阳从一个没有伊桑的世界里升起，她再也没法保持平静了。伴随着黎明的曙光来临的一切都是那么真实，她看到人们清早外出散步，听到侧院喂鸟器里传来了喜鹊的鸣叫。她所感知到的这一连串事情令自己那颗已经破碎的心不堪重负。这个世界再度运转起来，可他却不在这个世界上了，这个事实像长在她胸口的一个黑色肿瘤，时刻折磨着她。内心的巨大悲恸令她几乎无法呼吸。

今天，她冒险走出了房门，此时正无精打采地坐在自家后院的柔软草坪上晒太阳。她就这么抬头凝望着在四周山峦峭壁上移动着的阳光，脑子里一片空白，什么也不想，好几个小时就这么过去了。

一阵逐渐靠近的脚步声打断了她的凝望。

她转头一看。

皮尔彻正朝她走来。

自打住进黑松镇以后，她已经在镇上见过这个男人好几次了，不过每次见面时他们都没有彼此交谈过——她刚来此地时便被警告不得与他交谈。从五年前西雅图的那个雨夜至今，她和皮尔彻再也没有说过一句话，可此时他却带着一个最为古怪的话题，突然在她家门前的台阶上出现。

皮尔彻坐在了她身旁的草地上。

他把自己的眼镜取了下来，放在腿上，说道："有人跟我说你没去参加合作社的丰收节。"

"我已经有两天没离开家门了。"

"那么，这样的情况什么时候能够结束？"他问她。

"我也不知道，可是我不能承受别人看着我的目光。当然，我们不能彼此谈论有关他的事情，可是我能从他们的眼神里看出他们对我的怜悯之情。或者说更糟的是，我能看出他们故意忽略我，在我面前装作什么事都没有发生一样，就好像他从来都没有存在过。我甚至还没有告诉我的儿子他爸爸已经死了，我不知道该如何开口跟他说。"

傍晚就要来临了。

天空中一片云朵也没有。

一排山杨树苗将她家的后院与隔壁邻居家的后院分隔开来，这些树苗的叶子在一夜之间已经全都变成了金黄色。一阵微风吹过，硬币形状的树叶窸窣作响，她还能听到房子后门旁边阳台上的木制风铃正发出"叮叮当当"的悦耳响声。她担心类似这样的时刻——隐藏着她永远也不可能知道的真相的满眼美妙绝伦的风景——终有一天会令她精神错乱。

"你在这里做得不错。"皮尔彻说，"伊桑的遭遇是我绝不想看到的。我希望你能相信这一点。"

她看着皮尔彻,直勾勾地盯着他的黑色眼睛。

"我不知道我现在究竟该相信什么。"她说。

"你的儿子在房子里面吗?"

"是的,怎么了?"

"我想让你进去把他带出来。我的车就停在你家前门的外面。"

"你要带我们去哪里?"

他摇了摇头。

"你会伤害本杰明吗?"

皮尔彻费力地站了起来。

他低头看着她。

"如果我想伤害你们,特丽萨,我会在午夜里趁你和你儿子熟睡之际,神不知鬼不觉地将你们带走。可我却选择在这样的时候过来了。现在你去把他带出来吧,两分钟后我们在你家前门外会合。"

BLAKE CROUCH
PINES

第十五章

伊桑看了看通风管道的里面。

管道内部的空间看上去非常狭窄,如果他穿着连帽衫的话,或许根本就没法钻进去。

他一把将连帽衫的袖子从手臂上拉了下来,随后脱掉了连帽衫,将其扔在岩架上,一双赤裸的手臂顿时冒出了好些鸡皮疙瘩。他估摸着待会儿在管道里爬行主要得借助于两只脚的力量,于是他决定将脚上的袜子都脱掉,以免在管道壁上打滑。

他将头伸进了管道口。

起初,他的肩膀几乎被管道壁给卡住了,不过他坚持缓缓地扭动着身体,一分钟之后,他的上半身终于钻进了管道里。他的两只手臂在身体前方伸直了,两只脚使劲蹬着岩架,试图将自己的下半身也推进管道。当他的脚趾触碰到薄薄的金属管壁时,顿时觉得快被冻僵了。

待他的整个身子都进到了通风管道里时,心头掠过了一丝恐慌。他觉得自己几乎不能呼吸了,左右肩膀被两侧的管道壁挤压得难受。同时他也渐渐明白,在自己目前的处境之下是不可能再倒退着爬出管道了。如果真要强行后退,那么两边肩膀都会脱臼。

他唯一的移动方式就是用脚指头奋力蹬着管道内壁前行,可是这种方式没法让他后退。

他在管道里一英寸一英寸地缓缓向前挪动。

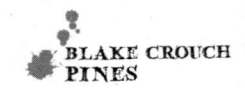

身上仍然还在流血。

先前的攀岩令他全身的肌肉都紧张而酸痛，神经也备受折磨。

前方只能看到一团漆黑，他的身体在管道壁上摩擦着，这"窸窸窣窣"的声音一直在整个管道里回荡。

每当他停下来的时候，声音便消失了。

他便置身于一片全然的寂静中，其间偶尔会传来阵阵令他听了心惊肉跳的"砰砰"声——这是金属管道随着温度波动而不断膨胀或收缩的声音。

在黑暗中爬行了五分钟之后，伊桑突然想要回头看看先前进入的管道口。长久地笼罩在无望的黑暗中，他迫切地渴望再瞥一眼光明，从而给自己一丝小小的慰藉。可是在这狭小的管道空间里，他却没法将头扭到足以看到身后的幅度。

#

他不断地向前爬行着，爬行着，爬行着。

四面八方都是漆黑一片。

半个小时之后，也许是五个小时之后，或者是一天之后……他不得不停止了爬行。

他的脚趾因过度劳损而痉挛起来。

他颓然趴在金属管壁上。

全身战栗着。

口渴得厉害。

他觉得饥肠辘辘，然而却没法伸手取出放在裤兜里的食物。

他能感觉到自己的胸膛贴在金属管壁上强烈而有节奏地上下

起伏着。

\#

他渐渐睡着了。

或者说是失去了知觉。

甚至可能是短暂地假死了几分钟。

当他再次醒来时，整个身体下意识地在管道里猛烈地挣扎起来。他不知道自己身在何处，也不知道时间的早晚，满眼看去只有一片纯粹的漆黑。

有那么一刻，他惊恐万状地以为自己被人活埋了，他使劲呼吸的声音听起来就像是有人在对着自己的耳朵尖叫一般。

\#

他又继续爬行了许久，在他看来，时间漫长得像是过了好几天。

他在黑暗中待得越久，眼前就越是频繁地出现梦幻般的奇异光芒。

这幻象中的光芒有着明艳的色彩，在黑暗中带给视觉极大的冲击。

随着他在这幽闭的黑暗空间里爬得越来越久，他的思想意识便越来越强烈地被一个念头所吞噬——这一切事情都不是真实存在的。

包括黑松镇、峡谷、怪兽以及你本人在内，一切都是不真实的。

那么眼下又是怎么回事？我现在在哪里？

你在一条又长又黑的管道里，可你这是要去什么地方呢？

我不知道。

你是谁？

我是伊桑·伯克。

不，我问的不仅仅是你的名字。

我是本杰明的父亲，特丽萨的丈夫。我住在西雅图安妮女王街区。我曾在第二次海湾战争中担任黑鹰直升机飞行员，在那之后我成为了一名特勤局特工。七天之前，我来到了黑松镇……

从这些陈述中并不能看出你的身份和性格。

我爱我的妻子，可是我却对她不忠。

没错，按这种方式继续往下说吧。

我爱我的儿子，可是我却很少陪伴在他身边。对他来说，我不过是他天空中的一颗遥远的、可望不可即的星星。

说得很好。

我总是怀着良好的意愿去做各种事情，可是……

可是什么？

可是我总是扮演失败者的角色。我总是伤害我所爱的人。

为什么会这样？

我也不知道。

你的精神出问题了吗？

有时候我会认为自己仍然在那间酷刑室里，我似乎从来没有从那里走出来过。

你的精神出问题了吗？

你认为呢？

这我没法判断。

为什么？

因为我就是你。

\#

当他又看到光的时候，他以为那又是眼前出现了幻觉，只是这次的光芒并没有奇妙的艳丽色彩，也没有给视神经带来太大的冲击。

他只见到前方很远处有一个持续的蓝色光点，就像一颗垂死的星星所散发出的光芒，极其微弱。

他一闭上眼睛，光点就消失了。

他再度张开眼睛，它又重新出现在了眼前。置身于这个极易引致幽闭恐惧症的空间里，这蓝色的光点成为了唯一一个能令他的头脑保持理智清醒的元素。虽然它不过就是一个光点而已，可他却能自如地让它在自己眼前消失或重现，这是他目前生命中仅存的一点点控制力量，他自然会无比迫切地追寻着它。

对此时的伊桑来说，它就是他的精神支柱和灵魂停靠的港湾。

伊桑心里想着，拜托了，让一切都回归真实吧。

\#

在伊桑的视野中，那颗发出微弱蓝光的"星星"变得越来越大，同时他还能听到一阵柔和的"嗡嗡"声从同样的方向传了过来。

伊桑停下来休息了一会儿，身体静止不动时他能感觉到自己所处的通风管道正在轻微地震动着。

在黑暗中待了好几个小时之后,这种跟先前不一样的新鲜感觉令伊桑倍感安舒,他觉得自己目前感知到的震动就像儿时依偎在母亲怀里时所感受到的母亲的脉搏。

\#

又过了一会儿,那颗蓝色"星星"的形状变成了一个小小的正方形。

随后它渐渐填满了伊桑的整个视野,他的心脏不由得狂跳不已。

很快地,它来到了伊桑前方十英尺远的地方。

然后又缩短到了五英尺。

伴随着左右肩膀与两侧管道壁摩擦造成的剧烈疼痛,伊桑的两只手臂伸到了管道口的外面,这种重获自由的感觉像极了久旱逢甘霖的喜悦。

他趴在管道口,看到下方有一根直径比原先的管道大一倍的粗管道,另外还有许多横向的小管道与这根主管道相交。

主管道里充满了柔和的蓝色光芒,光源是下方很远的一颗灯泡。

同时,他看到主管道的底部有一个进风口。

从伊桑目前所处的位置到主管道进风口的风扇叶片,足足有一百英尺的距离。

伊桑感觉自己正在俯瞰一口深井。

每隔十英尺,就有更多的管道与主管道会合,它们当中有一些甚至比主管道还粗得多。

伊桑抬起头来，发现主管道的顶部就在他头顶上方两英尺处。

该死！

他知道自己接下来该采取什么行动了。他知道自己别无选择，可是他实在不想那样做。

#

伊桑采用先前在岩缝里攀爬的方式爬入了主管道，他将两腿分开，两只脚掌各自抵住了身体两侧的管道壁。

他光着两只脚，脚掌与金属管壁贴合得极为紧密。尽管他知道只要稍有不慎，自己就会跌入主管道底部那个正在转动的风扇上，可他还是因为自己终于摆脱了先前那根狭小管道而欣喜若狂。

#

他以极慢的速度向下移动着，一次只挪动一只脚。每次向下挪动腿脚时，他都会用两只手臂死死地抵住管道壁，紧接着再将压力重新转移到脚掌。

向下移动了四十英尺之后，他在自己遇到的第一根较粗的水平管道口坐了下来。他一面盯着主管道底部"嗖嗖"飞转着的风扇叶片，一面吃掉了裤兜里仅存的一点胡萝卜和面包。

先前他满脑子一直只想着逃生的事情，直到这时他才开始思索所有这些管道设施的用途到底是什么。

他并没有急着继续向下行进，而是回头看了看自己背后的水平管道。他留意到幽暗的空间里每隔一段固定的距离都安置着一块发光的面板，那些面板一直延伸到了他视野的尽头。

伊桑翻身进入了这根横向管道，用两只手和两只膝盖支撑着身体，沿着金属管壁攀爬了二十英尺，来到了第一块发光面板的旁边。

他停在面板的边缘，内心突然涌起了一阵夹杂着恐惧的强烈兴奋感。

这压根儿就不是什么发光的面板。

而是一个通风孔。

他透过通风孔看到了下面是铺着格子砖的地面。

通风管道里的气流令伊桑觉得非常温暖，这股暖流像极了七月里的海洋微风。

他在原地等了许久。

观察着。

什么也没发生。

他能听到空气在管道里流通的声音，还有自己的呼吸声，以及金属管道热胀冷缩的声音，别无其他了。

伊桑用手握住了通风孔的隔栅。

他轻而易举就将它提了起来，它并没有被螺丝或钉子固定，也没有被焊接在管道壁上。

他将隔栅放到一边，牢牢地抓住了通风口的边缘，试着鼓起勇气从那里下去。

BLAKE CROUCH
PINES

第十六章

伊桑慢慢地将自己的身体从通风孔滑移下去，最后他的两只光脚触到了黑白相间的格子砖地面。他发现自己正置身于一条长长的空走廊里，能听到的只有荧光灯灯管所发出的"嗡嗡"声，以及头顶上方管道里传来的"咝咝"的空气流动声，除此之外便没有任何别的声音了。

他放轻脚步，开始在格子砖地面上行走起来。

走廊的左右两侧每隔二十英尺有一扇房门，每扇门上都有一个数字。他的右前方是一扇近乎破裂的门，些许光芒从门内透了出来，照在了走廊的地面上。

他来到这扇门边，看到上面写着"37"，然后将手握在了门把手上。

他凝神聆听了片刻。

门那边没有说话声，也没有任何动静，总之没有任何征兆提示他该转头离开了。

于是他转动了一下门把手，将门板推开了一道小缝，探头朝里面张望着。

房间远端的墙边摆放着一张整理得井井有条的单人铁架床，床头的一张书桌上摆放着几个相框和一个插有几枝郁金香的花瓶。随后，他的目光陆续掠过了一个与天花板齐高的书架、挂在墙上的一幅法国画家马蒂斯的画作以及一个画架。门边的墙壁上

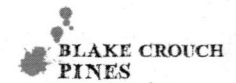

有一个挂钩，上面挂着一件毛巾布浴袍，浴袍下面摆放着一双小兔造型的粉红色拖鞋。

他关上房门，沿着安静的走廊继续往前走去。

走廊里的各扇门都没有上锁，他每次冒着可能被人发现的风险推开门一看，都会发现门那边的居住空间跟第一扇门内的情形非常相似，每个房间各自具有极简抽象派艺术风格，此外还各有一些独特的个性化色彩。

伊桑沿着走廊走了好长一段路，最后来到了一个楼梯井跟前。他站在楼梯顶部的平台往下看了看，总共有四段阶梯，一直通往这栋楼的底部。

他身旁的墙上挂着一个牌子，上面写着"4楼"。

他缓缓地走下一段阶梯，来到了另一条走廊的入口，这条走廊和楼上那一条看起来别无二致。

突然，走廊里传来了一阵大笑声。

伊桑吓了一跳，赶紧回到了楼梯平台，做好了逃离的准备。他已经琢磨好了，自己可以回到四楼，然后从任意一套公寓房间里搬出一把椅子到走廊上，之后再踩着椅子回到通风管道里。不过幸运的是那阵笑声很快就消失了，他一动不动地等待了足足一分钟之后，确定整条走廊又再度陷入了彻底的沉寂。

他轻手轻脚地沿着走廊走了约莫三十英尺，在一扇对开转门前停住了脚步，每扇转门上都安装了一块小玻璃。

透过门上的玻璃看进去，这是一间还算体面的自助餐厅，一共有十几张餐桌，三个男人和两个女人正围坐在一张餐桌周围用餐。从餐厅里飘散而出的热食香气令伊桑的肚子倍感饥饿，辘辘作响。

其中一个女人说道："你知道那不是真的，克莱。"说话间她用一把尖端叉有一团食物的叉子指着伊桑所在的方向，那团食物看起来应该是土豆泥。

伊桑赶紧沿着走廊继续往前走。

他路过了一间洗衣房。

一间娱乐室。

一间图书室。

一间空无一人的体育馆。

还有男女更衣室。

他继续往前走，看到了一间健身房，里面有两个女人各自在一台跑步机上肩并肩地慢跑着，还有一个男人正在举一个负重器械。

伊桑从走廊尽头的楼梯井继续往下走，随即便来到了二楼的走廊上。

他在第一扇门的外面停了下来，透过门上的圆形玻璃窗向内窥探着。

房间中央摆放着一张轮床，它的四周是几盏射灯和几张摆放着手术器械的手推车，还有心脏监护器、输液架、吸引烧灼器以及一张荧光镜透视检查桌，所有的物品看上去都非常清洁，在低亮度灯光的照射下闪着微光。

接下来的三扇房门上都没有玻璃窗，各自贴着一块铭牌，分别是A实验室、B实验室和C实验室。

当伊桑来到这条走廊的尽头时,发现有光芒从一扇门上的玻璃窗里透了出来。他蹑手蹑脚地走过去,将身子紧贴在了这扇门旁边的墙上。

他听到玻璃窗里传出了一些动静——"噼噼啪啪"的轻微敲击声和低沉轻柔的说话声。

他伸长脖子,透过玻璃窗看着房间里面。

房间里很暗,唯一的光源来自为数众多的显示屏。其中一面墙上安装着整整五排显示屏,每一排有五台,所以显示屏的数量总共有二十五台。这些显示屏的下方是一排大型控制台,其精密复杂的程度丝毫不亚于发射火箭的控制设备。

在离伊桑十英尺远的地方坐着一个男人,他正抬头看着显示屏上那些不断变换着的画面,同时他的手指在面前的键盘上迅速而熟练地敲击着。他的头上戴着一副头戴式耳机,伊桑依稀能听到他说话的声音,不过却听不清他说的具体内容。

伊桑将注意力集中在其中一台显示屏上,图像正不断地变换着……

一栋维多利亚式房屋的正面。

另一栋房屋的门廊。

一条小巷。

一间卧室。

一个空空的浴缸。

一个女人站在浴室镜子前梳理着自己的头发。

一个男人坐在厨房餐桌旁吃着一碗麦片粥。

一个孩子坐在洗手间的马桶上阅读着一本书。

黑松镇主街的一角。

公园里的游乐场。

墓园。

河流。

咖啡店的内部角落。

医院的大厅。

坐在办公桌后面的治安官波普把两只脚都跷到桌上,正在讲电话。

玻璃窗的边框限制了伊桑的视野范围,不过他还能瞥见另一面显示屏组合墙的左侧边缘,同时也能听到另一个人敲打键盘的声音。

他的内心深处突然涌起了一股强烈的无名怒火。

他将一只手放在门把手上,准备转动它。他恨不得悄悄走到那个正专注地察看着人们私生活的男人背后,猛地将他的脖子扭断。

不过他克制住了自己内心的冲动。

现在还不是时候。

伊桑离开了这间监控中心,接着又走下了一段阶梯,最后来到了一楼的走廊上。

伊桑看不清走廊尽头的情形,那里太远了,不过他能看出在那一头的楼梯井外面还有一片建筑群。

伊桑加快了行走的步伐。

在这条走廊里，每隔十英尺就有一扇不带门把手的门，每扇门旁边的墙上都有一道卡槽，看来得刷门禁卡才能进入这些门里面的房间。

他在左手边的第三扇门跟前停住了脚步。

透过门上的一小块玻璃窗，他看到了门内的情形——只是一个漆黑的空房间而已。

当他来到左手边的第十扇门跟前时，鬼使神差地又停了下来。他将两只手掌遮挡在双眼上方往门内看去，想要看清楚房间里面的细节。

与此同时，一只他曾在峡谷里见到过的那种怪兽突然撞到了玻璃窗的另一侧，露出满口牙齿发出了"咝咝"的叫声。

伊桑被吓得不轻，跌跌撞撞地退到了对面的墙边，满脑子嗡嗡作响。那只怪兽开始发出尖厉刺耳的叫声，幸好厚厚的玻璃窗将大部分声音给挡住了。

然而，从伊桑先前路过的楼梯井里传来了一阵脚步声。

伊桑以最快的速度奔跑着前行，走廊里的一盏盏荧光灯看起来就像一束人造光流。

当他抵达走廊尽头的楼梯井时回头看了看身后，发现两个身着黑衣的人影出现在了远在百米之外的走廊尽头。其中一个人指了指伊桑所在的方向，嘴里喊了一句什么，随后他们一齐朝伊桑冲了过来。

伊桑匆匆经过了楼梯井。

位于他正前方的一对自动玻璃门正朝彼此滑拢过去。

他侧着身子,勉强从不断收窄的门缝中挤了过去,紧接着滑动门在他身后完全合上了。

眼前这个房间大得着实令他颇感吃惊,他不由得在这片广阔的空间中出神地停下了脚步。

他的脚下不再是格子砖地面,而是冰冷的岩石地面。他正站在一个巨大洞穴的边缘,这洞穴的面积相当于十个标准仓库的大小——他估摸着其面积至少有一百万平方英尺,地面与天花板的距离也有六十英尺以上。在伊桑的一生中,只见过一处比这里更为壮观的空间,那就是位于华盛顿州埃弗雷特市的波音飞机公司的工厂。

许多巨大的球形灯泡从岩石材质的天花板上垂了下来,一盏灯就能照亮一千平方英尺的地面区域。

灯泡的数量多达上千盏。

这时,他身后的两扇自动玻璃门又开始滑动着往相反的方向分离,他能听到那些黑衣人的脚步声透过门缝传了过来——他们已经跑完了整条走廊的一半。

伊桑跑进了洞穴中,沿着一条通道向前飞奔着。这条通道左右两旁的架子上摆满了各种尺寸的木材,这些架子高达四十英尺,深度有三英尺,长度跟一个足球场的长边相当。伊桑粗略估算了一下,如果将这些木材全都铺在地上,其面积足足有五个黑松镇那么大。

他听到身后传来了好几个人说话的声音。

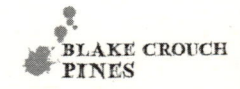

伊桑回过头去，看到自己身后两百英尺远的地方有一个人正朝自己猛冲过来。

他终于跑完了这条两旁都是木材的通道。

在他正前方的岩石地面上摆放着成百上千个圆柱形容器，每个容器的高度和直径至少有三十英尺，算下来容量达到了好几万立方英尺。容器的表面上贴着与伊桑的视线等高的醒目黑体字：

大米

面粉

白砂糖

小麦粒

含碘食盐

玉米粒

维生素C

大豆

牛奶粉

麦芽

大麦粒

酵母

伊桑就这么跑进了这片由容器构成的迷宫里，他能听到身后的脚步声离自己非常近，可是因为受到空间条件的限制，他没法确定这些脚步声具体是从什么方位传过来的。

他停下脚步，背靠着其中一个容器的侧面，将嘴凑在长袖T恤的臂弯里呼吸着，以此来掩盖自己的喘息声。

一个身着黑色制服的男人从他身旁飞快地跑了过去，此人一只手里握着一部无线对讲机，另一只手里则拿着一根类似电动驱牛棒的东西。

伊桑等待了十秒钟，接着改变了先前的行进路线，在容器群中再度穿梭了一百多米，来到了一个停车场。

停在这里的车辆既有上世纪八十年代早期的古老车型，也有当代的新款车型，另外还有好些他从来没有见过的类型——曲线优美、设计紧凑，看起来更像是富有激进色彩的概念车型，而不是常常出现在公共街道上的普通车辆。

这里的每一辆车都无一例外地镀上了闪闪发光的铬合金，在巨大的球形灯泡的照耀下，每一辆车看起来都毫无瑕疵，崭新的外观不禁令人猜测它们是不是三十秒前才刚刚从生产线驶出来停放在这里的。

他看到一群人慢跑着出现在了停车场的远端。

伊桑赶紧在两辆红色大切诺基越野车的中间俯下身来，他不知道自己是否被那帮人看见了，不过他确信他们携带着自动武器。

他爬行着前进了好几辆车的长度，然后在一辆车的驾驶室门边慢慢地站起身子，随即透过这辆八十年代初期型号的雪佛兰黑斑羚的挡风玻璃四处察看着。

那些人与他的距离比他预计的更近，差不多就在离他三十英尺远的地方，每个人都握着一支冲锋枪。他们当中有两个人将手中的手电筒一一照进途经的每一辆汽车的内部，第三个人则用两只手和膝盖在地上爬行着，同时也用手电筒在沿途每一辆车的底

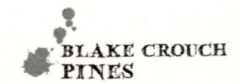

盘下方扫射着。

伊桑朝着跟他们相反的方向行进着,他并没有选择在地上爬行,而是弓着背踩在不平整的岩石地面上奔跑,在跑动的过程中,他尽力确保自己的头不会被人透过车窗玻璃看到。

当他来到停车场边缘的时候,看到了一辆福特维多利亚皇冠汽车,后排乘客座位的车门上安装的是深色的隔热车窗。他在这辆车的驾驶室旁停下脚步,握着车门把手,随即悄无声息地拉开了车门。

车内的座舱顶灯亮了起来,伊桑赶紧坐进了驾驶室,然后猛地将车门拉过来关上了。

即便是坐在汽车里面,他也能听到自己关车门的声响在巨大的洞穴空间里回荡着。

伊桑俯身躲在驾驶室底部,他费力地扭过头去,越过椅背上的弹性头垫,看了看后挡风玻璃之外的情形。

那三个拿着手电筒的男人此时都站起来了,在原地缓缓地转动着身体,正在分辨先前那记关门声是从什么方向传来的。

最后他们三人开始分头行动,其中两人朝远离伊桑的方向跑去,可是最后那个人却径直朝着伊桑藏身的汽车奔了过来。

在那个男人渐渐靠近的过程中,伊桑钻到了司机座椅的后面,将自己的整个身体尽可能地缩成了最小的球形。

脚步声越来越近了。

他将头塞进了双膝之间的空隙。

这下子他什么也看不见了。

脚步声来到了离他对面的车门几英寸远的地方。

随即停了下来。

伊桑很想抬起头来看看目前车窗外究竟是什么样的状况。

他猜测那个男人或许正用手电筒扫射着这辆福特维多利亚皇冠汽车的内部。

他在心里忖度着这辆车后座的深色隔热车窗的透光度究竟如何。

如果那人看不清车内的情形，下一步会不会打开车门来看个究竟？

脚步声又响了起来，不过伊桑一直没有动弹。他又静静地等待了五分钟，直到脚步声渐渐减弱，最后完全消失了。

暂时安全了吧，他警惕地坐起身来，透过车窗玻璃向外望去。

那几个男人都不见了踪影。

在他视野中连一个人影也没有。

伊桑轻轻地推开车门下了车，趴在岩石地面上仔细聆听着。

他听到了一些人声，不过应该是从这洞穴里极其遥远的方位传来的。

伊桑在地上爬行了大约一百英尺之后，来到了停车场的边缘。

他的正前方矗立着一面岩壁，其上有一个开口通往一条隧道，这隧道的宽度足以容纳两辆汽车并驾齐驱。

伊桑站起身来，准备走进这条隧道。

隧道里空无一人，光线充足，以微小的坡度向下延伸着。隧道地面的铺筑风格显得极为古朴，看得出其建造时间有些久远了。

隧道上方的拱形岩壁上固定着一块标志牌，绿色的背景白色的文字，看起来跟美国州际公路上的路牌非常相似。

不过这块标志牌上只列出了唯一一个目的地……

黑松镇，3.5英里

伊桑回头看了看停车场里的车辆，心想自己兴许可以从中借一辆老式型号的车来用用，因为它们更容易用短路点火的方式启动点火装置。

这时，从离他五十米的岩壁上一扇玻璃门里透出来的冷冷蓝光引起了他的注意。

同时，他又听到从身后停车场以外的地方传来了脚步声和人的说话声，只是这些声音都还位于相当遥远的地方。伊桑觉得自己隐约看到一束手电筒的光芒照在了其中一个大容器上，不过他并不能确认自己有没有看错。

伊桑紧贴着略微弯曲的岩壁朝那扇玻璃门慢跑过去。

在距离玻璃门五英尺远的地方，他停下了脚步。

在玻璃门滑动着打开的时候，他看到门上印着一个词语：

生命暂停

伊桑没有多想，径直走进了门内。

滑动玻璃门在他身后关上了。

门内比外面冷多了，气温顶多略高于零度，他呼出的空气很快就凝结成了一团团白雾。这里的光线是冷冷的淡蓝色，有点像阳光照进海上浮冰所呈现出来的颜色。在伊桑头顶上方十英尺的空间氤氲着厚厚一层白雾，像云层一样几乎完全遮蔽住了天花板。虽然很冷,不过这个房间里的空气中有一股刚经历了暴风雪之后的夜晚的气息——纯净而清透。

在一片寂静中,伊桑偶尔能听到气体流动的"咝咝"声和阵阵柔和的"哔哔"声。

在这个与杂货店大小相当的房间里摆放着一排又一排的木炭色装置,数以百计。这些装置的尺寸和形态都与饮水机类似,每台装置的顶部都不断地冒出白色的雾气,看起来很像正在冒烟的烟囱。

伊桑走进了第一排装置和第二排装置之间的通道,面对着其中一台装置仔细察看着。

这台装置正面的中央镶嵌着一块宽度约两英寸的玻璃面板,不过他没法透过这块玻璃板看出里面是什么东西。

玻璃面板的左边有一块小型键盘,键盘上方的显示面板上各项测量数据的读数都是"0"。

他仔细看着玻璃面板右边的一块数码铭牌:

珍妮特·凯瑟琳·帕尔梅

堪萨斯州托皮卡市

生命暂停日期:1982年2月3日

居住时间:十一年五个月零九天

这时伊桑听见了身后玻璃门滑开的声音,于是他转过身去想看看是谁进来了,可是从一台台装置顶部冒出来的白雾遮挡住了他的视线。他沿着通道继续往里走,四周的雾气浓度更大了。途经的各台装置上的铭牌他都看过了,其上的生命暂停日期从二十世纪八十年代开始往后逐渐推迟。

当他走到某台装置的旁边时,除了气体"咝咝"往外逸出的声音及"哔哔"的仪器声响,他还听到了夹杂在其中的人的说话声。

他看了看身旁这台装置,透过其侧面中央的玻璃嵌板,他能看到这台装置内部塞满了黑色沙子。他在不经意间突然瞥见黑沙当中有一根苍白的手指,这根手指的指尖正一动不动地靠在玻璃嵌板上的一个指印下方。

从显示面板来看,心脏监护仪的波形仿佛是一条直线,而温度的读数是"21.1111℃"。

铭牌上写着:

布莱恩·莱尼·罗杰斯

蒙大拿州米苏拉市

生命暂停日期:1984年5月5日

融合次数:2

接下来那台装置的里面是空的,不过伊桑一眼认出了铭牌上的名字,他心里想着这是不是我所认识的那个人呢:

贝芙丽·琳恩·肖特

爱达荷州博伊西市

生命暂停日期:1985年10月3日

融合次数:3

已终结

伊桑听到有人正快速朝自己走来,他的脑子飞快地运转着,与此同时他离开了贝芙丽的装置，朝前面的通道尽头跑去。他准备从那儿走进下一排装置。

这究竟是怎么回事？

房间里起码有五六个人，他们都追在伊桑身后，可他对此却毫不在乎。

他还需要再看到最后一台装置。

他必须看到它。

当他来到第四排中间的一台装置旁边时，身后的人声越来越迫近了，可他却停下了脚步。

他注视着身边这台空空的装置。

这是属于他的装置。

约翰·伊桑·伯克

华盛顿州西雅图市

生命暂停日期：2012年9月24日

融合次数：3

终结进行中

看着自己的名字，他内心的真实感却一点儿也没增加。

他站在原地，搞不明白眼前所见到的信息究竟是什么意思。

他试着想清楚这些信息意味着什么。

这么久以来，他还是第一次不在意逃跑这回事。

"伊桑！"

他知道这是谁的声音，不过他还是花了一些时间才将这个声音与过往的回忆关联起来。

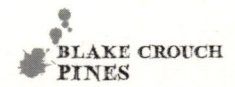

他想起了这个声音的主人的脸。

"我们得谈谈,伊桑!"

是的,我们的确得谈一谈。

说话的人是詹金斯,就是那名精神病医生。

伊桑继续往前走。

他感觉自己用了好几天的时间来试图解开一个又一个的绳结,而眼下他已经开始着手处理绳子最末端的最后一个绳结了。他心里想着如果这最后一个结也被解开了的话,最终究竟会发生什么样的事情。

"伊桑,听我说!"

他不再去看一个个铭牌上的名字了,也不再去关注哪一个装置是空的或满的了。

此时他心里涌起了一股几乎令自己丧胆的疑惧之情,这使得他无暇去顾及任何别的事情。

"我们并不想伤害你!谁都不许碰他!"

他唯一能做的就只是机械化地迈动双腿,朝着位于房间最远角落里的最后一排尽头的那台装置走去。

已经有好几个人跟在他的身后。

尽管隔着氤氲不散的雾气,他也能感觉到他们正在逐渐朝自己逼近。

现在已经不可能逃得掉了,可话又说回来,逃真的还重要吗?

他来到最后一台装置旁边,用一只手扶着它的玻璃嵌板,想让自己重新振作起来。

这时他留意到玻璃嵌板上有一张男人的脸,脸部四周都被黑色的沙子包围着。

男人的眼睛是睁开的。

眨也不眨一下。

玻璃嵌板内壁也没有呼出气体的水雾。

伊桑看到了铭牌上的生命暂停时间——2032年。他转过身来,发现詹金斯已经从雾气中走了出来。这个个头矮小,并不引人注目的医生左右两侧总共站着五个身穿黑色制服的男人,他们全身上下都穿戴着整套的防暴装备。

詹金斯说道:"请别逼我们伤害你。"

伊桑瞥了一眼摆放着最后一排装置的通道——白雾中依稀能看到两个人影。

他被包围了。

他问詹金斯:"这些是什么?"

"我明白你的心情。"

"是吗?"

精神病医生对伊桑打量了一番,"你看起来糟透了,伊桑。"

"我这是怎么了?被冷冻起来了吗?"

"我们正以化学方法使你渐渐进入生命暂停的状态。"

"这到底是什么意思?"

"简单讲,我们用硫化氢来降低人的体温。一旦你的核心体温降到了跟环境温度持平的水平,我们就会把你放入火山沙当中,然后将含硫气体的浓度升高至足以杀死你体内全部好氧细菌的程

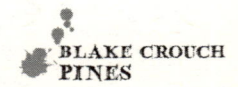

度。接下来，我们会攻击你体内的厌氧细菌。这样做会加速细胞的衰老进程，而你将处于一种高效的生命暂停状态。"

"你的意思是说，在一段时间之内，我处于死亡的状态？"

"不是的。死亡……指的是一种人无法撤销或改变的状态。我这样跟你解释好了，这种生命暂停的状态就好比是以一种将来还能重新打开的方式暂时将你的生命关闭了。你的生命将被重新启动。要记住，我目前只能将一套非常精细而复杂的流程以极其简化的方式告诉你，其实这整个过程需要花费好几十年的时间才能最终完成。"

詹金斯小心翼翼地向前迈进着，那姿势看起来就好像他正在接近一只患上了狂犬病的狂暴动物。他身边的几名黑衣男子也纷纷跟上他的步子，围绕在他左右，可是他挥手让他们退了回去。詹金斯在距离伊桑两英尺远的地方停下了脚步，缓缓地伸出一只手，放在了伊桑的肩膀上。

"我明白这件事对你来说是很难理解的。其实我知道你并没有发疯，伊桑。"

"这我知道。我一直都知道这一点。那么我所经历的一切是怎么回事？"

"你想由我来告诉你吗？"

"不然我还能问谁呢？"

"好吧，伊桑，这我同意。不过我得警告你……我将向你索取一些回报。"

"什么回报？"

詹金斯并没有回答,只是笑了笑,然后用一个物体碰了碰伊桑的身体侧面。

伊桑听到了"咔哒"一声,在那个物体触到自己之前的半秒钟,他才猛地意识到詹金斯要做什么,然而为时已晚。现在他的感觉就像跳进了冰封的湖水,全身肌肉同时猛烈收缩,两只膝盖无法动弹,与那个物体相碰触的部位则感受到了一阵极其剧烈的灼痛。

伊桑倒在地上,整个身体颤抖不止,詹金斯用自己的一只膝盖抵在了伊桑的腰骶部。

伊桑感觉到一根针刺进了自己的脖子,他知道詹金斯一定是将麻醉剂注射进了自己的静脉血管,因为他觉得先前那一下泰瑟电击枪带给自己的疼痛感觉转瞬就消失了。

而且全身上下所有的疼痛感全都消失得无影无踪。

伊桑能感觉到麻醉剂在自己体内猛烈而又迅速地蔓延着,他竭力维持着内心深处对眼下发生的这一切事情的恐惧,力求让自己的头脑保持清醒。

可是麻醉剂所产生的效用实在是太美妙了。

这种效用以势不可当的力度从他全身席卷而过。

他很快便置身于没有丝毫痛苦的极乐境况。

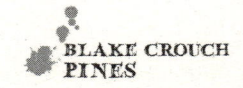

BLAKE CROUCH
PINES

第十七章

最后一颗黑色的沙粒从沙漏上半部分的球形玻璃容器中漏了下来。

才过了不到两秒钟，伊桑就听到了门锁被打开的声音，随即门被推开了。

阿什夫站在门口微笑着。

这还是伊桑头一次看到阿什夫没戴头套的样子。令伊桑颇感惊讶的是，阿什夫的模样看上去一点儿也不像心狠手辣的人，很难想象这样的人居然能够做出他此前所承诺的那些残忍事情。

他的胡须刮得很干净，整张脸上只覆盖着一层薄薄的须楂。

他留着中等长度的黑色头发，上面抹了发胶，整齐地向后梳着。

"你的双亲中哪一个是白种人？"伊桑问道。

"我母亲是英国人。"阿什夫走进房间，来到桌子旁边，低头看着那张白纸。他用手指着白纸说道："我相信这张纸的另一面不会是空白的。"他把纸翻了个面，看了一会儿，然后一面摇头一面抬眼看着伊桑的眼睛，"我要你写下一些能让我满意的内容，难道你不明白我的指令是什么意思吗？"

"你的英文说得很好。我当然明白你的意思。"

"那么，或许你是不相信我会做出我所说的那些事咯？"

"不，我相信你做得出来。"

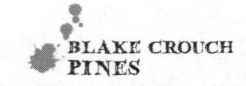

"那这是怎么回事？你怎么什么都没有写下来？"

"可是我写了啊。"

"你是用隐形墨水写的吗？"

伊桑笑了，用尽全部力气抑制住了一阵从自己身体涌流而过的剧烈震颤。

他举起了自己的左手。

"我写了这个。"他一边说一边向阿什夫展示着自己用圆珠笔笔尖刺在左手掌心里的刺青——呈深蓝色、略显凌乱，他手上有好几处地方仍在流血，不过考虑到他完成这刺青的时间和环境限制，可以说他已经做到最好了。他继续说道："我知道我很快就会在极端的疼痛中尖叫。每当你想知道我在想什么的时候，就算那时我可能没法说话，但你只需看一看我的手掌，然后把这两个词记在心上，这样就可以了。这是一句美国谚语，我相信你应该完全知道它的含义吧？"

"你根本不知道我会做些什么。"阿什夫喃喃地说，而伊桑则第一次从这个男人眼中看到了一丝自然流露的情感。尽管此时伊桑心里仍有惧怕，可他还是因为自己成功敲破了这个铁石心肠的残忍男人那绝对超然的外壳而心满意足。他很清楚，这也许是自己在这场凶残的较量中唯一一次胜利。

"其实我是知道的。"伊桑说，"你将会折磨我、虐待我，最终还会把我置于死地。我非常清楚自己将有什么样的遭遇，只是我有一个请求。"

这番话令阿什夫不禁微微一笑。

"什么请求?"

"别在我面前继续夸耀你有多大能耐了,你这个混蛋。有本事就直接让我见识一下吧!"

\#

阿什夫用了整整一天的时间来让伊桑见识自己的能耐。

\#

昏迷了好几个小时之后,伊桑突然恢复了意识。

阿什夫将手里的嗅盐瓶放在了桌上的刀具旁边。

"欢迎你醒过来。你看到自己现在的模样了吗?"阿什夫问道。

对于自己在这间没有窗户、墙壁刷成棕色、散发着令人作呕的血腥气味和死亡气息的房间里究竟待了多长时间,伊桑一点儿概念也没有。

"看看你的腿。"阿什夫的脸上挂着豆大的汗珠,"我说,看看你的腿!"

可伊桑却拒绝按阿什夫说的去做,于是阿什夫将一只手伸进一个陶瓷容器,从里面抓了一把盐出来。

他把盐撒在了伊桑的腿上。

尽管嘴里有球形塞口物,但伊桑还是发出了痛苦而凄厉的叫喊。

然后他在极度痛苦中再度失去了知觉。

\#

"你现在应该知道我对你的生命拥有怎样的支配权了吧,伊桑?你的小命完全被我捏在手里。你能听到我说话吗?"

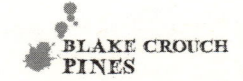

他说的再正确不过了。

\#

伊桑将自己的灵魂置于另一个世界,他试着让自己的思绪集中在妻子身上,想象着自己正在医院里陪伴着她,等待她生下他们的头生子,可是身体的剧烈疼痛却不断地将他拉回到现实世界中。

\#

"我能让这一切立刻结束。"阿什夫对着伊桑的耳朵低语道,"我也能让你再活上好几天。无论我怎么做,都会让你痛苦,而我知道你现在所感觉到的痛苦已经超出了你原本所以为的人类能抵御的痛苦的极限。但是你要想一想,我现在不过只对你的一条腿动工了而已。我是非常精于此道的人,我会拿捏好分寸,不让你因失血过多而丧失知觉。只有等我满意了之后,我才会让你痛苦地死去。"

\#

接下来的时间里,他们继续亲密地互动。

阿什夫用刀子在伊桑身上切着、割着。

伊桑只能痛苦地喊叫着。

起初,伊桑并没有关注阿什夫是如何在自己身上动刀子的,可他现在却没法把视线转开。

阿什夫不时会灌伊桑喝下一些水,或朝他嘴里胡乱塞进一把豆子,而在这整个过程中他都一直用一种轻松随意的口吻跟伊桑说话,看起来就好像是一名理发师在同前来修剪头发的顾客闲聊一般。

\#

也不知过了多久，阿什夫坐在房间角落里一边喝水，一边饶有兴味地观察着自己在伊桑身体上留下的手工作品，内心满是自豪。

他抹了抹眉毛，站起身来，伊桑的鲜血正顺着他的长袍下摆往下滴流。

"明天一大早，我会把你阉了，然后用喷灯对你的伤口进行烧灼处理。接下来，我就要对你的上半身动工了。你现在可以好好考虑一下明天的早餐想吃什么。"

他关掉灯，走出了房间。

\#

这一整晚，伊桑的手臂都被捆起来吊在天花板上。

他在黑暗中等待着。

偶尔有脚步声来到门口便停了下来，可是那扇门却一直没被打开。

他身体的疼痛剧烈难忍，不过他设法将自己的注意力转移到了妻子和那尚未见过面的孩子身上。

他在这间地牢里向特丽萨低声倾诉着，尽管她也许根本就听不到他的衷肠。

他不时呻吟着、哭泣着。

他试着去直面一个想法：他已经临近生命的终点了。

即便是在很多年之后，这样的时刻——在一片漆黑中，带着

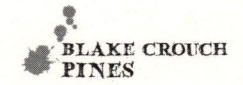

身体和内心的伤痛被吊在天花板上，头脑清醒地等待着明天的来临——也时常萦绕在他心头，纠缠着他，使他不得安生。

他就这么一直等着阿什夫再度回来。

心里则一直挂念着自己那即将出生的儿子或女儿长的什么模样。

该给他或她起个什么好听的名字呢。

他也在不断地思索要是自己不在了，特丽萨将如何继续生活下去。

如果自己能侥幸逃过这次大劫，那么在四个月后一个下着雨的早上，当他和特丽萨一起坐在他们位于西雅图的厨房餐桌旁时，她也许会对他说："我当时觉得你好像再也不能回到我身边来了，伊桑。"

而他将一边透过婴儿监控器听着孩子的哭声，一边说"我明白你的感受"。同时他的心里会想：阿什夫不仅把我弄得遍体鳞伤，还给我的内心造成了不可磨灭的伤害。

#

后来那扇门终于打开了，一道道刺目的阳光射了进来，伊桑顿时清醒无比，回到了这个带给他剧烈疼痛的现实世界中。

待他的双眼适应了眼前猛烈的阳光之后，才看出从门口走进来的并不是阿什夫的身影，而是一名体格健壮、全副武装的海豹突击队员。救援者手里握着一支带有最新光学瞄准镜的M4卡宾枪，几缕白烟正从枪管里往外冒。

他用手电筒照了照伊桑，随即用得克萨斯州居民所特有的厚重嗓音慢吞吞地吐出了几个字:"上帝啊!"

\#

特丽萨到现在都还以为他腿上的那些伤是飞机坠毁所造成的。

\#

这名海豹突击队员是一名中士,姓布鲁克斯,他让伊桑趴在自己背上,然后背着伊桑走上了一段狭窄的阶梯。就这样,他们离开了那间位于地下室的土牢,进到了一间厨房里,伊桑看到一口长柄平底煎锅里正煎着几块肉。

看来这是一场早餐时分进行的突袭行动。

三名已经断气的阿拉伯男子仰躺着倒在饭厅里,五名海豹突击队员一起待在厨房的狭小空间,其中一名成员正跪在阿什夫身边,试着将一根布条缠绕在后者的左膝上方,那里因为中了枪伤正血流不止。

布鲁克斯将伊桑从自己背上放到一张椅子上坐下,然后对着医护兵咆哮道:"你快离开这家伙。"然后他低头注视着阿什夫,"是谁把这名军人伤成这样的。"

阿什夫说了一句阿拉伯语。

"我听不明白你在说些什么。"

"是他。"伊桑说,"伤害我的就是他。"

这间厨房陷入了沉寂,其间弥漫着肉烧焦了的糊味儿,以及从不远处的战场上传来的火药味儿。

"我们再过两分钟就要乘坐直升机离开这里了。"布鲁克斯对伊桑说,"这是唯一一个幸存下来的人渣,而这个房间里不会有任何人将你接下来的所作所为说出去。"

一名站在火炉旁边、手里握着一把狙击步枪的士兵骂道:"这该死的家伙,死有余辜。"

"你能帮我站起来吗?"伊桑问道。

布鲁克斯扶着伊桑,让他从椅子里站了起来,然后扶着他缓缓地朝失去行动能力的阿什夫走去,一路上伊桑不住地发出痛苦的呻吟声。

当他们来到阿什夫身边时,布鲁克斯将一把突击步枪从枪套里取了出来。

伊桑接过枪,检查了一下弹药匣。

或许几个月后伊桑会认为眼下这一幕只会在电影中出现,他应该做不出那样的事,应该不会堕落到跟这个残暴家伙一样的水准。可是那丑陋的真相却是:伊桑脑子里完全没有掠过一丝拒绝那样做的念头。尽管他知道自己将来一定会常常梦见飞机坠毁的场景,还会梦见阿什夫曾对自己做过的一切事情,当然也会梦见此时此刻的情景,不过这一幕场景绝对不会在梦中对他造成任何困扰,他只希望它能在自己的梦里停留得更久一些。

伊桑赤裸着身体,在布鲁克斯的搀扶下才能勉强站稳。他的两条腿仿佛已经不再属于自己了,更像是肉店案板上的待售货物。

他让阿什夫抬头看着自己。

他能听到远处传来了一架渐渐靠近的黑鹰直升机螺旋桨转动的声音。

除此之外,外面的街道上一片寂静。

施虐者和被虐者四目相接了一秒钟。

阿什夫说:"你要知道,你仍然是属于我的。"

就在他笑着说出这句话的当儿,伊桑一枪射中了他的脸。

#

当伊桑再度醒来的时候,发现自己正靠在黑鹰直升机的窗玻璃上。他俯瞰着三百英尺之下的法鲁贯市大街小巷,麻醉剂正在他体内发挥着作用,同时他还听见布鲁克斯正对着自己的耳朵大声地说着话。布鲁克斯告诉他:已经安全了,他很快就能回家了,另外,他的妻子在两天前刚诞下了一名健康的男婴。

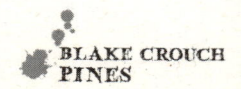

BLAKE CROUCH
PINES

第十八章

伊桑睁开了双眼。

他的头斜倚在一扇窗户上,双眼俯瞰着下方正以每小时一百五十英里的速度飞快地掠过的山区地带。他估计自己此刻正待在一架飞行高度约为二千五百英尺的飞机上,而且还识别出了在耳边隆隆作响的声音是由莱康明公司生产的发动机所产生的。他从伊拉克返回美国后,曾经有六个月的时间一直负责驾驶一架救护直升机,在那之后他才加入了特勤局。他已经看出眼前这架飞机的机身尺寸和造型完全符合BK117直升机的特征,而他当年正是驾驶着同一型号的直升机四处开展救援工作的。

他把头抬离了玻璃窗,想要伸手挠一挠有些发痒的鼻子,可他这才发现自己的两只手都被铐在了身后,动弹不了。

客舱里是标准配置——四张座椅面对面地摆成了两排,机身后部是货舱,客舱和货舱之间用一条门帘分隔开来。

詹金斯和波普并排坐在伊桑对面的两个座位上,伊桑看到治安官的鼻子上包扎着纱布,不由得心中暗自窃喜。

帕姆护士已经将她那身标准的护士制服换掉了,此时她穿着黑色工装裤和黑色长袖T恤,一身迷彩打扮,手里握着一把赫克勒·科克公司制造的战术霰弹枪。帕姆坐在伊桑身旁的座位上,她的头顶有一片头发被剃掉了,一道缝合过的略微弯曲的半月形疤痕从那里沿着太阳穴一直延伸到了脸颊正中。这道伤疤是贝芙丽的功劳，伊桑留意到自己内心深处因为想起了贝芙丽的可怜遭遇而涌起了一丝愤怒。

詹金斯的声音透过戴在伊桑头上的耳机传了出来："你现在感觉怎么样，伊桑？"

尽管身体因药物的作用而有些乏力，不过伊桑的头脑已经开始渐渐恢复了清醒的神志。

可是他并没有回答对方的问题。

他只是目不转睛地盯着詹金斯。

"昨天的事我很抱歉，可我们实在是没别的办法了。事实证明你是个过于强悍的人，我不能再冒险让更多的人丧命，不论是你还是我的手下。"

"丧命？你们现在还担心这个吗？"

"我们还自作主张地给你补充了水分和营养，为你换上了新的服装，并处理了你的伤口，我不得不说……你现在看上去比之前好太多了。"

伊桑看了看窗外，无论是在山谷里，还是在一些高于树带界线的峻峭岩坡上，处处都覆盖着无尽的松林。

"你们要带我去哪儿？"伊桑问道。

"我不过是谨守承诺而已。"

"你对谁作出的承诺？"

"你。我这就让你看清楚这一切究竟是怎么回事。"

"我不明白……"

"你会明白的。还需要多长时间，罗杰？"

耳机里传来了飞行员的声音:"再过十五分钟就能着陆了。"

\#

这里实在是荒凉得无以复加。

伊桑一眼望去,竟看不到一条道路、一座房屋。

满眼所及全是覆盖着森林的山峦,以及在树丛中流淌着的溪流或小河。

没过多久,松林渐渐消失在视野之外,而伊桑凭借双涡轮发动机的运转声的变化,判断出飞行员已经开始让飞机下降了。

\#

他们从干旱荒芜的棕褐色山麓上方飞过,再往前走十英里有一大片由针叶树、阔叶树夹杂组成的混合林。

在距离地面两百英尺的高度,直升机倾斜着围绕大约一平方英里的区域转了好几分钟,在这个过程中波普用一副双筒望远镜观察着地面的情形。

最后他终于对着麦克风说道:"看上去没问题。"

\#

直升机在一处被高耸的金黄色橡树林环绕的空地上着陆了,飞机的水平旋翼还在旋转,草丛中激起了一个又一个同心圆。

伊桑透过玻璃窗凝望着远方,发动机的声音渐渐减弱了。

詹金斯说:"你能和我一起去散会儿步吗,伊桑?"

帕姆将手伸过来,为伊桑解开了系在腰上和肩部的安全带。

"手铐也要打开吗?"她问道。

詹金斯看着伊桑,"你会守规矩吧?"

"那当然。"

伊桑前倾身体,留出足够大的空间好让帕姆将钥匙插进手铐的锁孔里。

手铐"啪"的一声弹开了。

伊桑将两只手臂伸展了一下,随后按摩着两只手腕。

詹金斯看着波普,摊开自己的一只手掌,说道:"你把我让你带的东西带来了吗?"

治安官将一把左轮手枪放在詹金斯手上,这枪的枪筒很粗,看起来能够发射9毫米口径的大号子弹。

詹金斯看起来有些没把握。

"我见过你开枪。"波普说,"你会没事的。只要对准心脏附近或头部开枪,绝不会有任何差错。"

波普将手伸到座椅背后,取出了一支AK-47自动步枪,上面还配备了装有一百发子弹的鼓形弹匣。伊桑看着他将步枪从安全模式调到了三弹连发的模式。

詹金斯取下头上的耳机,拉开了分隔客舱和驾驶舱的布帘,对飞行员说道:"如果我们需要立刻离开的话,我会通过四号频道告知你的。"

"我将随时做好发动引擎的准备。"

"一旦你这里的情况有什么不对劲,赶紧联系我。"

"遵命,长官。"

"阿诺德给你留武器了吗?"

"有两支枪。"

"那就好，我们不会耽搁太久的。"

詹金斯打开客舱门，随即下了飞机。

伊桑跟在波普和帕姆身后，从客舱门下到了飞机的起落橇上，随即便走进了齐腰深的柔软草丛中。他们追上了詹金斯，一行四人在这片原野上快步走动着。波普握着步枪走在最前面，帕姆在最后面殿后。

天色渐渐暗了下来。这是一个清爽的傍晚，四周的一切都笼罩在落日的金色余晖之下。

每个人看起来都显得焦虑而紧张，就好像他们是在外出巡逻一般。

伊桑开口说道："自打我刚来黑松镇，一直到现在，你们从来都没有善待过我。我们现在到这片该死的荒野干什么呢？我现在就要知道这个问题的答案。"

他们进到了森林里，在杂乱生长的矮小灌木丛中艰难地穿梭着。

林中鸟儿的鸣叫声变得更响亮了。

"不过伊桑，这里可不是荒野。"

这时伊桑透过树丛间的缝隙依稀瞥见了一座建筑物，他立刻意识到先前自己是因为视线被树木遮挡，所以才没有留意到那座建筑物。于是他加快了自己的步伐，后来干脆趴在地上，在矮树丛、小树苗中匍匐前行，詹金斯紧紧地跟在他身后。

伊桑来到建筑物的底部时停下了脚步，抬头向上望去。

有那么一阵，他并不明白自己究竟看到了什么。最下面的横

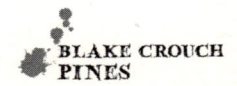

梁被几英尺高、或死或活的厚厚藤蔓包裹着，棕黄色和绿色的藤条遮蔽住了这座建筑物本来的形貌，就像为其穿上了带保护色的外衣一样，从而完全融入到森林的色彩之中。如果不刻意去看的话，根本发现不了它的存在。

伊桑的视线继续往上挪动，依稀看到了更高处藤条缝隙中显露出来的钢梁，它们被锈蚀得很厉害，几乎已经接近红色了——这应该是长达好几个世纪的氧化作用的结果。三棵橡树在这座建筑物的中央生长着，枝条弯弯曲曲地向上延伸，有些树枝甚至遮住了大梁。只有一到六层的框架结构还依然矗立着——这是该建筑锈蚀的骨架，靠近屋顶的一些横梁已经弯折，看起来像极了赤褐色的长卷发。伊桑还看出这座建筑物的大部分钢铁架构已经在很早之前就垮塌掉落，并被森林植被给覆盖了。

从建筑废墟里传来的鸟叫声实在是惊人的响亮。伊桑看到处处都是鸟巢，这儿俨然已经成为一座"鸟语大厦"。

"你还记得吗，你曾跟我说过你想转到博伊西的医院？"詹金斯问道。

"记得啊。"

"你看，我已经带你来到了博伊西。这里就是博伊西的市中心。"

"什么？你……你究竟在说什么啊？"

"你现在看到的是美国银行大厦，全爱达荷州最高的摩天大楼。特勤局博伊西分部就在这栋大楼里，对吗？如果我没有记错的话，应该是在十七楼？"

"我觉得你的脑子出问题了。"

"我知道目前我们所站的地方看起来是荒芜森林,但事实上我们正站在州议会大道的正中央。穿过这些树丛,再走上三分之一英里,我们就能抵达州议会所在地了。不过,倘若你想找到它的踪迹,恐怕得在地上深挖一阵才行。"

"这是什么意思?对我搞恶作剧吗?"

"关于这一点,我已经告诉过你了。"

伊桑一把抓住詹金斯的衣领,将后者拉到自己近前,"别卖关子了,快给我解释清楚这到底是怎么回事。"

"你曾进入到生命暂停状态。你也亲眼看到了那些装置……"

"持续了多久?"

"伊桑……"

"快说!是多久?"

詹金斯略微踌躇了一下,伊桑发觉自己的内心正在抗拒,似乎不愿听到对方的回答。

"一千八百一十四年……"

伊桑松开了詹金斯的衣领。

"零五个月……"

伊桑踉跄着后退了几步。

"零十一天。"

伊桑看了看那座废墟。

然后又抬头看了看天空。

"别老站着了。"詹金斯说,"让我们坐下谈吧。"伊桑一屁股

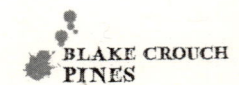

坐在了一张由蕨类植物铺就的"草床"上,詹金斯则抬眼瞥了一下波普和帕姆,"你们能给我们一点时间单独待一会儿吗?不过请不要走太远。"

他俩转身走开了。

詹金斯坐到了伊桑对面。

"我知道此刻你的大脑正飞速运转着。"他说,"不过,我想请你暂时停止思考,而是听我说,好吗?"

这里新近下过雨,即便隔着他们给自己穿上的军用工作裤,伊桑也能感觉到来自地面的潮气。

"让我来问问你吧。"詹金斯说,"当你想到历史上最伟大的突破性发现时,你脑子里会出现什么?"

伊桑耸了耸肩。

"别这样,尽管把你想到的告诉我吧。"

"太空旅行、相对论,我不知道……"

"不对。在整个人类历史上,最伟大的发现是得知人类为什么会灭绝。"

"你是说……人类会绝种?"

"没错。1971年,一个名叫戴维·皮尔彻的年轻遗传学家有了惊人的发现,你要记得那时RNA剪接理论和DNA多态性理论都还没有出现。他意识到了人类基因组正在改变,走向衰亡。基因组记载着我们的全部遗传信息,并控制着细胞生长……"

"被什么所改变?"

"你问我被什么改变?"詹金斯笑了,"被所有的一切。被我们

383

对地球所造成的影响，以及我们在接下来的几个世纪里将要进行的破坏。哺乳动物灭绝，森林被过度采伐，极地冰原逐渐减少，臭氧层日益稀薄以致穿孔，大气中二氧化碳的浓度持续增加，酸雨越来越多，死亡海域的范围和数量直线上升。不止于此，人类还过度捕捞鱼类，继续扩大近海石油钻探，发动新的战争，继续制造十亿辆燃烧汽油的汽车。发生在日本福岛市、美国三里岛以及乌克兰切尔诺贝利市的核子灾难，以武器测试为名义所进行的超过两千次的人为核弹爆炸，倾倒有毒废物……此外还有阿拉斯加港湾漏油事件，墨西哥湾漏油事件，还有我们每天投入到食物和水当中的有毒物质。

"自从工业革命以来，我们对待自己赖以生存的这个世界的方式，就像是摇滚歌星对待其所住的酒店房间一样肆意妄为。可我们并不是摇滚歌星，我们在整个进化体系中不过是一种脆弱的物种而已。我们的基因组极易受到破坏，而且我们一直在滥用这个星球的一切资源，以至于我们的暴行最终破坏掉了那让我们成其为人的珍贵DNA图谱。

"可是这个叫皮尔彻的男人看出了未来将会临到的一切。他看到的或许不是具体的细节，而是大致的框架。他看出在人类繁衍了一代又一代之后，由于我们赖以生存的环境发生了重大变化，有可能导致加速渐进演化的发生。用你所能理解的方式来解释，就是快速发生的进化过程。该怎么说好呢？总之就是人类再繁衍三十代之后，将会变成别的物种。皮尔彻认为这个世界将会遭遇《圣经》上所记载的那种大洪水，所以他决定修建一艘方舟。你能听懂我在说什么吗?"

"我完全听不懂。"

"皮尔彻在考虑他本人是否能够在人类基因组毁损到一定的临界程度之前,先保存一些纯粹的人类物种,他想让这些人可以在那场摧毁人类文明和人类物种的加速渐进演化中不受到任何影响。不过为了实现这个目的,他需要一种强大的生命暂停技术。

"他创立了一间实验室,并投入了数以亿计的资金做研发。终于,他在1979年研制成功,并从那时起陆陆续续地制造了一千台生命暂停装置。与此同时,皮尔彻开始试图寻找一个小镇来储存他所需的物资材料,从而展开他的整个计划。当他偶然发现黑松镇的时候,他便知道这里就是最佳选择,再没有更好的了。此地人迹罕至,被高耸的群山峭壁所包围,外人很难进入,里面的人也很难出去。他将黑松镇的住宅和商业地产全都买了下来,并着手在小镇周边的山林深处修建一座地下掩体基地。这是一项相当庞大极其复杂的工程,用了二十二年的时间才最终完成。"

"那么那些物资是如何保存下来的?"伊桑问道,"木材和食物不可能保存将近两千年的时间啊。"

"在生命暂停的人们复活之前,被用作仓库的洞穴和那些宿舍以及监控中心——可以说基地里的每一寸空间——都处在近乎真空的环境之下。尽管环境并非完全理想,我们也损失了一些物资材料,可是保存下来的那部分已经足够重建黑松镇的基础设施,重建后原有的时间和空间概念都不复存在了。我们的洞穴系统的空气中只包含了极低的水分含量,而且由于我们能够杀灭空气中百分之九十九点九的细菌,可以说这个系统本身也处于一种类似生命暂停的状态。"

"这么说这个小镇是完全自给自足的了?"

"是的,它的运作方式就像爱米希社区①或工业化前社会一样。正如你所看到的,我们储存了大量的主食和日常生活用品,这些都是我们打包后用卡车运到小镇里来的。"

"我曾看到过奶牛。你们还为牲畜制造了生命暂停装置吗?"

"不是的,我们只是将生命暂停技术用在了一些牲畜胚胎上,然后用人造子宫来孕育它们。"

"在2012年还没有这样的技术。"

"没错,不过在2030年就有了。"

"那个皮尔彻现在在哪里?"

詹金斯露齿一笑。

伊桑说道:"就是你吗?"

"你的同事凯特·休森和比尔·埃文斯在黑松镇失踪之后,特勤局便试图搜寻我。没过多久,我的一些业务交易被特勤局监测到了,而这就是你此时会坐在这里的缘由所在。"

"你绑架了联邦特工?还把他们秘密关押起来?"

"没错。"

---

① 拒绝美国现代文明的爱米希人生活在保守的农业社会,他们至今用犁耕地,用传统的方法种植玉米、甜菜等农作物,饲养家禽家畜。他们日出而作,日落而息,尽一切可能拒绝现代文明的影响。在传统的爱米希人农庄里看不到电线、电话和电灯,他们使用煤油灯。在不得不使用电力时,他们也是用自家的柴油机发电,绝不与附近的都市电网发生联系。

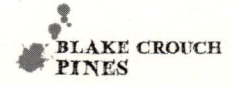

"还有其他许多人……"

"除了那些由我精挑细选再用重金雇来的职员之外,并没有太多的志愿者前来为人类的物种延续出一分力。"

"这么说,你将那些来黑松镇的人都绑架了?"

"有些人来到镇上之后便为我所用。其他人,则是我去别处物色的。"

"总共有多少人?"

"在五十年里大约征召了六百五十人。"

"你真是个疯子。"

皮尔彻沉默了片刻,看上去像是对伊桑的指控进行了一番思考,那双不带任何感情色彩的黑眼睛里流露出了若有所思的神色。这还是伊桑头一次认真地打量这个男人的脸,他发现此人的光头以及保养得当的肤质其实给人造成了误导,让人以为这个皮尔彻比实际年龄要年轻许多。伊桑认为他的年纪至少六十出头,而且很可能比这更老。此时的皮尔彻在言谈举止方面已经完全卸下了作为一名精神病医生的伪装,可是伊桑却发现在这片橡树树荫之下跟自己一起交流的是自己所见过的最为聪明机敏的头脑。这样的体验既令人兴奋入迷,又令人心生畏惧。

皮尔彻终于还是再度开口说道:"我认为不是这样的。"

"不是吗?那你认为你是怎样的人?"

"差不多可以说成是……人类的救世主。"

"可你把很多人从他们的家人身边偷走,你破坏掉了多少家庭。"

"你还是不明白,对吗?"

"明白什么?"

"你不明白黑松镇究竟是个什么样的地方。伊桑……它是地球上最后一个小镇,我们的生活方式和所谓的美国梦,全都储存在这个时空胶囊里。这里的居民,我的职员们,我,你……我们都是仅存的人类物种。"

"你是怎么知道这一点的?"

"这些年我曾往镇外派出了一些侦察团队,他们反馈回来的情况实在是糟糕得令人难以置信。别的地方并不拥有跟黑松镇一样的基础设施,也没有受到相应的保护,在当地生活的人没法幸存下来。十四年前我的职员们从生命暂停状态中复活过来之后,我们建立了一座无线电信标台,并通过它连续不断地向每一个已知的应急频率发射求救信号,我甚至还决定向那些仅有一丝有人类存在的可能性的地方播放黑松镇的地理坐标。可是,却没有任何人找上门来,甚至没有任何人与我们联络。我先前跟你说这里是博伊西,其实不是的,这个地球上已经不再有博伊西这个地名了,也没有爱达荷州,甚至连美国都不复存在了。你脑子里的地名已经没有任何意义。"

"人类是怎么灭绝的?"

"恐怕我们永远都不会知道,不是吗?在你睡去之后不久,我也进入了生命暂停状态,所以我在复活之后还能在黑松镇生活二十五年。在2032年之后,我们都在山林中沉睡。我估计在2300年左右,地球上突然出现了一些重大的异常情况。随着进化的多样性愈演愈烈，到了2500年，我们人类可能已经被界定为了一种与从前截然不同的物种。在一代又一代的进化过程中，人类变成了一种能适应这个有毒的世界并在其中繁衍兴旺的物种，这个物种与人类的本质渐行渐远。

"你可以想象得到由此而引发的社会上和经济上的后果，一个建基于人类的文明全部崩塌瓦解。我猜测随之而来的是人类种族的大灭绝，或许那段可怕的时期持续了好些年，说不定有一千年。也可能地球上的几十亿人在短短一个月的时间内就在一场全面核战争中丧命了。我敢肯定许多小镇之外的人都认为那是一段终结时期，是世界末日，可是我们自己永远都没法知道具体发生了什么。我们只知道最后延续至今的结果。"

"是什么？"

"畸变生物，我们称其为艾比，就是那些在峡谷里险些要了你的命的皮肤呈半透明状的怪兽。自打我从生命暂停状态复活之后，我只乘坐飞机外出了三次，其中还包括今天这一次。这可是非常冒险的行为。最远的地方是西雅图，或者应该说是西雅图曾经所在之处。我们每一次外出飞行之前都得携带额外的燃料，否则就没法飞回来了。根据我所观察到的情形，仅在美洲大陆上就有数以亿计的艾比怪兽。它们都是食肉动物，所以倘若它们目前的数量跟我所预测的一样多的话，这就说明目前鹿或其他反刍动物的数量正在快速增长，甚至还表明也许又有大量北美野牛的后代再次出现在了这块大陆上。

"由于我们没法离开这片山谷去外面开展调查研究工作，所以我们只能通过很小一部分样本来判断有哪些物种在过去的两千年里毫发无损地保留了下来。鸟类和一些昆虫似乎幸存下来了，可我们还是发现有些物种已经消失。举例来说，蟋蟀已经没有了，萤火虫也不见了踪影，而且在过去的十四年间，我连一只蜜蜂也没有见到过。"

"那些被称为艾比的怪兽究竟是什么？"

"简单来说，它们就是一种突变体，或者说是畸变产物，不过说实话我们对它们的命名其实并不得当。[1]大自然并不会给各种事物贴上好与坏的标签，它只是对有效率的事情予以奖赏。这就是进化的简单原理，使生物更适合自身所处的环境。人类在破坏这个世界的过程中，还繁衍出了随着这个世界的变化而不断转变的一代代智人，这些智人在自然选择中存活了下来，继续生活在这个人类文明已经被摧毁的世界里。把我们和它们的基因序列分别排列出来，再一一比对，可以发现两者之间只有七百万个DNA编码是不一样的。换句话说，它们与我们的差别还不到百分之零点五。"

"天哪！"

"从逻辑上看，艾比可是个大问题。它们的智力水平比类人猿高出许多倍，而且攻击性也更强。在这些年里，我们捕捉了一些艾比来观察和研究，试着找到与它们沟通的方法，可是没能成功。它们的速度和力量与尼安德特人[2]更为接近。它们的体重大约

---

[1] 艾比是电影《美版生人勿进》的主角之一，是一名吸血鬼女孩。
[2] 尼安德特人简称尼人，常作为人类进化史中间阶段的代表性居群的通称，因其化石发现于德国尼安德特山洞而得名。

有六十磅，性情凶暴极富杀伤力，一些个头较大的艾比的体重甚至能达到两百磅。所以，你竟能从它们手下逃脱，实在是太幸运了。"

"看来正是由于它们所具备的种种特征，你们才在黑松镇四周安设了栅栏。"

"人类已经不再处于食物链的顶端了，这个问题的确发人深省。偶尔会有一两只艾比设法翻越围栏进入小镇，可是我们让小镇的四郊都处于移动传感器的监控之下，同时还安设了狙击手日以继夜地监视和守卫着整片山谷地带。"

"那你们为什么没有……"

"你是说让狙击手开枪除掉你吗？"詹金斯笑了，"起初，我想让镇上的居民把你干掉。不过当你进入峡谷之后，我们知道那片区域有一群艾比存在，而你又手无寸铁。在那样的情形下，我们又何必要在你身上浪费弹药呢？"

"可是那些居民……他们对这一切都不明就里？"

"是的。"

"那他们如何看待自己在这里的生活呢？"

"他们和你一样，经历了一场交通事故之后在黑松镇苏醒过来——当然之后又在适当的场合再度受到伤害。通过在他们身上实施我们的融合方案，他们渐渐明白没有人能离开这里。如果来自1984年的人与来自2015年的人成了邻舍，那么针对由此而产生的使情况复杂化的因素，我们制定了一系列规则和推理方式来将这些不利因素减低至最小程度。对于在此地逐渐繁衍增多的居民，我们不能让他们知道自己其实是这个地球上仅存的人类，得让他们以为小镇之外的世界依然如常存在并正常运转着。"

"这样没道理啊。撒这个谎的意义何在呢？当你让他们从生命暂停的状态中复活过来之后，为什么不直接告诉他们：'恭喜你成为这世上仅有的幸存者！'"

"你说对了，我们的确采用了这种方式来对待第一批复活的人。我们同他们一起完成了重建小镇的工作，然后我们把所有人都带到教堂里去，对他们说：'听着，事情是这样的。'随后我们便把一切内幕都告诉给了他们。"

"结果呢？"

"在接下来的两年时间里，有百分之三十五的人自杀了，另外有百分之二十的人试图离开小镇，结果遭到了杀身之祸。没有人愿意结婚，也没有人怀孕生子，就这样，我损失了九十三个人，伊桑。我不能……不对，应该说是人类不能承受如此比例的损失。人类的数量已经减低至了八百一十一，可以说全人类都陷入了濒临灭绝的风险之中。我并不是说我们目前所采用的方法就一定是十全十美的，不过在这么多年的尝试中，它被证明是一种增长人口数量的最有效方法。"

"可是，对于外面的世界是什么样的，对于自己究竟是谁，他们始终心存疑惑，不是吗？"

"有些人是这样的，但我们毕竟是有适应能力的物种。通过自我调节，大多数人渐渐适应了自己目前的处境，因为这样的处境也并不是完全没有希望。"

"因为你不让他们看到外面的世界,我不相信他们真的能接受外面的世界依然如故这个说法。"

"你相信上帝的存在吗,伊桑?"

"我不相信。"

"很多人都相信上帝,愿意接受《圣经》里面的道德准则,有自己的宗教信仰,成为自己从未亲眼见过的上帝名下的子民。那么,你相信宇宙的存在吗?"

"这我当然相信了。"

"噢,那么你去过外太空吗?亲眼见到过那些遥远的星系吗?"

"嗯,我觉得我有点明白你的意思了。"

"黑松镇就是一个缩小版的世界,一个永远也无法离开的小镇。在这里,人类对于未知的一切仍然同时心存惧怕和保有信心,只是此地的未知元素更少一些而已。你从前所属的那个世界的边界是外太空与上帝,而黑松镇的边界是小镇四围的悬崖峭壁,以及山林中的神秘力量,也就是我。"

"你并不是真的精神病医生。"

"我确实没有接受过这方面的正规培训,可我在镇上扮演着这样一个角色。我发现这种身份能帮助我更好地获取镇上居民的信任,也可以随时了解镇上的氛围。我还可以借着这个身份,去鼓励和安抚那些内心充满挣扎和疑惑的人们。"

"你让镇上的居民杀死了贝芙丽。"

"是的。"

"还有埃文斯特工。"

"是他自己迫使我这样做的。"

"你还让他们杀了我。"

"可你逃脱了。结果证明你比我最初所以为的更强悍。"

"你创立了一种充满暴力的文化。"

"这并不是什么新鲜事。听我说,当暴力成为一种规范的时候,人们便会让自己适应这种规范,这与古老西部的角斗士比赛、将基督徒扔去喂狮子或公开施行绞刑并没有什么不同。让此地充满这种自我监督的氛围,不是什么坏事。"

"可是这些人并没有真正的自由。"

"自由只是一个充分体现了二十世纪精神的概念。在这里,你能告诉我个人的自由比人类种族的存亡更重要吗?"

"这可以交给他们自己来决定。自己做决定,至少能让他们体会到身为人类的尊严感。"

"这不是该由他们来做的决定。"

"噢,难道是你的不成?"

"尊严是一个美妙的概念,可是如果他们做出了错误的决定,那将会带来怎样的结果?就像第一批复活的人一样,如果没有人留下来成就这个美好的理想,所有的这一切又有什么意义呢?"

"你为什么不杀了我?"

皮尔彻笑了笑,脸上的表情看起来似乎因伊桑最终开口谈论这个话题而感到欣喜。他昂起头来,"你听到那个声音了吗?"

"什么声音?"

"别说话,保持安静。"

四周的鸟儿已经安静下来。

皮尔彻用两只手撑着双膝，站了起来。

伊桑也随之站了起来。

这片树林突然变得寂静无比。

皮尔彻从腰间掏出了自己的枪。

他将对讲机凑到嘴边。

"波普，能听到吗？完毕。"

"我听到了。完毕。"

"你们在哪里？完毕。"

"在你们北面两百米处。一切都还好吗？完毕。"

"我觉得我们现在是时候跑去直升机那里了。完毕。"

"收到。我们已经开始往回赶了。完毕，结束通话。"

皮尔彻朝那片林中空地走去。

伊桑能远远听到身后传来了树枝被人推挤所产生的"噼啪"声，以及地上枯叶被人践踏而发出的"嘎扎"声，这表明波普和帕姆正按照约定往回走。

"对我来说，用直升机载着你飞行了一百三十英里来到博伊西的废墟，这可不是一件小事。我希望你能因此而心怀感激。多年来镇上一直存在着一些问题居民，可是没有人像你一样。你知道我最重视的是什么吗？"

"我不知道。"

伊桑的视线透过橡树丛，看向了那片草地。

一片片红色的树叶正缓缓地从他头顶上方的枝头飘落。

395

"我最看重的是控制力。在黑松镇有一股地下势力,他们虽然表现出对我顺从的态度,可私底下却想攫取我的地位。换句话说,他们妄图实施叛变。他们想要挣脱束缚,探究真相并改变现有的一切。你要知道,这将导致黑松镇的灭亡,使得我们所有人的生命都走到尽头。"

他们从树丛中走了出来,直升机就停在一百米远的地方,机身上青铜色的漆面在午后的阳光下熠熠生辉。

伊桑心里有一部分在想:这真是一个完美的秋日下午。

"你想让我怎么做?"伊桑问道。

"帮我。你拥有一种罕见而高超的技能。"

"我怎么觉得你好像是在暗示我这件事别无选择呢?"

"不,你当然可以选择。"

一阵微风拂面而过,野草纷纷弯腰倒向地面。

他们来到了直升机旁边,皮尔彻拉开机门,让伊桑先爬进去。

当他俩面对面地坐定之后,皮尔彻说:"自打你在黑松镇醒来之后,一直都想逃离这里。我让你有机会这样做,同时还给了你一项额外的奖励。现在,请你看看你的身后。"

伊桑转过身子,看着座位后面的货舱,伸手掀开了门帘。

他的眼眶顿时盈满了泪水。

先前与皮尔彻交谈之后,他的心里自始至终萦绕着一种连自己都不敢承认的感觉,那就是如果皮尔彻所说的都是实话,那么他将再也见不到自己的家人了,妻儿早已变成了一堆尸骸。

可是现在他却在这里看到了他们。特丽萨和本杰明各自被捆缚在了一副担架上,不省人事,两人的中间放着一个黑色行李袋。

他的儿子看起来已经不再是个小男孩了。

"在我让你进入生命暂停状态之后,我观察过你,伊桑。我认为你很有潜力。于是我便找来了你的家人。"

伊桑擦了擦脸上的泪痕,"他们来黑松镇多久了?"

"五年。"

"我的儿子……他现在……"

"他已经十二岁了。他们在这里融合得不错。我原本认为在把你带到这里之前就先让他们在镇上定居下来是更好的选择。"

伊桑丝毫也没有想过要试图掩饰自己声音里的愤怒,他近乎咆哮地问道:"你为什么拖了这么久?"

"不是这样的,伊桑,这是我们第三次试图融合你。"

"这怎么可能?"

"生命暂停的其中一项影响是逆行性遗忘。你每一次复活之后,你的思想意识都会被重置到你第一次生命暂停之前的状态。对你而言,就是回到车祸发生之前的记忆。可是,我怀疑你的有些记忆始终未能消除,或许它们存留于你的梦境中。"

"我以前也曾试图逃跑吗?"

"第一次,你试图渡河逃跑,结果差点儿死于艾比之手。我们及时介入并救了你的命。第二次,我们帮助你一步步发现了自己的家人,并认为这可能会有所帮助。然而你却试图带着他们一起逃离,三个人都在鬼门关前被我们拉了回来。"

"所以,这一次你决定循着我的思想意识而行?"

"我们认为如果能令你精神错乱,或许是个机会。于是我们给你注射了一种强效抗精神抑制药物。"

"这导致了我的头疼。"

"我们甚至试图用你以往受虐的经历来改造你。"

"这又是怎么回事?"

"我有你的军旅档案。你在报告中叙述了自己在法鲁贾的遭遇。我们试图在波普对你实施的审讯中加入与你以往受虐有关的元素。"

"你……你这个变态!"

"不过,我从没想过你竟然能闯入我们的地堡。我甚至一度打算放出关在那里的艾比来对付你。可是当我看到你站在生命暂停室里时,突然有了一个想法。你是一个顽强的人,一个抗争到底的战士。你永远也不会接受自己在黑松镇的现状。我意识到自己应该立即停止跟你对抗。与其说你是一个累赘,或许倒不如说你是一个能派上大用场的人。"

"你为什么不在一开始就直接把这一切真相都告知我?"

"因为当时我并不知道你在得知实情之后会作何反应,伊桑。自杀?逃跑?凭一己之力为自己图谋解决方案?不过,现在我意识到你是极其罕有的珍品。"

"这话是什么意思?"

"镇上的大部分居民都不能承受关于镇外世界的真相,而你……你不能接受谎言,不能接受未知的一切。你是第一个让我分享真相的居民,当然,你的家人也因看到了你所遭遇的种种困境而精神崩溃。"

伊桑转头怒瞪着皮尔彻:"你为什么把他们带来?"

"我现在给你一个选择的机会,伊桑。他们对黑松镇之外的世界一无所知,可是你却知道。只需你一句话,我就可以把你和你的家人留在这片旷野。那边有个行李袋,里面装满了食物和日常生活用品,甚至还有一些武器。你是一个凡事都喜欢按自己的主张处理的人,在这一点上我尊重你的选择。如果你认为这一点对你来说很重要,那么就请试试看吧。你可以留在镇外这个如同地狱一般的地方,也可以回到天堂般的黑松镇任职,选择权在你手上。不过如果你想回到黑松镇,让你和你的家人在那里得到安全舒适的生活,那你就得按我说的做。如果你不依照我的主张行事,你们一家就会遭遇极为严厉的惩处。倘若你辜负了我,或者背叛了我,我将让你眼睁睁地看着你儿子被我……"

一阵突如其来的响声打断了皮尔彻。起初伊桑以为有人在树林里使用手提电钻,不过他的内心随即便被强烈的恐惧感给攫住了。

"嗒嗒嗒"——那是AK步枪发射子弹的声响。

对讲机里传来了帕姆护士的高声喊叫:"赶快发动直升机!它们来了!"

皮尔彻看了驾驶舱一眼,"快带我们离开这里。"

"遵命,长官。"

伊桑听到了这架BK117直升机的涡轮发动机启动的声音,还听到林中传来了帕姆护士的霰弹枪发出的"隆隆"射击声。他将身体挪到窗边，注视着自己刚走过的那片树林，从林中传来的枪声变得愈加响亮了。

机舱里非常嘈杂，伊桑和皮尔彻没法再交谈下去了，于是伊桑戴上了自己的耳机，并示意皮尔彻也戴上。

"你想让我做什么？"伊桑问道。

"帮我管理黑松镇，协助我处理小镇内部的各项事务。这是一项艰巨的任务，不过无疑你是干这个的最佳人选。"

"这些不是波普正在做的事情吗？"

涡轮机开始嘎嘎作响，机舱随着涡轮机的转速不断提高而摇晃起来，这时伊桑瞧见了树林中的动静。

波普和帕姆从森林里出来了，此时他们正倒退着朝直升机所在的空地走来。

三只艾比从林中一跃而出，波普用手中的自动步枪射出了一连串子弹，将其中两只艾比击倒在地，而帕姆则用两发子弹射穿了第三只艾比的胸膛。

伊桑猛地扑到了机舱另一侧，透过窗户看着外面。

"皮尔彻！"

"怎么了？"

"把你的枪给我。"

"为什么？"

伊桑敲了敲窗玻璃，指着从旷野远端冒出来的一群艾比——至少有四只，它们都以极快的速度挥动着四条腿，朝帕姆和波普所在的方向猛冲过去。

"你愿意加入我的阵营吗,伊桑?"

"他们就要被杀死了。"

"你愿意加入我的阵营吗?"

伊桑点了点头。

皮尔彻将自己那把9毫米口径手枪放进了伊桑手里。

伊桑取下耳机,冲着驾驶舱喊道:"还有多长时间?"

"三十秒!"

伊桑转动曲柄打开舱门,随即跳进了草丛中。

他的耳朵里充斥着涡轮机发出的噪声以及"呼呼"的风声。

波普和帕姆在离他五十米开外的地方继续后退着靠近直升机,两人各自用手中的武器接连不断地朝前方射击着。

他们已经杀死了十来只艾比,苍白的尸体遍布在草地上,可还有更多的艾比正朝他们猛冲而来。

伊桑没法数清它们的数量。

他朝直升机的另一侧跑去。

跑出二十多米远之后他停住脚步,将两条腿分开至与肩等宽的幅度站稳。

他看了看手中的左轮手枪——这是一把六弹匣复动式鲁格手枪。

他把枪举了起来。

然后沿着枪管的方向往前看去。

五只艾比正全速朝自己冲来。

他用拇指压下击锤,这时他听到一阵狂乱的枪声压过了涡轮机嘎嘎作响的噪声。

那几只艾比离伊桑还有三十英尺的距离，他心里想着：从现在开始，我随时都可以开枪，但绝不能打偏，每一发子弹都必须一击毙命。

他瞄准了一只处在中央位置的艾比，此时它刚好跳了起来，离地很高。伊桑扣动扳机，子弹击中了它的头顶，大量鲜血从它头上喷涌而出。

尽管是相对仁慈的空尖弹，威力也足够了。

另外四只艾比并没有因同胞的遭遇而迟疑片刻，仍然义无反顾地朝他冲来。

还有二十英尺。

他接连打出两发子弹，分别击中了左边那两只艾比的脸部正中。

接下来又用一发子弹击中了第四只艾比的喉咙。

最后那只艾比和伊桑的距离已经不足五英尺了。

他甚至能嗅到它身上所散发出的气味。

就在它一跃而起的时候，伊桑赶紧开了一枪，可子弹只是擦破了它的一条腿而已。它朝伊桑气势汹汹地扑了过来，他用手中的枪重新瞄准了它。

当伊桑压下击锤，扣动扳机的时候，这只怪兽刚好露出牙齿，正尖叫着朝伊桑袭来。在伊桑听来，它的叫声已经大过了涡轮机的运转声。

它将伊桑扑倒在地，与此同时子弹刚好穿过了它的牙齿，然后从它头部后方飞了出去。

伊桑一动也没动。

满脸愕然。

他的视线所及之处全是子弹爆炸的火光，耳朵里也充斥着无数嘈杂的声响。待他定下神来细细聆听之后，才分辨出了这些噪声的来源。

霰弹枪的声音。

AK步枪的声音。

直升机螺旋桨转动的声音。

艾比们尖叫的声音。

他心里还有一个声音在不断地告诉自己，快起来，起来，起来。

伊桑伸手将趴在自己胸口的艾比尸体推开，坐起身来看了看四周的情形，可是视线却非常模糊。于是他摇了摇头，重重地眨了几下眼睛，眼前的世界这才逐渐变得清晰起来，就好像双筒望远镜的聚焦旋钮终于被转到了合宜的位置一般。

天哪！

这片空地上的艾比肯定有五十只以上。

每过几秒钟就有好几十只新的艾比从森林里飞奔出来。

它们的目标都是空地中央的直升机。

伊桑挣扎着站起身来，先前受到的撞击令他重心有些不稳，身体略微向左倾斜。

他跌跌撞撞地朝直升机走去。

帕姆已经进到了机舱里面。

波普站在离直升机的起落橇几英尺远的地方，试图使艾比们不要靠近。他将步枪扛在肩上，正在进行精准射击，伊桑估摸着他的弹匣里已经没多少子弹了。

伊桑踏上起落橇，伸手拍了拍波普的肩膀，冲着他的耳朵喊道："我们快走吧！"

这时皮尔彻打开了机舱门，让伊桑爬进了舱内。

他系好安全带，随即抬眼看着窗外。

只见这片旷野上布满了一只只怪兽的身影。

至少有成百上千只。

它们像一群杂种狗一样快速朝直升机逼近，再过十秒左右，队伍最前方的怪兽就能触到直升机了。

就在伊桑戴上耳机的时候，皮尔彻一把将舱门拉拢关上，迅速上了锁，然后说道："我们出发，罗杰。"

"治安官怎么办？"

"波普要留下来殿后。"

伊桑透过座位旁边的窗户看到波普已经扔掉了手中的AK步枪，正用力转动门把手，试图打开舱门，然而门把手却纹丝不动。

波普透过玻璃窗看着皮尔彻，眼睛里接连流露出好几种神色，起初是困惑，紧接着是若有所悟，再往后便是恐惧。

波普嘴里喊叫着什么，可是他说的话不可能被机舱里的人听到。

"为什么？"伊桑问道。

皮尔彻的目光一直没有从波普身上移开,"他想掌权统治黑松镇。"

波普用两只拳头狠命敲打着窗户,玻璃上很快就染上了殷红的血迹。

"我不是存心要催促你,罗杰,可是如果你还不赶紧带我们飞离这里,那么我们所有人都得丧生于此。"

伊桑感觉到直升机的起落橇略微向前滑动了一下,之后便升空了。

他喃喃地说:"你不能把他一个人丢在这里。"

伊桑看到直升机正飞离地面,而治安官用自己的左臂环绕在起落橇上,坚持不放手。

"事情已成定局。"皮尔彻说,"现在你是我的新任治安官了。欢迎就职!"

一大群怪兽聚集在波普身子下方跳跃着,伸出爪子抓挠着,可是前任治安官用两只手牢牢地握住了起落橇,并将两条腿都卷缩起来,使怪兽们没法够着。

皮尔彻说:"罗杰,如果你不介意的话,请让飞机的高度下降一至两英尺。"

直升机略显笨拙地下降了一点点——伊桑能感觉出这名飞行员的驾驶技能颇为生疏,估计已经有好几年没有驾驶过飞机了——这样一来,波普的身体便再次回到了地面上的怪兽群当中。

当波普的一条腿被一只怪兽抓住的时候,直升机的尾翼因这突然增加的重量而猛地触到了地面。

这时，又有一只怪兽紧紧地抓住了波普的另一条腿。有那么一瞬间，伊桑惶恐地认为它们恐怕会将直升机拉回地面，甚至坠毁。

随即罗杰赶紧让飞机迅速上升，继而在二十英尺高度的空中盘旋着。

伊桑低头看着波普那狂乱的双眼。

他的一只手还抓握在起落橇上，因用力过度，指关节已经发白了，三只怪兽牢牢地抓住了他的两条腿。

他与伊桑目光相撞。

他嘴里喊了一句什么，不过声音很快就被涡轮机的巨大噪声给淹没了。

波普将手松开了，不到一秒钟的时间便坠落到地面，随即消失在了一群疯狂抢食的怪兽当中。

伊桑把脸转到了一边。

皮尔彻正看着他。

目光犀利，若有所思，仿佛要看穿伊桑的全部心思意念。。

直升机的机身突然颠簸了一下，然后呼啸着往北面的山峦飞去。

\#

这是一趟安静的航行，伊桑时而看看窗外的情形，时而掀开身后的门帘看看熟睡了的家人。

当他第三次转头去看自己的家人时，皮尔彻开口说道："他们会没事的，伊桑。今天晚上他们将会在安全而温暖的床上醒过来，这样多好啊，不是吗？如果你们留在镇外的话，无疑全都会丧命。"

此时天色渐晚，已近黄昏。

伊桑感觉自己的身体非常疲累，可是一闭上眼睛，各种各样的想法便一股脑儿地涌入了大脑，让他不得安宁。

于是他选择睁开眼睛看着窗外的世界。

透过座位旁边的玻璃窗，他所看到的是西边的景象。

太阳就快落山，余晖照在连绵不绝的山峦顶部，使它们的轮廓看上去就像一条参差不齐的锯片。

在一千英尺下的地面上，除了松林之外，再看不到任何别的景象了。

更看不到任何能体现人类文明的灯光。

#

直升机在一望无际的黑夜里飞行着。

客舱里的灯已经关掉了，驾驶舱里仪表板的光线又被门帘给遮挡住了，所以伊桑觉得自己仿佛置身于一片黑色的海洋，或者是在太空里飘浮着。

他的家人就在自己身后，这件事令他感到些许安慰，可是当他斜倚在冰冷的窗玻璃上时，内心深处却不由自主地感到一阵强烈的恐惧。

还有绝望。

他们是孤独的。

非常孤独。

他的心被深深地刺透了。

在最近几天里,他一直奋力想要离开黑松镇,回到妻子和儿子的身边,可是那些日子就这么远去了。

差不多两千年已经过去了。

跟时间一起消逝的,还有他的朋友们,他的家宅,他的工作,以及几乎所有能确定他身份的个人特征。

一个凡人怎能接受这样的事情呢?

该如何直面这一切并如常生活下去呢?

什么东西让你愿意在早上起床,并开启新的一天?

是你的家人,在你身后熟睡的那两个人。

伊桑睁开了双眼。

刚开始,他并不敢相信眼前所见到的景象是真实存在的。

在远方,一片漆黑当中有一条亮闪闪的灯光之河。

那里是黑松镇。

在灯河里闪耀着的是屋子里和门廊前的灯光。

还有街灯以及路上的车灯。

它们汇聚在一起,成就了一个在夜间散发出柔和光芒的小镇。

一个文明的社会。

直升机开始下降了,而他知道在下方的山谷中,有一栋供他的妻子和儿子居住的维多利亚式房屋。

他也可以住在那栋房子里。

房子里有温暖柔软的床。

有一间散发着食物香味的厨房。

有一条可以让人在漫长的仲夏傍晚坐着乘凉的门廊。

有一个可供他和儿子玩抛接球游戏的院子。

那栋房子甚至还可以安装铁皮屋顶,而他最爱的事莫过于在下雨天静静地聆听着雨水"滴滴答答"地敲打在铁皮屋顶上的声音了。尤其是在深夜里和妻子一起搂抱着躺在床上,同时知道儿子正在他自己的房间里安睡,这雨水敲打屋顶的声音会带给人莫大的安舒和满足感。

已是万家灯火的黑松镇就这么被悬崖峭壁包围在中央,伊桑第一次觉得这些嶙峋的峭壁看起来是那么地诱人。

它们是抵御一切恐惧的天然工事。

是保护地球上最后一座小镇的壁垒。

它会有朝一日给人家的感觉吗?

这一切会实现吗?

BLAKE CROUCH
PINES

第十九章

他坐在寂静无声的办公室里，将两只脚搁在办公桌上，研究着手里的星形黄铜胸章，并用手指抚摸着刻在胸章中央的"WP"字样。这两个字母是蚀刻在一块黑色石头上的，看上去可能是黑曜石。他穿着跟自己的前任一式一样的深棕色帆布长裤和草绿色长袖衬衫，这身崭新的服装因面料上过浆，显得过于硬挺。

明天皮尔彻要召开情况介绍大会，他和皮尔彻团队的其他成员都要参加，不过今天倒是平静无事。

而且他觉得这一天过得怪怪的。

他在自己的办公室里静静地坐了八个小时，陷入了连绵不绝的沉思，只有一次被电话打断了。那通电话是那位名叫比琳达的接待员在午饭时间打来的，询问他是否需要订一些食物作午餐。

他看着时钟的秒针和分针缓缓移动，伴随着"嘀嗒"声一齐指向了数字"12"所对应的刻度。

现在是下午五点整。

他放下双脚，站起身来，戴上了自己的斯泰森毡帽。与此同时，他将自己的星形黄铜胸章放入了衣兜里——或许他明天依旧会将这块胸章别在胸前。

不过也许他不会这样做。

当人经历一件全新的事情时，总会觉得第一天特别漫长而又难挨。这一天来伊桑也有同感，此时他很欣喜地发现这一天终于

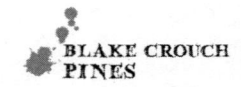

快结束了。

他朝墙边那三个年代久远的武器陈列柜投去了短暂而渴望的一瞥，随即离开了办公室，沿着门外的走廊朝接待台走去。

比琳达的办公桌上摆满了扑克牌。

"我下班了。"伊桑说。

这名白头发女人放下了手中的一张"黑桃A"，满脸堆笑地抬起头来，从她脸上的表情完全看不出她内心的真实想法。"第一天上班的感觉怎么样啊？"她问伊桑。

"还不错。"

"祝你度过一个愉快的晚上，治安官。我们明天早上再见。"

#

这是一个清朗凉爽的傍晚。

太阳已经滑落到了群山背后，空气中凝聚的寒意预示着这个季节的第一场霜冻或许快来了。

伊桑走在一条相当安静的人行道上。

路边一栋房子的门廊里放着一把安乐椅，一名老年男子坐在上面朝伊桑喊话："晚上好，治安官！"

伊桑轻触了一下头上的帽子作为回应。

老人把一个正冒着热气的马克杯举了起来。

那动作看起来就像在朝伊桑敬酒。

一个女人的喊声从不远处传了过来："马修！该吃晚饭了！"

"我求你了，妈妈！再让我玩五分钟吧！"

"不行，马上过来！"

413

他们的声音在山谷里回荡着，直至渐渐消失。

接下来的街道旁边是一大片社区菜园，有好几十人在那里辛勤劳作着，将收割下来的水果和蔬菜放入一个个大篮子里。

一阵阵熟苹果的甜香顺着微风被吹了过来。

伊桑视线所及之处的每一栋房屋里都有灯光从窗户透射出来，晚餐时分的空气中充满了食物的香味。

他听到一些打开着的窗户里传来了瓷器餐具碰撞时发出的"叮当"声，还有模糊不清的交谈声，以及烤箱门打开和关闭时发出的"哐当"声。

从他身旁经过的每一个人都对他微笑问好。

眼前这一幕幕场景，真像是活脱脱的诺曼·洛克威尔[1]画作中的景象。

#

他横跨主街，又沿着第六大道走过了好几个街区，最后来到了皮尔彻给他的那个地址。

眼前是一幢三层楼高的维多利亚式建筑，淡黄色外墙上有着白色的镶边。这幢房子最显著的特征是屋脊下方有一扇椭圆形窗户，看上去很像一滴泪珠。

透过一楼的大窗户，他看见一个女人正站在厨房水槽边，将一锅刚煮好的意大利面倒入一个滤器，阵阵热气升腾着朝她脸上扑去。

当他就这么看着她的时候，他感觉自己的心跳骤然加快。

---

[1] 美国二十世纪早期著名插画家，画风甜美乐观，擅长描述美国理想生活。

她是他的妻子。

他穿过前院的石板路，迈上了三级由砖块砌成的阶梯，随即便站在了房子的门廊里。

他敲了敲纱门。

片刻之后，他感到眼前涌现出灯光。

她打开了内门，透过纱门看着他，泣不成声，屋里的楼梯那边传来了"咚咚咚"的沉重脚步声。

伊桑的儿子来到她身后，伸出两只手抱住了母亲的双肩。

"嗨，爸爸。"

他的声音已不再是以往那个充满童稚的小男声了。

"天哪，你都比你妈妈还高了。"

伊桑和母子俩之间仍然隔着一道纱门。他透过纱门上的铁丝网眼，看到特丽萨的模样和从前并没有太大的变化，只是她的金发已经很长了，看起来似乎自打两人分别之后她就再没有剪过头发。

"我听说他们让你做了治安官。"本杰明说。

"没错。"在一阵长久的充满情感的沉寂之后，伊桑开口道："特丽萨。"

她伸出两只手，擦拭着自己的眼睛。

"我闻到了一股香味。"伊桑说。

"我正在做意大利面。"

"我最喜欢吃你做的意大利面。"

"这我知道。"她的声音哽咽了。

"他们已经把我要来的事情告诉你了吗?"

她点了点头,"你真的是我的伊桑吗?"

"当然是的。"

"这次你会留下来吗?"

"我再也不会离开你们了。"

"为这一刻,我们已经等得太久了。"她不得不再度伸手抹了抹眼泪,"本杰明,请你去搅拌一下面酱。"

男孩匆匆朝厨房走去。

"我可以进来了吗?"伊桑问道。

"我们先是在西雅图失去了你,后来又在这里再度失去了你,这些都是我无法承受的痛苦。本杰明……他也同样无法承受。"

"特丽萨,你看着我。"她看着他的眼睛。"我再也不会离开你们了。"

他很担心她会问自己到底经历了什么,担心她会问他是如何逃脱死亡劫难的。他在这一整天里一直为这件事感到担忧,也一直在为该如何回答她而做着准备。

可她并没有问这些问题。

她推开了纱门。

他最惧怕的,莫过于自己会在直面她的那一刹那从她脸上看出历经岁月磨难的痕迹,但是在门廊里明亮的灯光之下,他没在她脸上找到任何痛苦和怨恨的痕迹。令他略微有些伤心的是,他看到一些以前不曾见过的皱纹已经开始爬上她的嘴角。在那双多年前曾令他怦然心动的明亮的绿色眼睛四周布满了泪水,当然也有深深的爱意。

更多的是爱意。

她拉着他走进了屋子。

纱门在他们身后"砰"的一声关上了。

屋子里传来了一个男孩的哭声。

男人再也抑制不住,泪水从他眼眶里喷涌而出。

三个人紧紧地拥抱在一起,开始了瀑布般的情感宣泄。

就在路边的街灯亮起的那一刻,在他们房子门廊边的树篱丛中响起了一个声音,这个声音以不变的间隔周期持续鸣响着,就像节拍器一般精准。

那是蟋蟀鸣叫的声音。